Einmal noch das Meer

Unter dem Mantel der Sachlichkeit: Krebs

Aus der abgelaufenen Zeit kann ich nichts mehr machen außer Bücher.

Zukunft ist heute.

Lena Olsen

Einmal noch das Meer
Unter dem Mantel der Sachlichkeit:

Krebs

Biographischer Roman
Kurzer Einblick in ein fremdes Leben
- dritte, leicht veränderte Ausgabe -

Herstellung und Verlag:
Books on Demand GmbH, Norderstedt

Bibliografische Information der Deutschen
Nationalbibliothek:

Die Deutsche Nationalbibliothek verzeichnet diese Publikation in der Deutschen
Nationalbibliografie; detaillierte bibliografische Daten sind im Internet über

http://dnb.d-nb.de abrufbar.

Umschlaggestaltung, Fotos und Text Lena Olsen
- neue, leicht veränderte Ausgabe -

Herstellung und Verlag:
BoD - Books on Demand,
Norderstedt

ISBN-9783750414211

Das Leben, wie es war und wie es werden könnte

Was war geschehen, dass ich mich suchend umsah, Selbstgespräche führte, mich von der Familie abgrenzte. Dass ich verloren schien wie eine fast Ertrunkene, die auf einer einsamen Insel gestrandet war und nun gegen alle Vernunft und Erfahrung auf Rettung hoffte? Das, was alle Tage geschieht, tausendfach, in diesem Land und überall. Was den Unbeteiligten nur am Rande berührt, wenn überhaupt, da es das Gewöhnlichste war, mit dem jeder zu rechnen hatte, was aber verdrängt wurde, verständlicherweise, da man nicht leben kann in dem Bewusstsein des nahen Todes oder einer groben Behinderung des normalen Lebens.

Thomas und ich waren im Krankenhaus gewesen, um eine Diagnose zu hören, Thomas betreffend. Wir erfuhren, dass sein Leben nur durch eine schwer wiegende Operation zu retten war. Die unbestimmte Angst, die sich einige Wochen zuvor in uns eingenistet hatte, wurde durch klare medizinische Aussagen umgewandelt in eine konkrete Bedrohung. Die Tragweite zeigte sich irgendwo diffus am Horizont, löste sich nicht auf, wollte aber auch nicht näher kommen.

So wurde aus einem heißen Frühsommertag mit einer fast unerträglichen Schönheit ein Tag des zunächst noch leisen Schreckens. Das konnte auch nicht anders sein, da wir zu der Sorte Mensch gehörten, die in jedem Fall dank ihres Humors und vielleicht noch dank einer soliden gemeinsamen Basis jedem Schrecken standhielt.

Thomas und ich hatten uns bisher auf unsere Körper verlassen können, und es wäre uns nicht in den Sinn gekommen, es könnte dringende Signale geben, die wir missachtet hätten. Aber genau das war geschehen. Im Nachhinein und nach einigem Zögern wussten wir und gaben es zu, dass uns die Angst verboten hatte, die Versuche ernst zu nehmen, die Thomas' Körper gestartet hatte, um auf sich aufmerksam zu machen. Dabei waren wir sogar von einer Fachärztin unterstützt worden, die die beschriebenen Symptome herunterspielte. Wieso sollten wir es besser wissen als diese Fachfrau?

Dieser flimmernde Tag gab unserem Leben eine Wende, wie sie zwanghafter und gleichzeitig absurder nicht sein konnte.

Wir begannen mit den Vorbereitungen für einen längeren Aufenthalt im Krankenhaus. So kurz wie möglich sollte der Zeitraum bis zur Operation bemessen sein, auch wenn diese durchaus lebensbedrohend werden könnte. Allerdings, so hatte sich der begutachtende Operateur geäußert, sei Thomas in hervorragendem Zustand für die Operation, was Thomas' und meine Vorliebe fürs Paradoxe sehr entgegen kam. Wenigstens war dies eine Tatsache, auf die wir bauen konnten.

Die wenigen Tage vergingen, als wären die uns zugewiesenen Stunden in einem Zeitraffer versteckt, der sie einfach nicht freigeben wollte.

An einem Spätnachmittag des Frühsommers 1989 begleitete ich Thomas in sein neues Zimmer und nahmen wir davon Besitz. Wir waren ganz nah beieinander, scherzten auf unsere Art über dieses und jenes und wollten den Abschied so weit wie möglich hinausschieben.

Als mich schließlich gegen 22 Uhr die Nachtschwester zu gehen bat, brachte mich Thomas zum Aufzug. Wir umarmten uns eine Zeitlang fest, und ich flüsterte ihm zu, ich käme am nächsten Tag direkt nach der Operation zu ihm, nachdem ich mit dem Professor gesprochen hätte. Dann betätigte ich den Knopf, um nach unten zu fahren. Die Tür ging zu, jedoch nur halb. Sie öffnete sich wieder ganz. Thomas schaute verdutzt, ich startete den zweiten Versuch. ‚Du willst wohl nicht gehen', sagte Thomas. Ich lachte. Erst beim dritten Anlauf schloss sich die Tür, und mit klopfendem Herzen und einem dicken Kloß im Hals fuhr ich im Aufzug dem Ausgang zu.

Etwas später wird Thomas in sein Tagebuch schreiben:

Wir konnten uns nicht trennen, meine Liebste und ich. Das wäre schlimm, wenn ich sie alleine zurück lassen müsste. Bisher habe immer ich mich in dieser Rolle des Zurückgelassenen gesehen. Am Fahrstuhl schicke ich meine Liebste weg. Sie denkt, er fährt los, aber die Türen schließen sich nicht. Erst mit Verzögerung. Um 22 Uhr kommt der Nachtdienst, ein irischer Pfleger und sagt: ‚Sie sind doch Schriftsteller. Morgen springen Sie von der Bahre und sagen, Sie kämen im Auftrag von Wallraff und wollten sehen, wie die Zustände in dieser Klinik sind.' Er gibt mir das verlangte Schlafmittel. Das erste in meinem so überaus gesunden Leben.

Und Thomas schreibt auch: Wir sind immer noch ganz betäubt von der Tatsache, dass ich Krebs habe. Ich gehe jetzt weiter: die Vorbereitung auf die Operation, was alles gemacht werden soll. Ich werde meinen Körper zur Verfügung stellen, damit Ärzte und Pfleger stechen und schneiden, aber vielleicht auch heilen. Wie sagt mein Nachbar: positiv denken, den Makel, die Stigmatisierung des Krebskranken überwinden. Die schneiden deinen Körper auf wie eine Dose, versehen ihn mit einem Reißverschluss. Vergiss endlich alle Sorgen um die Zukunft. Wenn du überleben willst, musst du dich auf die vitalen Funktionen konzentrieren, darauf, dass dein Herz stark schlägt, dass Lena für dich da ist.

Draußen angekommen, wurde ich von der immer noch vorhandenen Hitze erfasst. Es war noch hell und die Menschen, die mir auf dem Weg begegneten, kamen oder gingen in Biergärten, waren fröhlich und lebten. Und fast immer waren sie zu zweit unterwegs.

Es tat weh, Thomas im Krankenbett zu wissen; ihn, den ich nicht leidend gekannt hatte, der sportlich und gesund, gut trainiert und ausdauernd war in dem, was er sich abforderte, um die vielen, vielen Stunden Tag für Tag am Schreibtisch sitzend nicht zu einer Tortur werden zu lassen. Es tat weh, sich an den Ausdruck seiner Augen zu erinnern, als er die Diagnose empfing, die er, wie er mir gestand, bereits geahnt hatte.

Diese plötzliche Verlorenheit in einer Welt, die er nicht kannte, die er nie hatte kennen lernen wollen, in die er sich nun fügen musste, er, einer unter vielen, einer wie alle, was er nie war. Ich stellte mir vor, wie er sein neues Bett annahm in dem Bewusstsein eines Ausgeliefertseins, das er nicht gewählt hatte. Und in dem undenkbaren Gedanken, dass er und damit sein Leben in äußerster Gefahr war. Es ging tatsächlich um ihn. So wichtig war er nie gewesen, wollte es auch jetzt nicht sein. Jetzt drehte sich alles um ihn allein. In die Mitte gezogen, gezerrt, zum Objekt von Chirurgen, Krankenschwestern, ein Fall aus einer bereits bestehenden Statistik, eine Nummer mit Werteinträgen, ein Computerausdruck mit Daten, ein Patient. Wirklich ein Patient.

Ich fühlte die zärtlichsten Gedanken sich ihren Weg bahnen. So musste es sein, wenn Eltern ein Kind zurückließen in den Mauern eines Krankenhauses. Fremden Menschen aussetzten, die nichts von den Gewohnheiten des Kindes wussten, die einem Beruf nachgingen, für den sie bezahlt wurden. Was würde geschehen, wenn das Kind weinte? Wer würde es trösten können. Was würde geschehen, wenn die Angst aufstiege? Wie allein war ein Mensch in solch einer Stunde. Ich sprach in Gedanken mit meinem Mann über alle Entfernungen hinweg. So war ich schneller zu Hause, als ich erwartet hatte.

Ich ging zum Telefon, um noch einmal seine Stimme zu hören. Thomas gestand mir, wie um mich zu trösten, dass er die nächsten Stunden nutzen würde, seinen Körper auf die ungeheure Aufgabe einzustimmen, die lautete, nicht aufzugeben.

Auf diese Weise verabschiedeten wir uns für die Nacht und den Morgen des nächsten Tages.

Für mich und Thomas war es ein unverschämtes Glück, dass wir einander begegnet waren. Von Beginn an fehlte die Frage, ob aus daraus mehr entstehen könnte als nur eine Affäre. Vom Scheitelpunkt unserer Leben war deren Fortsetzung nur in eine gemeinsame Richtung möglich. Diese Gewissheit war allerdings kein Thema, wurde nie ausgesprochen. Was getan werden musste, war umgehend getan. Der hierfür erforderliche Egoismus stellte sich aus der Sicht unserer Umgebung erschreckend schnell ein.

Aber da das Menschenleben im allgemeinen aus Kompromissen bestand, die häufig genug weder zum Glück noch zum Unglück führten, den Beteiligten vielmehr ein Aufgehobensein vermittelten, das mit geringem Risiko behaftet schien, durften Thomas und ich nicht so kleinmütig sein und diese Chance ungenutzt lassen. Es gab genügend Anfeindungen und moralisierende Freunde, die sich Gehör verschaffen wollten. Schließlich befanden wir uns beide in einer lebendigen Beziehung mit anderen Partnern.

Die beiden Menschen, um die es hier geht, wir beide nämlich, hatten unser Schicksal angenommen. Wir nahmen Neid und Missgunst wahr, ließen es aber unkommentiert im Raume stehen. Es blieb letztlich unbedeutend.

Viele Male im Laufe der fünfzehn Jahre unseres gemeinsamen Ausflugs in die Welt kamen uns die Worte über die Lippen, die ausdrückten, was wir immer wieder empfanden: dass nur ein ungeheures Glück uns umfangen hielt, das nicht selbstverständlich, sogar außergewöhnlich war. Dass wir uns dieses Glücks als würdig zu erweisen hätten und dies ohne jeden Zweifel versuchen wollten.

Und die schönste Vorstellung war, so banal das auch klingen mochte, gemeinsam und bewusst alt zu werden. So fest hingen wir an diesen Bildern, wie an einem Pakt, der geschlossen war. Und auf der Rückseite der Bilder stand geschrieben, dass wir gemeinsam an einem von uns auserwählten Tage sterben wollten.

Bei allem, was in den folgenden Jahren geschah, sahen wir uns nie getrennt.

Ein zweites Leben

Ich liege im Bett in einer Wohnung, die nur vorübergehend meine ist, die ich bald verlassen muss. Ich stelle einen Plan auf, wie das äußerliche Leben weiterzugehen hat, wenn Thomas aus dem Krankenhaus entlassen sein wird. Ich bin wie er überzeugt davon, dass mit Hilfe der schweren Operation ein erster Schritt getan sein wird, der uns Bedenkzeit verschafft.

Diese hatten wir in den wenigen Tagen nicht gehabt. Beide liebten wir absurde Situationen, und zur Zeit war unsere eigene nichts anderes als genau das. Sich Thomas ernsthaft in einem Krankenbett vorzustellen war ungefähr so, als wenn sich unsere Katze in einer halb gefüllten Badewanne mit einer Plastikmaus wiederfinden würde. Was hat man denn mit mir gemacht? Was soll der Unsinn? Wahrscheinlich liegt hier eine Verwechslung vor.

Bis auf die Schluckbeschwerden hatte Thomas sich wohlgefühlt. Dass es ihm schon längere Zeit hin und wieder schwer gefallen war, beim Essen normal zu schlucken, hatte er beiseitegeschoben. Bei der Spiegelung der Speiseröhre habe man ihn verletzt, so dachte er, Ungeschick des Arztes im Umgang mit dem Instrument. Dass es zu Blutungen kam, konnte nur darauf zurück zu führen sein. Eine andere Ursache hierfür kam uns nicht in den Sinn.

Thomas hatte allerdings in der Nacht vor der Untersuchung einen Traum gehabt, den er in sein Tagebuch schreibt: Geträumt: Ich wurde operiert, der Fachmann war nicht da, so dass eine junge Assistentin operierte. Sie wühlte immer tiefer in meinen Eingeweiden, ich sah zu. Endlich gab sie auf: Ich finde die Linse nicht. Da wusste ich, sie meinte, sie finde den Herd des Krebses nicht.

Und so war es. Nur die Operation konnte hier Klarheit bringen. Die Entscheidung dazu war zügig getroffen worden.

Am folgenden Tag rief ich vom Büro aus in der Klinik an. Der Professor, der die Operation selbst durchführen wollte, hatte mich dazu ermuntert. Er war überhaupt derjenige, den Thomas ernst nahm und der ihm und auch mir von Anfang an gefallen hatte. Am Telefon sagte mir der Chirurg, dass die Operation gut verlaufen sei, Thomas liege auf der Intensivstation. Über das Stadium des Tumors sagte er nur, er habe alles entfernt, was sichtbar gewesen sei; er habe genug gesehen.

Ich, um Sachlichkeit bemüht, bat für den kommenden Tag um einen Gesprächstermin, der mir gern gewährt wurde. Von vorn herein war zwischen uns und dem Professor ausgesprochen worden, dass Aufrichtigkeit herrschen müsse, sowohl bezüglich der Diagnose als auch möglicher Therapien. Nur so würden Thomas und ich in der Lage sein, unser Schicksal in die Hand zu nehmen. Und auch nur auf diese Weise würde den Beteiligten ihre Würde erhalten bleiben. Ein anderer als dieser Professor hätte womöglich seine Schwierigkeiten damit gehabt. Umso sympathischer wurde uns dieser.

Am frühen Nachmittag verließ ich mein Büro und machte mich auf den Weg. Thomas im kalten Licht der Intensivstation zu sehen, rechts und links von ihm Schwerstkranke, die wie er an Tröpfen und Schnüren hingen, war ein Anblick, der mir die Luft nahm. Ich setzte mich langsam an sein Bett und nahm die freie Hand. Er versuchte mir zuzulächeln, was ihn sehr anstrengte. Er war nicht fähig zu sprechen, versuchte zu flüstern, aber die Schwester bedeutete ihm, es zu lassen. Ich blieb bei ihm, Worte zu finden, die ihm Mut machen sollten, diese Tage gut zu überstehen. Ich würde so oft kommen, wie es mir möglich wäre. Mein Mann lächelte.

Zu dem kurzen Gespräch am folgenden Tag war mein Schwiegervater angereist. Der alte Mann hatte darum gebeten, anwesend sein zu dürfen, wenn über den Zustand und die Aussichten seines Sohnes gesprochen wurde. Keine leichte Aufgabe, weder für den Professor, noch für den alten Mann, und auch nicht für mich.

Thomas blieben vielleicht noch drei bis sechs Monate Lebenszeit; wie diese aussehen könnten, sei momentan nicht vorauszusagen. Auch solle Thomas das noch nicht erfahren, die Erholung von der Operation, die längst nicht jeder überstehe, sei wichtiger.

Da standen wir zwei auf dem Flur des Krankenhauses. Mein Schwiegervater bewahrte Haltung und ich nahm die Worte des Professors erst mal so hin wie die Mitteilung, die Waschmaschine sei nicht mehr funktionsfähig.

Wir gingen in ein nahe gelegenes Café und bestellten eine Kleinigkeit zu essen. Als wir nun so nahe beieinander saßen, wir, die nichts miteinander verband als Thomas, wussten wir, hier gab es keine Ausflüchte. Hier gab es auch keine Fluchtmöglichkeit. Hier blickten wir uns in die Augen und konnten vor der soeben erfahrenen Frist für Thomas' Leben diese Augen nicht verschließen. Wir verständigten uns noch darauf, dass Thomas nichts erfahren solle, bis er dafür stark genug sei. Was das genau bedeutete, wussten wir beide nicht.

Dass ich mein Leben mit Thomas' Leben so eng verknüpft hatte, dass wir gemeinsam sterben wollten, wusste bis zu diesem Zeitpunkt nur dieser alte Mann. Er drückte meinen Arm und wiederholte, was er bereits geäußert hatte, dass er damit nicht einverstanden sei, es jedoch respektiere. Das war in meinen Augen viel. Es war eine Art Geheimbund entstanden. Und der folgende Besuch bei Thomas auf der Intensivstation zeigte auch diesem, dass hier etwas vorgegangen war. Er ahnte allerdings nicht, was es war. Er freute sich, seinen Vater zu sehen. Der Professor, der zwischendurch den Raum betrat, wurde von Thomas sofort im Flüsterton in die Mangel genommen, er möge sich äußern zu den Prognosen. Dieser verwies auf die Tatsache, dass Thomas gerade erst dem Tod von der Schippe gesprungen sei und genug damit zu tun habe, die Folgen der Operation zu bewältigen. Alles würde zu seiner Zeit gesagt.

Das leuchtete ein, aber mir wurde deutlich, wie unbehaglich Thomas sich mit dieser Antwort fühlte.

Scham stieg heiß in mir auf wegen meines Wissensvorsprungs und die quälende Frage, wie lange ich diesen würde halten können oder sollen. Ich machte mir klar, dass auch ich mich diesen Gedanken nicht hingeben durfte, um Thomas nicht durch mein Verhalten zu verwirren. Lügen war mir immer schwer gefallen, um nicht zu sagen, fast unmöglich gewesen. Diese Situation könnte mich überfordern. Ich fühlte mich, als hätte ich in einen Tresor geschaut, dessen Inhalt nicht für mich bestimmt war. Ich hatte damit ein Tabu gebrochen, was mich niemals wieder unbefangen sein lassen würde in der Nähe meines geliebten Mannes.

Tag zwei endete somit nicht etwa mit dem Gedanken an das Ende meines eigenen Lebens, was man hätte erwarten können, sondern mit dem Gedanken, dass Thomas zur rechten Zeit eingeweiht werden möge. Das stand von nun an obenan in der Rangfolge all dessen, was zu bedenken sein würde und verursachte mir ungeheure Schmerzen. Ich fühlte eine Last auf mir, der ich mich nicht gewachsen wähnte.

Analysen

Die Vielfältigkeit eines jeden Charakters lebt auch in einer neuen Umgebung weiter, sogar oder erst recht im Krankenhaus. Thomas verfolgte die ihn umgebenden Ärzte mit Fragen und bekam so ernsthafte wie freche Antworten wie die eine, die er lange nicht vergessen konnte: ich weiß doch auch nicht, wie lange Sie leben werden!

Sobald es sein Zustand zuließ, stöberte er in der Bibliothek der Klinik. Da er wegen des erfolgten Magenhochzugs als Speiseröhrenersatz an Essenszeiten nicht gebunden war, sondern sich mit der so genannten Astronautenkost rund um die Uhr am Leben hielt, blieb ihm für Recherchen viel Zeit.

Seine Stimme war immer noch ein Flüstern, was sich nach Auskunft der Ärzte wieder geben würde, so dass er sie nicht einsetzen konnte, wie er es gewohnt war. Sobald er darüber nachdachte, überfiel ihn eine übermächtige Traurigkeit, da er im Wesentlichen mit seiner Stimme seinen Lebensunterhalt verdient hatte. So schlich sich ab und zu eine kaum zu bändigende Horrorvision in seine Gedanken, wie er mir sagte, die er aber ziemlich schnell wieder abzuschütteln wusste. Wie ihm das gelingen konnte, war für mich eines der großen Rätsel.

Seine Aufmerksamkeit galt vorrangig den Statistiken und deren Auswertungen aus der jüngsten Vergangenheit, galt den diversen Therapieformen, den Medikationen, den möglichen Metastasen und deren Wahrscheinlichkeit des Befalls bestimmter Organe.

Thomas ging an all diese Informationen mit der ihm eigenen wissenschaftlichen Akribie heran. Ich war beschäftigt, ab und zu die Notbremse zu ziehen. Wenn er das dann akzeptiert hatte, bekräftigte er scherzend, sein Ziel sei, aus allen Statistiken heraus zu fallen. Schon um meinetwillen, damit ich auch noch etwas mehr Zeit zum Leben hätte, würde er alles tun, was er vermochte. Wir verbrachten Stunden damit, unsere Ziele und vor allem deren Rangfolge neu zu bestimmen. Wir trauten uns, in Zeiträumen von mehreren Jahren zu denken, wobei in meinem Kopf die Aussage des Professors immer ihre Runden drehte.

Bei der Erwähnung solcher Zeiträume überkam mich eine Beklemmung, und ich war manches Mal nahe daran, Thomas von dem Gesprächsergebnis zu berichten. Ich wusste, ich durfte das nicht tun.

Ich musste es ihm überlassen, anhand der ihm zur Verfügung stehenden Informationen selbst eine Annäherung zu schaffen. Ich studierte die Unterlagen, die er sich kopieren ließ, ebenso wie er.

Es war nicht zu übersehen, dass der Professor mit seinen Erfahrungen und seiner Kenntnis der statistischen Daten die Einordnung von Thomas' Krankheitsstadium richtig vorgenommen hatte. Wie sich ihm der Patient gezeigt und wie er selbst sein Handwerk an Thomas hatte ausführen müssen, das war die Basis seiner Prognose. Sechs Monate Überlebenszeit sah die Klassifizierung vor, da der Tumor bereits in das umgebende Gewebe eingewachsen war. Das erkannte auch ich ganz deutlich.

Plötzlich war da in unser beider Leben eine Wand errichtet, wie wenn man ans Ende der Welt gelangt und eine Umkehr nicht mehr möglich ist. Eine Wand, zum Greifen nahe und rabenschwarz.

Thomas schreibt: Man ist so weit entfernt von allem. Diese Schritte im Karree. Unterhaltungen mit dem irischen Nachtpfleger. Er hält alle Politiker für gekauft.

Seit Tagen Smogwetter. Und er schreibt auch: Nie wieder wird die Naivität kommen, einfach so dahinzuleben.

Thomas' Genesung macht Fortschritte, wie er das erwartet hat. Den Professor sieht er täglich, aber er lässt ihn in Ruhe und fordert keine Festlegung auf bestimmte Prognosen mehr. Sie unterhalten sich über vieles. Einmal fragt Thomas ihn in meinem Beisein, ob er als Schriftsteller auf dieser teuren Privatstation Autorenrabatt bekomme, das würde sein Zahnarzt ihm auch gewähren. Der Professor fasst ihn leicht an der Schulter und sagt, er solle erst mal wieder gesund werden, bevor er sich mit solchen Fragen beschäftige. Eine Honorarrechnung hat Thomas nie erhalten.

Einmal sagt er zu mir: ‚Weißt du noch, wie ich immer gesagt habe, wenn du jemals sterbenskrank werden solltest, würde ich mitsterben? Nie bin ich davon ausgegangen, dass ich es sein könnte, der so krank ist. Und nun willst du mit mir sterben. Wenn du weiterleben würdest, hättest du mich bestimmt in drei Monaten vergessen. Überlege dir das genau.“

Ich hatte viele Male geäußert, dass ich mir nicht vorstellen könnte, ohne ihn zu leben. Und das meinte ich auch so, ohne jede Einschränkung. Es war unvorstellbar, es wäre für mich wertlos, einfach nicht lebenswert. Wir waren eins, auch wenn wir uns in Temperament und Charakter unterschieden und viele Meinungsverschiedenheiten auszutragen hatten. Wir sprachen dieselbe Sprache, teilten denselben Humor, unsere Körper waren eng verbunden, unsere politischen Ansichten ähnelten sich, viele unserer Interessen deckten sich. Und wir vertrauten einander und lebten ohne jenen zerstörenden Argwohn, der noch die beste Beziehung beenden konnte. Jeder von uns war ein eigenständiger selbstbewusster Mensch, der dazu beitrug, dass wir beide gut leben konnten durch den Ertrag unserer Arbeit. Materielles war uns nicht von Belang; für Bücher und Reisen gaben wir das Geld aus, Statussymbole kannten wir nicht.

Ich gehe Woche für Woche weiter meiner Büroarbeit nach und verabschiede mich täglich am frühen Nachmittag, um zu Thomas zu eilen. Die Arbeit hilft mir immer wieder, etwas Abstand zu gewinnen. Sonst würden meine Gedanken mich mit in den drohenden Sog ziehen, der unweigerlich vorhanden ist.

So bleibt etwas von jener Normalität vorhanden, die auch gleichzeitig Sicherheit bedeutet, die es ermöglicht, die Dinge zu tun, die getan werden müssen, und wenn sie noch so sinnlos erscheinen.

Thomas sieht indessen seinen Bettnachbarn, einen junger Lehrer, dem man den Magen entfernt hat, wie er sich auf seinen Auszug vorbereitet. Dieser leidet sehr unter der Stigmatisierung der an Krebs Erkrankten und Thomas glaubt, dass er Angst hat, in seinen Lehrer-Alltag zurück zu kehren. Seine Frau wird ihm dabei keine Hilfe sein können. Sie hat das Thema Krebs für sich abgehakt und mit Misstrauen beobachtet, wie die beiden Männer sich auf ihre Weise diesem Monstrum zu nähern versuchen, statt ihn zu verteufeln.

Einige Tage bleibt Thomas in dem Zweibett-Krankenzimmer allein. Das ist gut so. Wir haben eine schwierige Aufgabe zu lösen. Wie sollen wir uns entscheiden bei der Frage, ob Thomas sich einer Strahlentherapie stellen soll oder nicht. Diese beginne am besten gleich nach der Entlassung. Nachdem wir die routinemäßig seitens der Ärzteschaft empfohlene Chemotherapie mit einem Arzt unseres Vertrauens besprochen haben, werden wir uns darauf nicht einlassen. Der Patient gewinnt nur die Zeit zurück, die er vorher zu durchleiden hat. Wozu dann der ganze Schreckensakt mit den dann doch wiederkehrenden Hoffnungen auf Genesung, die einfach keine vernünftige Basis hat. Wir rechnen es dem Arzt hoch an, dass er zugibt, er kenne keinen Wirkstoff, der genau dieses Karzinom wirksam bekämpfen könnte.

Und wann immer über Therapien gesprochen wird, hoffe ich, Thomas möge so stark sein und erkennen, dass er, so wie er langsam wieder zu Kräften kommt, diese nicht zerstören darf durch Medikamente. Vor meinen Augen taucht nun häufiger diese schmale Zeitspanne auf, die der Professor genannt hat und von der Thomas immer noch nichts ahnt.

Deshalb stellt jeder Versuch, meinen Liebsten weiter dem normalen Leben zu entziehen, für mich einen Akt der Gewaltsamkeit dar, der durch nichts auf der Welt wieder gutzumachen sein wird. Auch in der Entscheidung für oder gegen eine Strahlentherapie fällt es mir schwer genug, Thomas nicht auf dem Weg dahin zu beeinflussen. Wir versuchen uns in sachlichen Argumentationen einen Weg zu bahnen. Ich hänge mich vorsichtig, damit es nicht zu sehr auffällt, an Thomas' Ansicht an, auf eine Bestrahlung zu verzichten.

Wieder in der vertrauten ländlichen Umgebung unseres Hauses in der Eifel, das wir seit vielen Jahren am Wochenende nutzen, wird Thomas abwechselnd von Fieber und Schüttelfrost überfallen. Dafür gibt es keine körperliche Ursache. Wir wissen mit Sicherheit, dass Thomas ein Signal empfangen hat, diese Therapie doch zuzulassen. Und als das Fieber schließlich von allein abklingt, ist uns klar, wir werden das bewältigen. Ohne Analysen geht auch hier nichts. Thomas kennt alle möglichen Nebenwirkungen. Er benötigt dieses Wissen ebenso wie ich. Thomas als passionierter Bergsteiger ist es gewohnt, sich mit den Gefahren nicht erst dann auseinander zu setzen, wenn sie eingetreten sind, um sich womöglich von der Angst leiten lassen zu müssen. Er bereitet sich vor. Das mildert zumindest den Überraschungsangriff. Irgendwann in diesen sechs Wochen der täglichen Bestrahlungen schreibt Thomas in sein Tagebuch: Traurigste Stimmung. Es sieht doch so aus, dass kaum mehr als 6 - 8 Monate Zeit bleiben.

Er sagt mir nicht, wie er darauf kommt. Alles, was im Krankenhaus abläuft, reizt Thomas zur Umsetzung in Erzählungen. Nicht nur das. Er verrät mir den Titel für das letzte Theaterstück, das er mit mir gemeinsam zu schreiben vorhat: „Der Tag, an dem wir zwei Schäferhunde wurden: Titel für unser absurdes End-Stück."

Mit keinem anderen Menschen kann ich mir eine solche Situation ausmalen: so über das Ende unseres Lebens zu sprechen, mit dieser Mischung aus Melancholie, mit der Freude, dass es noch Stoff hergibt für ein absurdes Stück, mit dieser Lust, es umzusetzen. Und ich liebe ihn dafür; auch wenn ich weiß, wie einsam er manches Mal ist, ja sein muss, weil ich es auch bin, und man auch nicht zu jeder Zeit sich dem Schicksal so leichtfüßig zu stellen vermag.

Es gibt Tage, an denen wir durch die Straßen gehen, viele Menschen sehen und uns dann fragen, warum gerade wir, die wir uns so lieben; oder ist das gar der Preis für all die Jahre, in denen wir es so gut hatten miteinander? Wir hadern nicht eigentlich, wir würden nur gern die Spielregeln durchschauen, aber wir wissen gleichzeitig, dass es diese Regeln nicht gibt.

Normales Leben

Zurück gekehrt in die Stadt, in unsere Wohnung auf Zeit, in der sich kaum persönliche Dinge von Thomas und mir ausmachen lassen, beratschlagen wir, wann wir mit der Bestrahlung anfangen sollten. Wir sind uns einig, es muss schnell gehen, wie die Ärzte empfohlen haben.

Thomas kommt relativ gut zu Kräften, aber die großen Narben schmerzen, die Stimme ist nicht seine alte, der gesamte Vorgang der Nahrungsaufnahme will neu erlernt sein. Schließlich hat die Speiseröhre normalerweise bestimmte Funktionen, die einem erst bewusst werden, wenn sie fehlen. Der Magen ist nicht in der Lage, diese zu ersetzen.

Thomas ist ein Mensch mit Tugenden, die ich in dem Maße nie bei ihm vermutet habe. Bisher bin ich immer davon ausgegangen, wir beide seien uns so sehr ähnlich, dass ich jetzt staune, was dieser Mann alles kann, wo er die Geduld her nimmt, auf diese ausdauernde Weise das Schlucken wieder zu erlernen, in kleinsten Portionen mehrmals täglich Nahrung zu sich zu nehmen, soviel zu trinken (leider vorerst nur Wasser und Säfte), und das alles, obwohl seine Geschmacksnerven ihm nichts Angenehmes oder zu Definierendes vermitteln, was angeblich einige Zeit anhalten wird.

Thomas isst gegen die Zeit, gegen das Sterben und alle Prognosen. Diese Astronautenkost ist eine Erfindung, die wir mit Ironie betrachten möchten, aber der Ernst, mit dem Thomas Stunde für Stunde den Strohhalm in die dafür vorgesehene Öffnung steckt, straft uns Lügen. Es geht ums nackte Überleben. Die Magensäure, die sonst ihr Aktionsfeld einige Etagen tiefer hat, macht ihm das Leben schwer. Er schläft deshalb nachts auf hochgetürmten Kopfkissen; manchmal geht es auch nur sitzender Weise, was sehr unbequem ist.

Und dann ist da die Strahlentherapie. Der Mensch hat zunächst einmal zu begreifen, dass die Zerstörung gesunder Zellen in Kauf zu nehmen ist. Dass die Therapie in erster Linie eine Vernichtung und keine Heilung ist. Thomas nimmt all seinen Mut zusammen, um bei der ersten Sitzung halbwegs ruhig zu sein. Es fällt schwer, nicht auszubrechen aus diesem abgeschotteten Kellermilieu, in das die Moribunden auf ihren Bahren transportiert werden, völlig apathisch und meistens nur in Begleitung eines Pflegers. In das diejenigen geschickt werden, die noch von ihren eigenen Füßen getragen werden und in die auch jene hinuntersteigen, die wie Thomas auf Verlängerung ihrer Lebenszeit hoffen, sollten sie das alles einigermaßen überstehen.

Obwohl Termine ausgegeben werden, beträgt die Wartezeit zwischen einer und zwei Stunden. Unwürdig und elend finden Thomas und ich diese Behandlung. Die Wartenden werden nicht verschont von dem Anblick derjenigen, die vor sich hindämmern und im Verlauf der vorübergehenden Wochen oft plötzlich ganz wegbleiben. Beiläufig erzählt der eine oder andere, Herr X sei verstorben. Aber sie machen alle weiter, als warte zumindest auf sie das Heil und der andere habe eben Pech gehabt.

Ich begleite Thomas zu fast allen Terminen, damit er sich nicht so ausgesetzt fühlt und ich mich nicht mit den Vorstellungen zu quälen habe, Thomas' Leid, das ohnehin schon übermäßig groß ist, werde noch vermehrt. Ich bin manchmal wütend, dass wir uns einzureihen haben in diese Ansammlung vorhersagbarer Schicksale, weil ich weiß, dass die seelische Not der Betroffenen, von denen wir dort umgeben sind, eigentlich keine Steigerung mehr erträgt. Die organisatorische Umsetzung solcher Behandlungen scheint keine andere Verfahrensweise zuzulassen, die kostenmäßig verkraftbar wäre. Ein anderer Grund für diese grausamen Zustände fällt mir nicht ein.

Ich will nicht unterstellen, dass es vielleicht Fahrlässigkeit ist oder Gleichgültigkeit, die zu diesen unwürdigen Umständen führt. Aber was für ein System in einer der führenden Industrienationen!

Thomas und ich haben gelernt, dass diese fünf Minuten dauernde Bestrahlung für den Körper dasselbe bedeutet, wie einen ganzen Tag lang ungeschützt der prallen Sonne ausgesetzt zu sein.

Mit diesem Wissen im Kopf und der Tatsache, dass spätestens nach einer Stunde unweigerlich eine große Müdigkeit und Ermattung meinen Mann überfallen wird, bringe ich ihn und mich an den sicheren Ort. Thomas lässt sich führen, nachdem er tapfer ertragen hat, was gut für ihn sein soll und was ihn doch auch Lebenszeit kostet. Wir sind froh, dass Nebenwirkungen wirklich nur Nebenwirkungen bleiben. Es gibt sowieso genug zu kämpfen.

Was ist vom normalen Leben, das wir geführt haben, übrig geblieben? Unsentimental betrachtet, nur die Tatsache, dass Thomas und ich zusammen sind. Nicht nur, dass uns unsere geliebte Wohnung in Köln, in der wir uns so wohl gefühlt haben, weg saniert wurde.

Nein, Thomas und ich haben nicht nur das Dach über dem Kopf, sondern auch den Boden unter den Füßen verloren. Thomas ist seiner Speiseröhre sowie seiner Stimme beraubt. Er muss lernen zu essen und auch zu sprechen. Er kann seiner Arbeit nicht nachgehen. Er ruht sehr viel. Er denkt sehr viel. Er hat kein Einkommen. Er fühlt Schmerzen in seiner Brust, die er vorher nicht kannte. Er wird wieder neu das Schwimmen erlernen müssen.

Wie macht sich ein Mensch verständlich mit dieser krächzenden Stimme, die ein paar Wochen zuvor noch so kräftig und deutlich war? Selbst der Taxifahrer glaubt nur an eine durchzechte Nacht, und der Ober im Restaurant glaubt, dieser Gast sei so fein, dass er nicht lauter sprechen wolle. Thomas wird dann wütend in seiner Verzweiflung, und ich verstehe das zu gut, die Wut bahnt sich ihren Weg.

Aber wie er das alles schafft, es liegt nicht nur daran, dass er durch mich Unterstützung erfährt. Es muss mehr dahinter sein. Charaktereigenschaften, die jetzt an die Oberfläche kommen, die sich hervortun, nun, da sie ihre Chance bekommen.

Wie wenig kenne ich doch Thomas, sage ich mir häufiger. Woher nimmt er diese Kraft, diesen Mut auch. Und wie würde ich an seiner Stelle dastehen? Ich sage es ihm so manches Mal, wie ich ihn bewundere. Aber Thomas lacht dann nur sein altes Lachen. In den Stunden, in denen er allein ist, versucht er, an seinem Roman weiterzuschreiben, was ihm gelingt. Er hat sich das Ziel gesetzt, mindestens diesen noch fertig zu stellen. Er verarbeitet damit die Verletzungen, die wir beide erlitten haben, als man uns die Wohnung wegnahm.

Er führt jetzt gleichzeitig drei Tagebücher, da er sich den Zeitpunkt nicht vorzustellen erlaubt, da eines voll sein wird. Er braucht noch viel Zeit und weiß doch nicht, wie viel ihm bleiben wird. Da sind drei Tagebücher besser als eines.

Zum normalen Leben gehört auch, dass man in einer Wohnung lebt, die man sich selbst ausgesucht hat. Das werden wir jetzt in Angriff nehmen.

Dass das Leben ein befristetes ist, wissen wir alle, sagt Thomas, und haben es immer gewusst. Aber wenn es plötzlich so nah ist mit einem Ende, erschrickt man doch.

Nach dem ersten Schock wurden Thomas und ich von Fluchtgedanken befallen, als ob wir durch einen Ortswechsel entkommen könnten. Die Arbeit aufgeben, von irgendwo her Geld für die nächsten Monate bekommen und nichts wie weg nach Portugal.

Es war schon so weit, dass der alte Vater sich Gedanken machte, wie die Überführung der beiden Leichen aussehen könnte und wie das in der Presse vermarktet werden würde. Mit diesem formalen Ablauf hatte er sich befasst, wie er später einmal in einem Gespräch seinem Sohn gestand. Denn er wollte sich auch nicht vorstellen, dass sein Sohn in der Fremde irgendwo begraben sein würde. Und auch einen Skandal zog er nicht gern in Betracht angesichts seines so geordneten ehemaligen Beamtenlebens, das ehernen Gesetzen gefolgt war.

Die Aussicht auf einige Monate oder gar eine längere Zeitspanne bis zu unserem Lebensende in Portugal in einem kleinen Ort an der Westküste nistete sich in unsere sonst recht vagen Pläne ein. Aber woher sollte das Geld kommen. Ich hatte meine Mutter gebeten, eine Hypothek auf ihr Haus aufzunehmen, was angesichts meiner damit verbundenen Pläne dazu führte, dass die Mutter sich entsetzt von mir zurückzog.

In dem Ausnahmezustand, in dem wir uns befanden, konnten wir diese Reaktion überhaupt nicht verstehen oder gar gut heißen. Wir gingen einfach davon aus, dass unser Plan, gemeinsam zu sterben, von jedermann in unserer Umgebung zu billigen war. Was natürlich an der Realität gänzlich vorbeiging. Das aber verstanden wir beide nicht. Wir deuteten das Verhalten eher als einen Akt des Geizes, der Ignoranz angesichts der kurzen Zeitdauer, die uns vermutlich bleiben würde.

Als dann auch noch meine Schwester sich auf die Seite der Mutter stellte, waren wir beide ratlos.

Also beschlossen wir, dass ich erst einmal weiter arbeiten sollte, jedoch mit mehr Urlaub und nicht den ganzen Tag. Das war erfolgreich vereinbart. Thomas' Vater bot sich zu einer finanziellen Unterstützung an, was Thomas rührte und seine Brüder ärgerte.

Zum normalen Leben gehört auch, dass man zu gegebener Zeit Dinge erfährt, die man vermutet hat, aber bisher nicht bestätigt sah. Das geschah eines Tages mit Thomas, der mit seinem Vater telefonierte. Der Vater hatte ihm berichtet, dass der Professor Thomas höchstens ein halbes Jahr des Überlebens gegeben habe. Thomas kam mit dieser Aussage zu mir. Ich bemerkte, wie ihn das aufwühlte und wie er dem Vater unterstellte, auf Grund seines hohen Alters die Sachen durcheinander zu bringen.

Es dauerte einen geschlagenen Tag, bis ich den Mut fand, die Ehre des Alten wieder herzustellen und den weiteren Mut, im Detail von dem Gespräch mit dem Professor zu berichten. Ich hatte mir nicht vorstellen können, dass Thomas, der sich selbst ja schon irgendwie in Richtung dieser Zeitspanne begeben hatte, so schockiert sein würde. Augenscheinlich war die Aussage des Professors, den er schätzen gelernt hatte, für ihn von großer Bedeutung und vor allem Glaubwürdigkeit.

Von nun an änderte sich in Thomas vieles. Nun wollte er es erst recht wissen. Er machte mir keine Vorwürfe, das hatte ich auch nicht erwartet, und ich war sehr erleichtert, dass es heraus war. Der Vater hatte es damals wissen wollen und ich natürlich auch, aber der Professor hatte verboten, Thomas damit zu behelligen. Insoweit war alles ganz eindeutig.

Thomas und ich suchten uns eine kleine Wohnung in der Nähe meines Arbeitsplatzes. So konnte ich in kurzer Zeit bei ihm sein, wenn er mich oder ich ihn sehen wollte. Ein kurzer Fußweg nur war erforderlich. Jeden Morgen verabschiedete ich mich von Thomas mit schlechtem Gewissen, ihn allein zu lassen, er begleitete mich bis zur Hauptstraße, um dann nach dem Kauf einer Zeitung wieder in die Wohnung zurückzukehren. Er nahm sein Schreiben sehr ernst. Er fuhr auch mit dem Wagen in einen nahe gelegenen Wald, um seine Muskeln wieder zu trainieren. Er ging in das nahe Hallenbad, um die Angst vor der Ungewissheit, mit seiner riesigen Thorax-Narbe je wieder Delphin schwimmen zu können, zu überwinden. Und es gelang.

Zu Thomas' normalem Leben gehörte auch die Nachricht, dass eines seiner Stimmbänder für immer unbrauchbar sei. Was für eine Panik ein solches Urteil auslösen konnte, durfte ich erst viel später erahnen, als ich nämlich eines Tages von einer lächerlichen Stimmbandentzündung befallen war und kein Ton den Weg nach außen fand. Was hatte nicht auch ein Mensch alles noch zu lernen, der glaubte, so ungeheuerlich viel von dem nachempfinden zu können, was einen Kranken oder Todgeweihten bewegte! Gar nichts versteht der Mensch vom anderen. Er spekuliert in einem Fall, wie es sein könnte und trifft damit möglicher weise fast die Wahrheit, und in einem anderen Fall, wo er sich sicher wähnt, hat er aber auch gar nichts verstanden.

Nur so konnte es zu der Frage eines Freundes gekommen sein, der eigentlich zu trösten beabsichtigte, dann jedoch Thomas fragte: Wärst du lieber tot als ohne Stimme?

Wir sollten alle viel zurückhaltender sein, nahm ich mir vor. Durch ein unbedachtes Wort stürzt dem anderen der Himmel ein oder wird eine Hoffnung begraben. Und immer wieder habe ich mich dann dabei ertappt, auch nicht zu denen zu gehören, die ihre Lektion eigentlich gelernt haben sollten und sie ganz offensichtlich doch nicht gelernt haben.

Thomas litt sehr unter dem Aufgeben seiner außerhäuslichen Tätigkeiten, die ihn mit Menschen aller Schichten zusammengeführt hatten. Diese Leute wollten nicht glauben, dass Thomas nicht mehr fähig sein sollte, ihnen etwas beizubringen, so wie nur er das konnte. Man forderte ihn an in der Hoffnung, es sei schon alles nicht so schlimm; es gab doch Mikrofone, die unterstützen konnten; sie würden sehr diszipliniert sein, um ihm die Arbeit zu erleichtern. Und Thomas nahm das wahr; es deprimierte ihn jedoch mehr und mehr. Er trainierte seine Stimme im Krankenhaus mit einer Fachkraft. Er, der ausgebildete Theaterwissenschaftler, besprach Kassetten, um seine Fortschritte zu testen.

Dann fügte er sich, bevor sein Andenken durch seinen Zustand überlagert werden könnte. Wie ein Schauspieler, der zum richtigen Zeitpunkt die Bühne verlässt. Das alles sind kleine Prozesse, die eine Weile dauern, das schafft keiner von heute auf morgen. Jeder Schritt jedoch, jede Entscheidung gegen etwas war für Thomas Herausforderung, in eine andere Sache, zu der er noch in der Lage war, umso mehr zu investieren.

Ein Todgeweihter hat weiterhin seine Freunde. Die Zahl verringert sich jedoch, je länger er am Leben bleibt. Denn je länger er lebt, desto eher kann der Zeitpunkt kommen, wo der endgültig letzte Tag anbricht. Und da ist man besser nicht in der Nähe.

Obwohl Thomas und ich nach wie vor unseren portugiesischen Strandabschnitt vor Augen hatten und die Freunde eingeweiht waren, begann der Rückzug der wahren Freunde recht früh.

Das Normale war wohl auch, dass diejenigen, bei denen Thomas sicher gewesen war, sie würden das aushalten, was er ihnen zumutete – denn eine Zumutung war es ohne Zweifel – sich als erste verabschiedeten. Der eine mit der Erklärung, er habe es gerade hinter sich, einen Freund bis an die Grenze zum Tod begleitet zu haben. Der andere blieb einfach so weg. Wieder ein anderer wollte Thomas so im Gedächtnis halten, wie er ihn in den besten Zeiten gekannt hatte. Andere begannen sofort zu weinen in seiner Nähe.

Das Unglaubliche und Unerwartete ist für Thomas und mich, dass fremde Menschen zu so engen Freunden werden können wie vor ihnen kaum jemand. Nun könnte man auf die Idee kommen, das müssten Perverse sein oder jene, die die Nähe des Todes bei anderen auskosteten in der Gewissheit, dass sie zumindest während dieser Zeit selbst noch in Sicherheit seien.

So jedenfalls hatten wir es auch schon gedeutet, als wir uns mit diesem Phänomen befassten. Die Enttäuschung über das Verhalten vieler unserer wahren Freunde von früher wurde sicher nicht ganz kompensiert durch diese neuen Erlebnisse. Bei allem Verständnis und dem Bewusstsein, doch den einen oder anderen überfordert zu haben, waren wir uns einig, dass ein denkender und fühlender Mensch den Ausnahmezustand würde erkennen müssen, in dem wir uns befanden. Daher wollten die Narben nicht heilen, und Thomas versuchte eine Zeitlang, in eine Rolle zu schlüpfen, die er „der lustige Abgeklärte" nannte.

Das bedeutete unter anderem, dass er nicht jeden mit seiner Krankheit traktierte, sondern auf die Wehwehchen einging, die sich allerorten zeigten. Er tröstete seine Freunde, bis ihm das Spiel zum Hals raus hing. Husten, Schnupfen, Geldsorgen, eine weggelaufene oder aufmüpfige Freundin, ein missratener Sohn. All das stand auf dem Veranstaltungskalender. Natürlich war das von Bedeutung. Thomas hörte dort zu, wo auch ihm Interesse und Respekt entgegengebracht wurde; er war Tröster und Zuhörer und wurde auch zu philosophischen und metaphysischen Themen in Anspruch genommen, was ihn sehr erfreute.

Aber es nagte und nagte die Enttäuschung, wenn das Telefon mal einen Tag lang nicht geklingelt hatte. Thomas sagte dann manchmal mit einem beabsichtigten Sarkasmus: „Ich glaube, ich lebe für die meisten schon zu lang über die angemessene und vorausgesagte Zeit hinaus."

Dabei schloss er auch einige seiner Verwandten nicht aus. Was musste das für ein Gefühl sein. Auch ich war nicht in der Lage, das zu ermessen. Wahrscheinlich war der Schutzschild stark genug, um nicht all diese Erwägungen ins Bewusstsein dringen zu lassen. Sonst hätte ich mich noch ohnmächtiger gesehen als ich ohnehin schon war angesichts der Verlassenheit, die meinen Mann ab und zu überfiel. Er suchte dann in Gedichten seine Zuflucht, wie ich später erfuhr, und auch in der Lektüre mancher Werke. Die Lesezeichen an entsprechenden Stellen sollten mich auf diese Spur führen.

Zum normalen Leben gehört auch, dass man mit demjenigen, den man liebt und ernst nimmt, intensive Gespräche führt, die nicht an der Oberfläche dahin plätschern, sondern ihre Zeit wert sind. Thomas wollte von seinem alten Vater, um dessen Leben er immer besorgt gewesen war, noch so vieles wissen. Sei es nun, dass dieser wieder einmal eine Schiffs- oder Flugreise angetreten hatte oder allein in die Berge ging, oder aber auch nur erkältet war. Dieser Vater gestand eines Tages seinem Sohn - als er es wohl an der Zeit fand - dass er selbst als einziger Sohn in der ständigen Angst gelebt habe, an Speiseröhrenkrebs zu erkranken. Das war für Thomas wie eine Offenbarung. Denn bei der Suche nach einer Antwort auf die Frage, was er falsch gemacht haben könnte in seinem Leben, um an

dieser Krankheit scheitern zu müssen, wäre er jedoch nie auf den Gedanken gekommen, dass ihm vielleicht ein solches Gen in die Wiege gelegt worden sein
könnte.

Der Vater hatte nie - das wäre wohl ehrenrührig gewesen - erzählt, woran sein
Vater gestorben war. Und nun hatte Thomas danach gefragt. Da wich der Alte,
der ein zäher Bursche war, nicht aus. So erfuhr Thomas, dass sein Vater den
Großvater noch eine Woche vor dessen Tod gesehen hatte. Auf die Frage, worüber sie denn gesprochen hätten – sein Vater liebte den Topos „letzte Worte" -
sagte der Alte: „Nicht viel. Belanglosigkeiten. Es war ja auch nicht mehr viel mit
ihm los."

Thomas erkannte darin seinen Vater und hätte, wenn es möglich gewesen wäre,
wie früher, laut über diese Szene, die er sich lebhaft vorstellte, gelacht. So amü-
sierte er sich kopfschüttelnd, und der Alte war zufrieden, dass das peinliche Gespräch ein solches Ende gefunden hatte, und lachte still, fast verschämt in sich
hinein.

Nicht nur Thomas bekam zu spüren, dass er noch nicht ganz aus dem normalen
Leben herausgefallen war.

Auch für mich, die ich fast zeitgleich mit Thomas' Entlassung aus dem Krankenhaus die Nachricht vom Tod meines Vaters erhielt, gab es seitens des Schicksals keine Schonung. Diese Sicht ist jedoch für mich damals Betroffene nicht die
zutreffende. Denn die telefonische Meldung über das Ableben meines Vaters, die
mir durch meine Schwester übermittelt wurde, erreichte mich noch in der Phase,
in der ich auf wundersame Weise nur funktionierte, aber gemeinsam mit Thomas
noch unter dem Einfluss des wichtigsten Ereignisses unseres bisherigen Lebens
stand, das alles Dagewesene auf den Kopf stellen wollte, Wertverschiebungen in

großem Maße mit sich führte, Entscheidungen abverlangte von nie gekannter Konsequenz, kurz: der Tod des Vaters nun noch obendrauf, sozusagen als Beigabe, das musste ja wohl nicht sein.

Wohl hatte ich die Worte meiner Schwester verstanden und auch richtig gedeutet, denn ich gab sie an Thomas und an einige der zu dieser Zeit anwesenden Freunde weiter. Meiner Schwester sagte ich nur knapp, zur Beerdigung könne ich nicht kommen, da Thomas, gerade aus dem Krankenhaus zurück, meiner Unterstützung bedürfe. Der Vater und mit ihm die Erinnerung, dass bei ihm zwei Jahre zuvor Parkinson und Alzheimer diagnostiziert worden waren, den die Mutter bis zum Ende zu Hause unter, wie ich wusste, sehr schwierigen Bedingungen in auch nicht mehr jugendlichem Alter umsorgt und gepflegt hatte, verschwand wie in einem Nebel.

Manchmal, wenn ich sein Gesicht hervorholen wollte, hatte ich Mühe, ihn zu finden. So war er untergegangen. Thomas war er immerhin einen Eintrag in sein Tagebuch wert.

Dieser Umgang mit einer solchen Nachricht zeigt einmal mehr, wie ökonomisch ein Lebewesen in Notzeiten naturgegeben mit seinen Reserven umgeht. Es ist gezwungen, ob es will oder nicht, in Krisenzeiten seinen Energieverbrauch drastisch zu verringern.

Später fragte ich mich natürlich, ob mein Verhalten möglicherweise etwas mit der gequälten Beziehung zu meinem Vater zu tun gehabt haben könne. Das aber scheint mir so, wie der Versuch, sich beim Kopfstand selbst unter den Rock sehen zu wollen.

Der Vater ist künftig einfach nicht mehr da. Ich suche ihn hin und wieder, gehe auch an sein Grab. Der Zeitpunkt für einen Abschied kann nicht gestern, heute oder morgen sein. Er ist es genau in dem Moment, wo man ihn zulassen kann und gleichzeitig auch zulassen möchte, mit welchem Schmerz auch immer als Begleiter. Mein Leben hatte zu der Zeit gerade keine Zeit übrig für dergleichen Randerscheinungen. Und auch dies wurde von den Freunden nicht begriffen, machten doch Thomas und ich in der überwiegenden Zeit einen so vernünftigen und lebensfrohen Eindruck. Zwar waren wir manches Mal auch aggressiv, aber das war ja früher auch vorgekommen und gehörte offensichtlich zu unserer Wesensart.

So begnügten sich die Freunde, indem sie ihr Erstaunen für sich behielten. Und wie in gut konditionierten Familieneinheiten wurde der Mantel des Schweigens über das Ereignis gebreitet. Selbst die Mutter verlor kein Wort darüber. Ich wusste später nicht einmal mehr, ob ich einen Kranz für das Begräbnis bestellt hatte. Wahrscheinlich hatte das die Mutter übernommen, damit der Name der Tochter am Grab nicht durch Fehlen auffiel. So hatte wahrscheinlich doch alles wieder seine so beruhigende Ordnung gehabt.

Vorbereitungen zur Flucht

In unserer neuen Miniwohnung in einer bevorzugten westlichen Stadtrandlage Kölns, mit Nachbarn, die sich alle seit Jahren kannten, mit einigen Restaurants in der Nähe, in denen Thomas das richtige Essen wieder probte, lebten Thomas und ich nun unser merkwürdiges Leben weiter.

Die Bestrahlungsriten und die damit verbundene Kriegsbemalung auf Thomas' oberer Brustpartie gingen ihrem Ende zu. Die erste der Nachuntersuchungen, die von nun an alle drei Monate stattfinden sollten, war glücklich überstanden.

Thomas fühlte eine kleine Freiheit in sich aufkeimen. Dahinter lauerte jedoch das Wissen um Zeitspannen, von denen drei Monate ungeheuer groß erschienen angesichts der Prognose des verehrten Professors. Thomas hatte ihn einmal besucht und sich bei ihm bedankt und ihm einen seiner Gedichtbände übergeben. Dann hatte er sich von ihm verabschiedet, nicht ohne das Versprechen abzugeben, seinen Roman zu Ende zu schreiben, bevor er abtreten würde.

Der Professor gestand mir später, dass er sich nicht erinnern könne, jemals einem Patienten begegnet zu sein, der einen ähnlichen Umgang mit seiner Krankheit gepflegt hatte. Vor allen Dingen hatten ihn Thomas' Einstellung und die Energie beeindruckt, mit der er – ohne seinen Zustand zu ignorieren - die verbleibende Zeit nutzte.

Mit seiner neuen Freiheit steuerte Thomas direkt auf einen fünfwöchigen Urlaub in Portugal zu. Ihm war seitens der Bundesversicherungsanstalt für Angestellte für ein Jahr der Status eines Erwerbsunfähigen verliehen. Damit erhielt er eine kleine Rente. Ich hätte zu diesem „Urlaub" niemals nein sagen können.

Manchmal fiel mir eine kleine Rechnung ein: drei und drei sind sechs. Sechs sind das Ende vielleicht. Aber nicht bei Thomas. Und Thomas, der sich im Rech-nen immer schon schwergetan hatte, begann erst gar nicht damit, jedenfalls nicht laut. Das sollte erst viel später kommen.

Das kleine Häuschen von Freunden am Algarve wurde wieder bezogen, die portugiesischen Nachbarn, die Thomas zu der überstandenen Operation wie zu einem bestandenen Examen beglückwünschten, freuten sich über seine fortschreitende Genesung. Ebenso wie ich. Nur mit unseren Plänen konnten auch sie nicht viel anfangen. Wieso sollte ausgerechnet ihrem Land die Ehre zuteilwerden, dass Thomas und ich hier zu sterben bevorzugten. Und wieso auch ich? Sie glaubten wohl eher an einen Scherz.

Der erste Tag am Strand war für mich ebenso aufregend wie für Thomas. Es war Ende September, das Meer vom Sommer noch warm, der Gang der Wellen mäßig. Und dennoch stürmte Thomas nicht gleich los, wie es sonst seine Art war. Er hatte offensichtlich das Vertrauen in seinen Körper noch nicht wiedergefunden. Wie auch, dachte ich. Und tatsächlich hatte er Angst vor der ersten Berührung. Sicher, er hatte bereits im Hallenbad das Schwimmen wieder aufgenommen, aber hier mit den Unwägbarkeiten von Wind und Wellen war es doch anders.

Thomas war einer, der sich nicht mit halben Dingen zufrieden gab. Er wollte wieder zu seiner alten Form zurückfinden. Zwei lange Narben zierten seine Vorderseite, dazu die ehemaligen Bestrahlungsfelder, die nicht der Sonne ausgesetzt werden durften. Er war etwas abgemagert, aber nicht eigentlich mager. Er zögerte, wie er sagte, weil er mit Kraft Delphin schwimmen wollte und nicht wusste, was seine jungen Narben dazu zu sagen hätten. „Dann fang doch auch hier draußen langsam an und teste, das ist doch nicht so schwer", sagte ich. „Du musst nicht gleich wieder den Kreis der Bewunderer um dich haben, die alle denken, da kommt ein echter Delphin auf sie zu. Das hat Zeit."

Während Thomas langsam seine Brille abnahm und sie sorgsam auf sein Buch legte, schaute er mich an und fragte: "Wirst du mich mit den Augen verfolgen und mir hinterher erzählen, wie ich geschwommen bin?" „Klar", sagte ich.

Als er so die zwanzig, dreißig Meter über den Strand zum Wasser ging, dachte ich, ihm nachblickend, wie schade, dass wir daran zu denken haben, dieses könnte der letzte Aufenthalt hier sein. Auch in diesem Gedanken lag keine Bitterkeit, es gab kein Herzklopfen, vielleicht auch aus dem Grunde, weil alles Denken in diese Richtung so irreal wurde angesichts des guten Zustands meines Mannes.

Die echte Normalität war dabei, uns beide einzuholen. Und wie gern wollten wir uns einfangen lassen. Das war ohne Zweifel der Fall. Ich hatte das bereits am Vorabend bei Thomas gespürt, der zum ersten Male wieder den Vinho Verde - und das mehr als ein Glas getrunken hatte. Entsprechend litt er in der Nacht unter der aufsteigenden Magensäure. Er war allerdings wohl gewillt, diesen Preis zu zahlen. Da wird noch einiges auf mich zukommen. Das ahne ich, so wie ich Thomas kenne. Aber ich werde ihn gewähren lassen, natürlich. Bisher hat er nie geklagt, und ich weiß nicht, wie ein Mensch das aushalten kann, was Thomas bisher ausgehalten hat. Das ist Grund genug, ihn in allem zu unterstützen, was er gern tun möchte. Auch wenn es dabei mal drunter und drüber gehen sollte. Manches Mal kam es mir vor, als hätten wir einen Freifahrtschein oder wie man das nannte, für unser weiteres Leben. Bis der Kontrolleur kommen und der Schein sich als abgelaufen herausstellen würde.

Ich sehe Thomas ins Wasser gehen, er beginnt mit leichten Zügen zu schwimmen in Brustlage. Wie müssen diese großen Narben ziehen, denke ich. Dann dreht er sich auf den Rücken und winkt in meine Richtung, jedenfalls dorthin, wo er mich vermutet. Seine enorme Kurzsichtigkeit lässt es nicht zu, dass er sich richtig orientiert. Ich freue mich, da ich weiß, wie groß seine Freude erst sein wird, wenn er aus dem Wasser steigt. Nun versucht er tatsächlich den Delphinstil, wenn auch ganz vorsichtig und nicht besonders kraftvoll. Aber immerhin. Geschafft.

Er wird das niederschreiben und als ersten Erfolg bewerten, nicht ohne Stolz: „Ich schwimme vorsichtig, und es geht! Die Bauchnarbe schmerzt und zieht. Aber von der Thorax-Schnittnarbe spüre ich nichts! Und davor habe ich solche Angst gehabt. Wahrscheinlich mache ich mir zu viele Gedanken über Auswirkungen. Alles bisher ist besser gegangen, als ich befürchtet hatte. Angefangen von meiner Überzeugung, der Tumor sei nicht operabel. Das Einzige, was noch Schwierigkeiten bereitet, ist der Reflux, aber auch nur, wenn ich abends Vinho Verde trinke, und der Husten, der manchmal kommt. Selten, aber unangenehm. Die Schmerzen in der rechten Brust sind mal da, mal weg. Ich wache manchmal vom Husten nachts auf. Aber das sind alles Kleinigkeiten, auch das bleibende Gefühl, dass im Bauch irgendetwas lose ist. Alles ist mühsam, das Waschen, das Essen, aber ich gewinne ein wenig von meiner alten Spannkraft zurück. Zu denken, dass alles umsonst ist, verbiete ich mir. Das ist nie ganz weg; aber unbegreiflich bleibt, dass es womöglich in ein paar Monaten aus sein soll. Vage Hoffnung: ich doch nicht! Aber die Erfahrung von Operation und Krankenhaus hat gezeigt, wie schnell es gehen kann. Mir scheint hier alles, was mit dem Krebs zu tun hat, in Deutschland geblieben zu sein. Existiert da nicht eine Chance? Der

Krebs als Ausdruck von Vernichtung und Untergang in Deutschland. Und hier die Möglichkeit der Gesundung. Darüber haben wir seit Jahren gesprochen, aber nun ist es womöglich die letzte Chance. Die beschwerdefreie Zeit vor der Zeit der endgültigen Schmerzen. Da bleibt nicht mehr viel, und wir tun so, als ginge es Jahre so weiter."

Und er hat Recht. In diesen Tagen bemerke ich an mir, wie ich langsam wieder in die Wirklichkeit auftauche. Es ist, als würde ich mich der Gegenwart wieder zuwenden nach langer Abwesenheit. Zeichen dafür ist wie an diesem Tag das Gefühl, dass mit uns beiden etwas geschehen ist, das bewertet und eingeschätzt werden will. Das auch kommentiert werden darf oder sogar sollte. Anders als in dem Fall, als wir die Pläne für unser End-Stück mit den Schäferhunden besprachen. So wie ich mich jetzt gemeinsam mit Thomas über das wiedergewonnene Selbstvertrauen freue, darf ich auch eine Träne zulassen bei dem Gedanken, dass irgend ein Tag der letzte für uns sein wird, und sei er auch noch so schön und vielleicht sogar in der Nähe dieses Strandes. Und genau das tue ich jetzt. Thomas kann das nicht sehen, er trocknet sich gerade ab und sucht seine Brille. Er schaut dann an sich hinunter und stellt lakonisch fest: „Meine Knallwaden sind ja weg". Ich muss lachen, der Ausdruck Knallwaden stammt von mir. „Die kommen bald wieder, wenn wir über die Hügel wandern und du mich scheuchst, weil ich nach drei Stunden keine Lust mehr habe, sondern lieber mit dir Tee trinken oder Schach spielen würde.'

„Alles zu seiner Zeit", sagt Thomas, und ich spüre, wie stolz er doch ist, dass er sich traut, solche Gedanken zu haben. Er riecht nach Meerwasser und fühlt sich kalt an. „Achte bitte auf dein Bestrahlungsfeld", sage ich, „nicht so lange in die Sonne damit, du weißt doch."

„Ich muss mich daran auch erst gewöhnen", erwidert Thomas. Er zieht sich ein Hemd über und trocknet seine schönen schwarzen Haare im Wind. Ich setze mich zu ihm auf das nasse Handtuch und stecke meine Nase in seinen Nacken unter sein schulterlanges Haar. Diesen Duft werde ich nie vergessen, komme, was da wolle. Einige Sekunden verharre ich in dieser Stellung, um den Duft aufzunehmen und all die Erinnerungen, die damit verbunden sind, in schneller Abfolge vorbeiziehen zu lassen. „An diesem Duft werde ich dich immer erkennen", sage ich zu Thomas. Der lacht und freut sich.

In den kommenden Wochen tun wir das, was wir immer getan haben, wenn wir uns hier aufhielten. Laufen, schwimmen, essen, trinken, lesen, schreiben, lachen, weiter die Landessprache lernen, mit dem Wagen neue Orte aufsuchen, einmal auch nach Lissabon fahren, in die Museen gehen, wieder Wein trinken, Früchte und Fisch essen.

Nur eines ist anders geworden. Ob wir nun ganz eng beieinander in der kleinen Straßenbahn sitzen oder an einem schönen Aussichtspunkt auf die Stadt schauen oder am Abend den Sonnenuntergang am Strand aushalten; es schleicht sich diese Frage ein, ob es das letzte Mal sein könnte und was zu tun sei, um alles noch mehr zu genießen. Dabei sind wir sicher, dass mehr Intensität des Erlebens gar nicht möglich ist. Dann wieder fragen wir uns und sprechen auch darüber, ob diese Gedanken nicht müßig seien. Fest steht, wir rufen sie nicht. Sie kommen auf leisen Sohlen daher, als wollten sie an etwas erinnern, sie klopfen nicht einmal an und sind genauso schnell wieder verschwunden.

Thomas und ich aber lassen uns noch nicht beeindrucken; es geht uns gut, wer sollte uns jetzt etwas anhaben. Natürlich wissen wir, es gäbe noch so vieles

Schöne und Interessante zu sehen, zu hören, zu schmecken, zu riechen, anzufassen und auch zu tun.

Wir leugnen nicht, dass uns ab und zu Wehmut beschleicht; mal ist es Thomas, der noch so viel vorhat, der noch auf einen bestimmten Berg gehen möchte. Er war in seiner Vergangenheit auch ganz sicher gewesen, eines Tages die Karpaten kennen zu lernen, so wie ich mich mit ihm weitere Male in Brasilien gesehen hatte oder mir vorstellte, Thomas hätte mit einem seiner Romane großen Erfolg und wir könnten Geld ausgeben für eine längere Reise durch Italien und dort in den schönsten Häusern wohnen und den besten Wein trinken oder in Wien, Thomas' zweiter Heimat, einfach ein paar Monate bleiben, um auf den Spuren der Vergangenheit so vieler Dichter zu wandeln, in Heurigen oberhalb Wiens zu sitzen und weinselig zu träumen.

Oder in Rom durch die Ruinen zu gehen und wieder die Größe zu erahnen, die die römische Kultur einmal gehabt hatte, die Via Appia entlang zu laufen, Oscare in Ostia mit einem Besuch zu überraschen. Alle die Dinge zu tun, die eigentlich nichts Besonderes sind, die man sich jedoch nicht einfach so leisten kann. Bis auf Thomas' Bergtouren hatten wir immer alles gemeinsam geplant und genossen.

Natürlich waren die Jahre nicht nur voller Sonnentage, Streit hat auch seinen Weg gefunden, vor Auseinandersetzungen waren wir nicht zurückgeschreckt, auch Wortlosigkeit hatte sich hin und wieder bei uns beiden einstellen können. Nichts war jedoch von so grundsätzlicher, trennender Art, dass wir uns hätten fragen müssen, warum wir diese Jahre miteinander verbracht hatten oder weiterhin verbringen wollten. Der Schmerz des einen war gleichzeitig der Schmerz des andern. Mit dem Trost verhielt es sich gleichermaßen.

Dieses trotz der Unterschiede vorhandene Aufgehobensein des einen in dem Leben des andern, und zwar an der ersten Stelle, gab uns diese für manche unserer Freunde fast unerträgliche Sicherheit, dass nichts auf der Welt so wichtig sein könnte, uns voneinander zu trennen, nicht einmal das Leben selbst.

Wo immer Thomas und ich uns aufhielten, es kam selten vor, dass Thomas ohne Papier und Füller unterwegs war. Er nahm jede Gelegenheit wahr, Aufzeichnungen zu machen, Worte für ein Gedicht zu suchen, kleine Zeichnungen anzufertigen, wenn Worte zur Beschreibung zu viel Zeit gekostet hätten.

So war es auch früher schon gewesen. Material sammeln, nannte ich das. Thomas spielte mit den Worten wie andere mit Farben. Dabei waren seine Worte oftmals schöne leuchtende oder auch stumpfe Farben, je nach dem Licht, das aus ihnen sprechen sollte.

Er war in der Lage, in jeder Haltung unter jedem Umstand ein Stück Papier, auch das denkbar kleinste, mit Zeichen zu füllen. Manchmal fielen sie aus seinen Kleidungsstücken, er wusste, ich würde sie alle retten. Fragmente davon fand ich in Gedichten wieder.

Selbst ich konnte noch genau beschreiben, wann er diese Worte gefunden notiert hatte, bei welchem Anlass, in welcher Verfassung oder Stimmung, unter welchen äußeren Bedingungen. Das lag einzig daran, dass ich jedes Mal gespannt war, was daraus geboren werden würde. Satzfetzen fanden sich auch in Erzählungen wieder.

Ich fand mich ebenfalls in Erzählungen. Manches Mal hegte ich den Verdacht, Thomas interessiere sich für seine Umgebung - dazu zählten auch die Menschen - nur deshalb, weil sie zu verarbeiten sein würden, wenn er nur richtig und ausdauernd hinhörte oder hinsah. Und so manch einer hat sich gefragt, an welcher Stelle er wohl verewigt sei. Gott sei Dank wussten sie es nicht und würden es auch wahrscheinlich nie erfahren. Es flossen auch zwei Charaktere in eine Roman-Person ein, manchmal sogar mehrere. Negative Eigenschaften wurden, je nach Status der persönlichen momentanen Beziehung, in der sich die beschriebene Person zu Thomas befand, auch schon mal zu äußerst abstoßenden mit weitreichenden Konsequenzen.

Thomas hatte jedoch zu jeder Zeit eine verständnisvolle Haltung gegenüber seinen Protagonisten. Er stellte sie nicht bloß. Er ließ sie gewähren und griff erst ein, wenn es bedrohlich wurde. Dann kamen die Psychologie und die Philosophie ins Spiel und Thomas' Glaube, dass es trotz allen Unglücks auf dieser Welt und in seinen Romanen immer einen Weg aus dem Dilemma geben würde.

Wenn wir uns mittags in eines der kleinen Strandrestaurants zurückgezogen hatten, blieben wir noch nach dem Essen dort sitzen. Ich las in einem Buch, dann spielten wir ein paar Partien Schach, Thomas schrieb wieder einmal, und wir befanden uns in einem Zustand des unspektakulären Glücks. Das Meer vor uns mit seinen immer wiederkehrenden Bewegungen und den aus ihnen hervorgehenden Geräuschen, die vom Salz und von Fischgeruch erfüllte Luft, das Aufsteigen und die Jagd der großen Seevögel: all das konnte bis in die Ewigkeit so sein.

Der Strand würde sich im Laufe der Jahre verändern, mal würde er größer, mal kleiner sein, je nachdem, wie Herbst und Winter mit ihren Stürmen um die Felsen getobt hätten. Der Mond würde mit dem Meer sein Spiel spielen, die Fische würden kommen und gehen, die Muscheln ebenso, bevor sie eines Tages vom ewigen Hin und Her nicht mehr vom Sand zu unterscheiden wären. Hier waren

Thomas und ich gut aufgehoben gewesen all die Jahre, und so war der Gedanke, das Leben, wenn es denn sowieso sein musste, an einem solchen Ort zu beenden. Dies war ein angemessener Ort für uns, da wir uns hier wohlfühlten. Als Teil der Natur klein, immer wieder staunend und stumm diese Kraft, die alles im Gleichgewicht hielt, wahrzunehmen, dabei festzustellen, wie wir unser eigenes Gleichgewicht an einem Ort wie diesem wiederfinden konnten. Verzweiflung konnte sich hier nicht einnisten.

Ohne dass wir zu philosophischen Gemeinplätzen neigten, hatten wir uns in diesen Wochen unseren Platz zum Sterben dort ausgesucht, wo es besonders rau und windig war. Die Bucht von Arrifana war zu dem Ruheplatz für unseren endlosen Traum bestimmt. Wir waren fest davon überzeugt, niemanden zu stören mit unserem auszuführenden Plan.

Nach unserer Rückkehr nach Deutschland uns um die Details zu kümmern, dazu hatte Thomas bereits einen Plan. Was mich an diesem Plan störte, war, dass ich ihn nicht allein mit Thomas würde umsetzen können. Hilfe wäre anfangs erforderlich. Lange und immer wieder diskutierten wir, wen wir einweihen sollten. Es musste jemand sein, der eine wirkliche Hilfe sein würde. Der Kreis der Freunde war geschrumpft; aber wir waren wieder einmal nicht ohne Hoffnung.

In den letzten Tagen vor der Abreise aus Portugal zeigte sich, dass Thomas immer stiller wurde. Er hatte Angst vor dem Alltag, der in Deutschland auf ihn wartete. Das war verständlich, denn es hatte eigentlich kaum noch Sinn, sich dort noch einmal aufzuhalten. Schreiben konnte er überall. Geld verdienen konnte er in Deutschland nicht mehr. Hinzu kam, dass der Winter vor der Tür stand, und wenn der Winter vorbei wäre, wären auch wieder, wir durften daran gar nicht denken, ein paar Monate unseres Lebens einfach so vorbei. Andererseits war Thomas in einer außergewöhnlich guten Verfassung. Wenn nicht sein Krächzen an Stelle seiner sonoren Stimme gewesen wäre, niemand wäre auf die Idee gekommen, dass er noch wenige Monate zuvor dem Tode sehr nahe gewesen war (und jetzt ebenso).

Meinen Arbeitsplatz konnte ich nicht aufgeben, da das bedeutet hätte, alle Zelte abzubrechen, weil es anders nicht bezahlbar gewesen wäre. Und dazu war auch Thomas emotional noch lange nicht in der Lage.

Wir waren einfach traurig, als der letzte Tag unseres Aufenthalts gekommen war. Thomas fragte mich, ob wir wohl noch einmal mit der Absicht, Wochen wie diese hier zu verbringen, zurückkommen würden. Ich war davon überzeugt und äußerte mich entsprechend. Thomas vermerkte das in seinem Tagebuch mit einem dicken Ausrufezeichen. Jedoch, wieder in unserer Stadt gelandet, schreibt er auf: „Ich spiele den Überlegenen - und habe doch Angst wie ein kleines, alleingelassenes Kind vor der Unabänderlichkeit meines nahen Todes."

Zwischenspurt

Mit Erstaunen stelle ich fest, dass Thomas in der Stadt das Steuerrad fest in die Hand nimmt. Er kümmert sich um die Weiterbildung seiner Stimme, geht allein zu der obligatorischen Nachuntersuchung, lernt weiter Portugiesisch. Er geht ins Hallenbad, um weiter zu trainieren; er trifft sich mit Freundinnen und Freunden, trinkt Bier und Wein, isst weiterhin, um an Gewicht zuzunehmen, wird wieder eitel, lässt sich den Bart oder besser gesagt, die wenigen grauen Haare, die sich zeigen, von der Friseuse des Eifeldorfs färben. Er besucht sogar seinen Vater und bleibt somit über Nacht weg.

Für mich bedeutet dies eine Entlastung und auch Beruhigung. Es führt soweit, dass ich mich manchmal frage, wenn ich morgens aufwache, ob das nun alles real oder vielleicht doch nur ein schlimmer Traum gewesen sei.

Thomas schreibt an seinem Roman weiter, er raucht sogar ab und zu eine seiner Virginia-Zigarren. Natürlich gibt es Momente, wo alles in großer Klarheit vor und hinter uns liegt. Das zeigt sich spätestens dann, wenn wir mit unseren Verwandten in Berührung kommen, und sei es nur gedanklich. An der Funkstille zwischen mir, meiner Mutter und Schwester hat sich nichts geändert. Sie würden nicht einmal erfahren, wenn wir nicht mehr zu den Lebenden gehörten.

Thomas' Geschwister zeigen sich nicht weiter bereit, ihren Bruder als Kranken zu akzeptieren. Wenn sie von sich hören lassen, wird alles ausgeklammert, was an die „schlimme" Zeit erinnert. Dafür lebt er jetzt schon viel zu lang. Sie ist einfach ermüdend, diese Warterei auf einen doch eher unwahrscheinlichen frühen Tod ihres Bruders. Die üblichen Floskeln aus der Vergangenheit werden wieder aufgenommen, und Thomas verzichtet bald auf diese Art von Kontakten, obwohl es ihm sehr wehtut.

Er kann doch auch nichts dafür. Er tut, was zu tun ist in seiner Lage. Bei seiner Konstitution und bei seinem ausgeprägten Willen führt das zu einem körperlichen Zustand, der bald wieder wie in früheren Zeiten fast besser ist als der seiner Brüder und auch der vieler Freunde.

Wir verstehen zwar, wie schwer es nun für alle Beteiligten ist, in ihm den Moribunden zu sehen. Und dieses permanente Gefühl, an der Nase herum geführt zu werden, vielleicht aus Geldgründen oder sonstigen nicht durchschaubaren, führt irgendwann zu einem Desinteresse.

Dahinter, das merke ich besser als Thomas, steht dennoch immer die Angst, dass etwas dran sein könne an Thomas' Erkrankung. Er ist Zeit seines Lebens anders als sie gewesen und hat dieses Anderssein stets gepflegt. Insofern hat Thomas seinen Anteil an der Einschätzung durch seine Brüder.

Und erst seine einzige Schwester, die das Wort Krebs nicht über die Lippen bringt, die Ärmste. Thomas ist voller Mitleid, obwohl ihm klar ist, dass sie das eigentlich gar nicht verdient. Aber so ist er eben. Er tröstet sie die wenigen Male, die sie sich aufgerafft hat, den jüngsten Bruder in seinem Unglück zu besuchen.

Wenn Thomas keine Untersuchungstermine wahrzunehmen hat, bleibt er nun auch schon mal während der Woche allein im Dorf. Er läuft durch den Wald und auf die Hügel, seine Gesichtsfarbe ist fast wieder die alte. Er kommt gut voran mit seinem Roman. Er führt ab und zu - wenn auch mühsam - Gespräche mit einigen Leuten aus dem Dorf.

Donnerstags holt er mich am nächstgelegenen Bahnhof ab und freut sich auf meine Anwesenheit. So verfallen wir im Laufe der Wochen in unseren alten

Rhythmus. Wir sprechen nicht darüber. Manchmal tut es mir sehr weh, wenn ich bedenke, dass ich mich auch gut täuschen könne, was die uns noch verbleibende Zeit betrifft. Oft jedoch arbeite ich auch von zu Hause aus an meinen Büroaufgaben. Das war durch die neuen Kommunikationstechniken und vor allem durch die Zustimmung meines Chefs möglich, wenn auch noch lange nicht üblich. Ich war ihm dafür dankbar. Thomas befindet sich in Hochform.

An einem dieser Tage spricht Thomas mit einem Freund unter vier Augen. Wir haben lange überlegt, welche Worte zu finden seien, um dem Freund die Antwort auf die beabsichtigte Frage und ein derartiges Anliegen zu erleichtern. Thomas erwartet zu gegebener Zeit die Übergabe eines bestimmten Mittels, das wir ausgewählt haben, um vom Leben in den Tod zu gehen. Der Weg, den wir gehen wollen, kann auf diese Weise beschritten werden. Niemand wird Ärger zu erwarten haben, weil er seine Hilfe gab. Für die größte Sicherheit hierzu werden wir schon sorgen.

Das Gespräch zwischen den Freunden dauert eine Ewigkeit, finde ich. Als Thomas wieder zurück ist, sehe ich, dass er das Versprechen erhalten hat. Obwohl wir ungemein erleichtert sind, verkennen wir nicht, was für eine Entscheidung dieser Freund soeben getroffen hat. Und Thomas berichtet, dass er das Gespräch fast hätte abbrechen wollen, da er und sein Freund sich in einer Gefühlslage befunden hätten, die auf eine Krise zusteuerte, vor allem wegen des Wunsches, dass Thomas und ich gemeinsam unserem Leben ein Ende setzen wollen.

Wie schwer war es Thomas gefallen, dem Freund das abzufordern. An seinen Augen hat er ablesen können, wie dieser verzweifelt nach einer anderen Lösung suchte, ihm jedoch nichts eingefallen war, was er hätte vorschlagen können. Und wie schwierig war es für den Freund, nicht einfach abzuwinken. Das ärgste daran war, dass seine Frau unter keinen Umständen Kenntnis von dieser Abmachung erhalten durfte.

Thomas hat trotz seiner Erleichterung, die er nicht verbergen kann, ein schlechtes Gewissen. Andererseits sagt er sich, äußerstenfalls hätte der Freund ja auch ein klares Nein in den Raum stellen können.

„So einfach ist das auch wieder nicht", wage ich einzuwenden, „er möchte dir doch gern helfen. Wahrscheinlich übersteigt es sein Vorstellungsvermögen, dass er mir auch hilft, wenn er mich einbezieht, wie wir es wünschen. Das muss doch auch erst mal in seinen Kopf. Wie viel Zeit hatten wir, ja, es stand immer zwischen uns fest, dass unser Leben gleichzeitig zu Ende geht. Aber das ist doch nicht normal. Jedenfalls für die meisten Menschen nicht."

Die Erleichterung, den Schritt erfolgreich getan zu haben, gibt uns unendlichen Mut für alles, was noch auf uns zukommen wird. Vor allem Thomas geht von nun an durch die Welt, als könne er alle Probleme mühelos überwinden. Nichts wird ihn mehr aufhalten können. Soll doch seine Schulter schmerzen, die Magensäure ihn belästigen, seine Stimme nur ein heiseres Flüstern bleiben (es könnte mit der Wiederherstellung der Stimme noch ein halbes Jahr dauern, hatte einer der Ärzte bei der letzten Untersuchung gesagt). Soll sich doch der Arm wieder bemerkbar machen!

Zum allgemeinen Erstaunen geht es wieder einmal auf Weihnachten zu. Wir werden diese Tage mit den engsten Freunden in unserem Dorf verbringen. Ich amüsiere mich wie jedes Jahr über Thomas' Absicht, die er auch dieses Mal umsetzt, einen Weihnachtsbaum haben zu wollen. Er wählt einen schön gewachsenen, nicht allzu großen aus. Er schmückt ihn ausdauernd und mit Geschick und ist sichtlich stolz darauf, ein so edles Exemplar ergattert zu haben. Allein das ist für mich schon Weihnachten genug. Wir schenken uns immer nur kleine Dinge, an denen wir uns erfreuen. Aber jedes Jahr überreicht Thomas mir ein Gedicht. Das ist etwas ganz Besonderes und durfte nicht fehlen.

In diesem Jahr erhalte ich ein Gedicht besonderer Art. Thomas hat die Bucht von Arrifana beschrieben unter dem Aspekt unseres gemeinsamen Todes an diesem Ort. Das Gedicht enthält keine pathetischen Aussagen, keine rührseligen Formulierungen, es ist vielmehr so in seinen Worten, dass ich mich mit Thomas vereint sehe, so wie es nur sein kann. Es bleibt in dem Gedicht kein Raum für Trauer oder Reue, es ist alles klar und gut und schön.

Auf diese Weise wird das Band zwischen uns noch enger und das Bewusstsein stärker - wenn es denn noch stärker werden kann. Es bleibt natürlich nicht aus - das wäre auch nicht normal gewesen - dass ich mir manches Mal vorzustellen versuche, ohne Thomas weiter zu leben.

Einmal habe ich mich, als ich mit Thomas spazieren ging, für einige Kleider im Schaufenster einer Boutique interessiert und mich auch entsprechend geäußert. Thomas fragt, ob ich vielleicht angesichts solcher Wünsche nicht auch den Wunsch verspürte, ohne ihn ein Leben zu versuchen. Ich sage, das habe ich natürlich, aber es gehe über mein Vorstellungsvermögen und über meine Gefühle hinaus. Wir kaufen diese Kleider, und ich trage sie voller Stolz. Auch das gehört zu unserer Überlebensstrategie. Was bedeutet es, dass uns unsere Umgebung nicht verstand. Wichtig ist, dass wir uns einig sind.

Nach Weihnachten kommen Eis und Schnee. Thomas äußert den lang gehegten Wunsch, einmal auf den Vesuv zu klettern. Das ließe sich doch gut mit einer Reise nach Rom verbinden. Der Februar wird dazu ausersehen. Warum nicht der Ve-

suv, dachte ich mir. Allerdings so recht verstehen konnte ich Thomas' Beweg-
gründe nicht. Was mir spontan dazu einfällt, ist der „Empedokles" von Hölderlin,
obwohl es sich dabei um den Ätna gehandelt hat. Das Bild geht mir nicht aus
dem Kopf. Was will Thomas dort. Er ist Bergsteiger, aber doch in den Alpen!
Schließlich gebe ich mich damit zufrieden, dass der Vesuv möglicherweise für
Thomas nur eine Begleiterscheinung anlässlich einer Reise nach Rom sein könnte. Das wird es bestimmt sein. Und Rom ist für mich ein willkommenes Ziel.

Die Reiseplanung übernimmt Thomas. Zum ersten Male soll es eine Pauschalrei-
se der Art werden, wo Hotel und Flug gebucht werden. Das Hotel in Rom lag
zentral, so dass wir es sehr gut als Ausgangspunkt für unsere Erkundungstouren
nehmen könnten. Das Flugzeug sollte in Luxemburg starten. Das allein schon
versprach eine bequeme Reise. Wir machten uns vertraut mit Rom und seiner
Umgebung. Ich mehr als Thomas, der durch das ihm gewährte Stipendium eines
österreichischen Kulturinstituts ein Jahr in Rom verbringen durfte.
Wenn jemand in seiner Nähe von Rom erzählte, leuchteten Thomas' Augen zuerst in einem besonders schönen Grünbraun, um dann ins Träumen zu geraten.
Kurz bevor er mich kennen gelernt hatte, steckte er in Umzugsvorbereitungen für
diese Stadt, um für immer dort zu leben, wo er sich so wohlgefühlt hatte. Rom
war ein angemessener Ort für einen Menschen wie Thomas, hatte ich empfunden.
Zum Zeitpunkt unseres Kennenlernens war es für Thomas wichtiger gewesen, in
Deutschland bei mir zu bleiben, als diesen anderen Plan zu verwirklichen, auch
wenn er häufig in Gedanken in Rom spazieren ging. Er hatte viel über diese
Stadt gelesen und selbst geschrieben; er kannte sie sowohl in ihrem jetzigen

Kleid als auch aus der Geschichte, die er wieder und wieder durch Mommsen und Gregorovius jedes Mal neu kennen lernte.

Als wir das erste Mal gemeinsam nach Rom gefahren waren, kam ich mir vor wie in einem Märchen. Thomas erzählte und zeigte und schwieg mit mir. Er war voller Hochachtung und Wertschätzung für diese Kultur, dass ihn nicht einmal, der andernorts so empfindlich auf lauten Autoverkehr und Abgasgestank reagierte, diese Beeinträchtigungen von seiner Lobpreisung abhalten konnten.

Damals war es Spätsommer gewesen. Die Farben und das Licht waren schon ein wenig gedämpft und eine gewisse Mattheit lag über allem, als hätten diese Stadt und ihr Umland während der vergangenen Saison zu viele Touristen gesehen. Weite Wege zu Fuß kennzeichneten die Eroberung Roms durch Thomas und mich.

Aber nur auf diese Weise erschloss sich alles in der einzig richtigen Dimension; eine andere Annäherung wäre auch nicht in Frage gekommen. Unsere Verliebtheit in einander wurde durch Rom noch verstärkt; während wir beide noch auf der Suche nach den Eigenschaften des jeweils anderen waren, kam uns die römische Schönheit als angenehme Unterbrechung dieses Ertastens von Zeit zu Zeit sehr entgegen.

Wir benötigten immer wieder neue Anläufe und waren überrascht durch das eine oder andere Detail, das wir mit den Augen des Geliebten wahr- und in uns aufnahmen. Nie werde ich die beiden Toten, Mann und Frau auf den Sarkophagen in der Villa Giulia, vergessen, die, auf dem Rücken liegend mit friedvollen Gesichtern, sich noch im Tode an den Händen halten. Andächtig hatten Thomas und ich davor gestanden. So würden auch wir gern im Tode vereint bleiben. Wie merkwürdig mir jetzt manches Mal dieser Rückblick in eine Zeit erscheint, in der aber auch gar nichts auf das hin deutete, was ein Jahrzehnt später geschehen sollte. Ich hatte mich nur über Thomas' Verhalten gewundert, von meinen Gefühlen getragen, hatte auch ich mich diesem Anblick hingegeben, ohne mir darüber Rechenschaft abzulegen. Ich hatte ein paar Fotoaufnahmen gemacht. Die Bilder sah ich mir von Jahr zu Jahr wieder an, wie andere Fotos auch.

Was hat alles in ihm gesteckt, und was hatte Thomas vielleicht schon vorausgenommen. Es musste wohl Dinge geben, die unerklärbar blieben, deshalb existierten sie trotzdem. Thomas wäre gern häufiger nach Rom gefahren. Aber was verschiebt man nicht alles in die Zukunft, wenn man glaubt, sein Leben noch vor sich zu haben.

Und genau das war und ist der große Irrtum, zu denken, man habe noch Garantie, auch wenn man es nicht so bezeichnete, auf etwas in der Zukunft. Was man versäumt, bleibt versäumt, wie klug ich bin mit einem solchen Satz aus meinem Munde, denke ich, und wie oft habe ich dies schon formuliert und meinen Mitmenschen klar zu machen versucht. Das hilft alles nichts, jeder lernt es neu, und viele erst, wenn es bereits zu spät ist.

An einem Freitagmorgen stiegen wir in unser Auto und ließen unser Dorf in der winterlichen Februarkälte zurück. Jeder Abschied war wirklich ein Abschied. In dem Zustand, in dem wir uns befanden, schaute man nicht mehr nur nach vorn. Man ließ auch immer etwas, was gut gewesen war, hinter sich, nicht wissend, ob eine Rückkehr möglich sein würde.

Die zwei Wochen zuvor durchgeführte Computertomographie hatte Knoten auf dem Zwerchfell und zwei Tumoren am Rande des alten Bestrahlungsfeldes gezeigt. „Das ist dann wohl die Ruhe vor dem Sturm", sagte Thomas. Da er keine Schmerzen hatte und das Plattenepithelkarzinom, wie wir bereits wussten, auf chemische Behandlungen nicht reagieren würde, blieb uns nichts anderes übrig, als die verbleibende schmerzfreie Zeit zu genießen. Was sollten wir auch sonst tun.

Das erste Mal im Leben steuerte Thomas einen Wagen mit automatischem Getriebe, eine Limousine, die nicht so recht zu uns passen wollte.

‚Immerhin kommen wir langsam in das gesetzte Alter', witzelte Thomas, der die Angelegenheit auch komisch fand. Mir war es gleichgültig, womit wir uns fortbewegten, dieses Auto war ein Firmenwagen gewesen, den ich günstig hatten erwerben können. Er war komfortabel und zuverlässig. Aber er war auch der Anlass für wilde Spekulationen, wieso ein solches Auto zu dieser Zeit in diesem Zustand, für so viel Geld nun unbedingt notwendig gewesen sein sollte.

Das war es, was die Umwelt interessierte, diese Äußerlichkeiten brachten Lebendigkeit in die Beziehungen, wieder bis hin zum Neid und dummen Anspielungen. Thomas auf seine gelassene Art, die er gar nicht ablegen konnte, reagierte lächelnd und mit Witz auf diese Zumutungen, denn als solche empfand ich sie. Nie würde ich derart gleichmütig sein können.

Die Fahrt durch die frostige Hügellandschaft ist eine gemächliche ohne die sonst auf den Autobahnen übliche Aggressivität. Trier, dann Luxemburg sind schnell erreicht. Wir stellen den Wagen entgegen dem Ratschlag unserer Freunde für zwei Wochen auf dem Flughafenparkplatz ab und begeben uns in die Halle.

Die wenigen Menschen, die zu dieser Stunde hier unterwegs sind, können unmöglich ein Flugzeug füllen, denke und sage ich. Aber nachdem wir unsere Koffer aufgegeben und uns zu einem Kaffee niedergelassen haben, kommen weitere Passagiere hinzu. Thomas und ich sind lange nicht in Rom gewesen und voller

Vorfreude. Während wir uns bereits ausmalen, was wir alles sehen wollten, sehe ich in Thomas' Augen wieder die lauernde Frage nach dem letzten Mal.

Könnte ich ihm das doch nur abnehmen, denke ich verzweifelt, aber mir geht es im Grunde genauso. Vielleicht hänge ich nicht so an den Dingen und an Erinnerungen, frage ich mich.

Dieses Unvermögen, dem geliebten Menschen das nicht ersparen zu können, tut unsagbar weh. Die Einsamkeit hat einen sofort wieder, dagegen gibt es kein Mittel. Und gemeinsame Trauer ist nicht immer eine Erleichterung. Wie viele Abschiede haben wir noch vor uns, fragen wir uns. Und jede Freude birgt einen Abschied, das geht einem gesunden Menschen nicht so, da er natürlicherweise von Wiederholbarkeit ausgeht.

Und obwohl ich mich kerngesund fühle, bin ich durch meine Verbundenheit mit Thomas in der Lage, seine Last zu spüren, die er ständig bei sich trägt. Es ist nicht nötig, dass er darüber spricht. Weder lamentiert er über sein Schicksal, noch zieht er mich in einen Sumpf hinab, wie es andere, leichter Erkrankte, zu tun vermögen. Es ist das Wissen um das nahende, unausweichliche Ende.

Der Flug ist sehr angenehm, bei Start und Landung halten wir uns, wie stets im Flugzeug, an den Händen. Die Ankunft in Fiumicino ist die Ankunft in einer anderen, schöneren Welt. Thomas lebt auf. Hier kennt er sich aus. Hier führt er das Wort mit seinem lustigen Italienisch und der dazugehörenden Gestik. Hier übernimmt er unweigerlich die Führung, was ich zu genießen weiß. Wir lassen uns zum gebuchten Hotel fahren und packen erst einmal die Sachen aus; ein wenig Ordnung ist nötig. Dann nimmt Thomas mich an die Hand, und wir gehen durch die Straßen als Besitzer einer neuen kleinen Freiheit, die uns keiner nehmen kann. Als hätten wir jemanden überlistet, der schon etwas anderes mit uns, etwas Schlimmes, vorhatte.

Auf dem Vulkan

Es war Karnevalszeit, auch in Rom. Wir hätten das sicher nicht bemerkt, wären nicht diese fröhlichen Kinder in einem Kindergarten auf einem der Hügel Roms gewesen, die eines Vormittags lärmend in bunter Verkleidung eines der schönsten Aussichtsplateaus der Stadt in Besitz nahmen. Sie hatten ihren Spaß und strotzen vor Lebensfreude.

Die Februarluft ist mild, ein klarer Sonnentag. Thomas konnte am besten von hier oben einer Fremden wie mir den Grundriss der Stadt nahe bringen und mich neugierig machen auf die vor uns liegenden Erkundungstouren.

Thomas hat in all den Jahren so viel über diese Stadt zu Papier gebracht, dass ich mir anhand der Details, wenn ich gewollt hätte, einen kleinen Stadtplan zusammenstellen könnte. Ich hatte mir zu Beginn unserer Beziehung vorgestellt, wie Thomas auch in Rom hätte glücklich werden können. Ob er allerdings in dem Maße zum Schreiben gefunden hätte wie in Deutschland, wagte ich zu bezweifeln. Aber reicheres Leben mit einsamem Schreiben zu vergleichen, war unfair. Außerdem hatte er sich entschieden, oder es hatte ihn entschieden, wer wusste das so genau.

Wenn der Name dieser Stadt in einem beliebigen Gespräch in Anwesenheit Thomas' fiel, begeisterte er sich stets aufs Neue und wusste eine Menge zu erzählen. Er war dann kaum zu bremsen.

Nun gehen wir durch die Gassen, Thomas drückt manchmal kurz und heftig meine Hand als Ausdruck seiner Freude, als könne er nicht glauben, wieder in Rom zu sein. Wenn nicht seine Stimme so dünn und zittrig gewesen wäre, hätte er sicher viel erzählt, während wir durch das Forum gehen. So ziehen zwei Menschen mehr oder weniger stumm im Einklang mit sich und ihrer Umgebung durch diese leise und zugleich laute Stadt, die den Sinnen so viel zu schenken weiß, jedoch nie aufdringlich wird.

Beide genießen wir den Wechsel von stillen Winkeln mit stinkenden verkehrsreichen Straßen, die man nur rennend zu überqueren wagt, von selbst im Februar duftenden Hainen und schattigen Plätzen dort, wohin die Sonne ihren Weg nicht findet.

Wir trinken den römischen Wein und nehmen das Mittagsmahl, am zweiten Tag schon einem Ritual gleich, in einem kleinen Restaurant ein. Hier herein kommen und gehen die Büroleute, während Thomas und ich immer noch hier sitzen und es einfach genießen, keine Termine zu haben.

Touristen sieht man in diesem Lokal nicht, auch keine Speisekarte in englischer Sprache. Ich frage den Kenner an meiner Seite dies und jenes und es kommt selten vor, dass Thomas keine Antwort weiß. Die Abende verbringen wir nach dem Essen im Hotel, lesend, schreibend und einander nah. An einem Abend sehen wir uns einen Kinofilm an und holen uns anschließend im Hauptbahnhof die Auskunft, wann Züge nach Neapel fahren.

Nach einer Woche in Rom bin ich dann nicht mehr so sicher, ob der Vesuv in Thomas' Denken noch so real vorhanden ist. Aber als irgendwann die Namen Pompeji und Herculaneum fallen, gibt es keinen Zweifel mehr. Wir werden bald dorthin aufbrechen.

Neu ist für Thomas, nicht in einem Automobil zu sitzen und auf Neapel zuzufahren, sondern in einem der Schnellzüge, die einen unversehens wieder ausspuckten, weil man bereits angekommen war. Bis auf eine Herde von Büffeln, die entlang der Bahnstrecke einen Dauerlauf einüben, den Wettbewerb mit dem Zug jedoch verlieren müssen, ist nichts Besonderes zu entdecken.

Die Annäherung an Neapel ist genauso wenig schön wie die an fast jede Großstadt dieser Welt, die sich alle nicht von der bewundernswerten Seite zeigen, wenn man auf Schienen auf sie zukommt. Das wäre auch zu einfach.

Wir müssen umsteigen in die kleine Circumvesuviana-Bahn, die in einer Art Kreisverkehr zwischen Neapel und dem Vesuv verkehrt. Wir finden ein kleines Hotel mit Blick auf die Kirche und den Vulkan. Hier liegen merkwürdigerweise ein paar Schneereste, und es ist kühl im Vergleich zu Rom. Thomas freut sich auf den nächsten Tag, an dem er endlich seinen alten Wunsch erfüllt sehen wird. Ich habe trotz meiner Fragen die Erklärung nicht gefunden, warum Thomas so unbedingt auf diesen Vulkan hinauf will. So lasse ich es jetzt einfach Wirklichkeit werden.

Thomas ist am Morgen des folgenden Tages sehr enttäuscht, als er feststellen muss, dass der Vesuv von Nebel eingehüllt ist. Zur Entschädigung machen wir uns auf den Weg, Herculaneum von neuem zu erkunden. Zu dieser Zeit sind zahlreiche Sehenswürdigkeiten nicht zugänglich wegen notwendiger Bau- und Restaurationsarbeiten. Wir werden das eine und andere Mal fehlgeleitet und kommen nicht dort an, wohin Thomas strebte.

Da merke ich, wie schnell mein Thomas in den Zustand der Enttäuschung gleiten kann. Das ist neu. Das kenne ich an ihm nicht. Es ist das erste Mal, dass ich erlebe, wie seine Stimmung ins Trostlose zu fallen beginnt. Ein Zeichen dafür, was dieser Mensch an meiner Seite in den letzten Monaten mitgemacht hat. Ich nehme ihn in den Arm, tröste ihn wie ein kleines Kind und sage, es mache doch nichts, wir hätten doch Zeit zu warten, bis der Nebel sich lichte.

Ich kenne Thomas bisher weder ängstlich noch so auf Sicherheit bedacht. Jetzt ist er schon beunruhigt bei der Vorstellung, unser Hotelzimmer in Rom wäre vielleicht wieder vergeben. Er steht nicht so sicher in der Gegenwart, wie er den Anschein gibt, und sogar mir ist das bis zu diesem Tag entgangen. Es tut mir so unendlich leid, ihn wegen dieser Kleinigkeit hilflos und traurig sehen zu müssen und ich habe Mühe, ihn zu überzeugen. Natürlich dauert dieser Zustand nicht lange, er lässt sich bereitwillig ablenken, was in Italien kein schweres Unterfangen ist. Ich bleibe jedoch alarmiert.

Über Nacht ist Schnee gefallen, aber es ist ein sonniger Morgen, als wir aus dem Fenster sehen. Da ist er, unverkennbar in seinen Umrissen. Thomas drängt zum Aufbruch. Auch wenn in Ercolano der Vesuv so nahe zu sein schien, wir haben einen Bus zu nehmen, der uns zu seinen Füßen bringt. Hier angekommen, können wir uns entscheiden, weiter mit einem kleinen Bus oder aber zu Fuß hinaufzugehen.

Früher hätte sich Thomas nie gegen den Fußweg entschieden, ich erleichtere ihm die Wahl, indem ich äußere, ich würde lieber fahren. Bis an den Krater führt jedoch nur ein schmaler Pfad. Ich, nicht schwindelfrei, halte mich eng an Thomas, der dies mit einem Lächeln zur Kenntnis nimmt. So bleibt er der Bergsteiger und gleichzeitig der Führer, der er in den Alpen immer gern und zuverlässig gewesen ist. Ich versuche zu ergründen, woran er denkt während des langsamen Aufstiegs. Seine Silhouette, Thomas ist mit einem langen schwarzen Wollmantel bekleidet, hebt sich vom dunklen Braun des Gesteins ab und passt gleichzeitig genau an diesen Ort. Der Wind bläst kräftig in dieser Höhe, so dass es mir schon ungemütlich wird. Dabei ist mir Wind aus Kindheit und Jugend vertraut und macht mich normalerweise fröhlich.

Merkwürdig, denke ich, wir gehen an einem kühlen Februartag hier hinauf, wahrscheinlich um einmal in den Krater zu schauen und, wenn wir viel Glück haben, das Meer zu sehen. Dafür fahren wir nach Neapel, dabei war es in Rom so schön gewesen und Thomas hat sich wohl gefühlt. Dieses Rätsel ist nicht zu lösen. Das einzige Rätsel in meinem Leben mit Thomas, von dem ich wissend zugeben muss, es nicht gelöst zu haben. Ich insistiere nicht weiter. Am Kraterrand angekommen, überlegen wir, ein Stück hinunterzusteigen. Aber nur, um einmal von innen herauszuschauen, scheint es uns dann doch zu mühselig. Außerdem ist es verboten. Insgesamt kann ich, die ich mir alle Mühe gebe, mit diesem Besuch hier kaum etwas anfangen. Später, wenn ich die beiden Fotos anschaue, die ich dort oben von Thomas gemacht habe mit seinen wehenden Haaren und dem schwarzen Mantel gegen den dunklen Berg, dann spricht etwas zu mir aus diesem Bild der Einsamkeit. Es ist ungeschönt durch künstliches Arrangement, schnörkellos und direkt, passend und wortlos, ob es einer so will oder nicht, ob es einem gefällt oder nicht. Aushalten oder weglaufen. Dazwischen gibt es nichts. Und ich hatte auch später diese Fotos auszuhalten. Ich wollte es, und so gelang es auch.

Als wir uns am Nachmittag auf den Weg zum Bahnhof begeben, sind wir guter Stimmung. Wir warten auf den Zug, während wir gedanklich noch einmal in die Vergangenheit abtauchen. Wir versuchen, uns das tägliche Leben in Herculaneum vorzustellen, auf diesem Streifen Erde, so nah am Meer. Wie die Menschen das zu jener Zeit wohl empfunden haben mochten. Aus der Sicht des Nordländers war das schon damals die Vorstufe zum Paradies, natürlich.

Aus der Richtung, aus der wir den Zug erwarten, kommt er. Als er jedoch nahebei ist, bemerken wir, dass wir auf der falschen Bahnsteigseite stehen. Diesen Zug werden wir nicht mehr erreichen.

„Macht nichts", sagt Thomas, „dann gehen wir doch etwas trinken in der Zwischenzeit."

Gerade, als wir uns in Bewegung setzen, ertönt blechern eine Stimme aus dem Lautsprecher, die mitteilt, wegen Streiks des Bahnpersonals werde an diesem Tag keine Bahn mehr abfahren.

„So ein Aufwand," sagt Thomas, „das ist doch wirklich nicht nötig, nur unseretwegen", und er lacht, zieht mich mit in das nächste kleine Lokal, wo wir die nächsten zwei Stunden mit dem Wirt plaudern und essen und trinken, bis uns einfällt, dass wir ja noch für unsere Übernachtung zu sorgen haben. Das regelt im Nu der Wirt, so dass wir in Ruhe und in angenehmer Unterhaltung auch noch den Abend dort verbringen. In dieser Atmosphäre hat Thomas' Stimme eine Chance, was er sehr genießt. Er strengt sich nicht über die Maßen an, um verstanden zu werden, im Gegenteil, seine Sprache wird flüssiger, seine Gestik ungezwungener.

Das erste Mal nach langer, langer Zeit fühle ich den alten Thomas lebendig werden. Wenige Chancen hat er in Deutschland dazu gehabt! Das allein schon ist die Reise wert.

In unserem Hotel werden wir müden Gäste des späten Abends wie alte Stammgäste begrüßt und dürfen wieder in unser Zimmer, das inzwischen hergerichtet worden ist, einziehen. Die Wirtsleute bedauern die Umstände und beteuern, das sei wirklich Pech, ausgerechnet jetzt so ein Streik. Mitten im Winter. Thomas beschwichtigt sie, indem er sagt, es hätte uns so gut gefallen, dass wir gern noch einen Tag bleiben würden. So sind alle zufrieden.

In dieser Nacht wache ich gegen meine Gewohnheit einige Male auf. Ich weiß nicht warum, geträumt habe ich nicht oder wenigstens erinnere ich mich daran nicht. Ich drehe mich auf die Seite, Thomas zugewandt, betrachte sein Gesicht im Mondlicht, lege dann die Hand auf seinen bloßen Arm, spüre seine Wärme und schlafe beruhigt wieder ein.

Rom empfängt uns wieder, die wir jetzt erst den Lärm der Stadt wahrnehmen, nachdem wir aus der Stille des kleinen Ortes am Fuße des Vesuvs zurückgekommen sind. Die noch verbleibenden Tage verbringen wir in Gärten, Museen, Restaurants und noch einmal im Pantheon. Wie schon zuvor bei anderen Abschieden habe ich Herzklopfen, weil ich mir vorstelle, wie es erst in Thomas aussehen wird. Ich weiß inzwischen, da wir darüber gesprochen haben, dass er nicht davon ausgeht, sein geliebtes Rom noch einmal wieder sehen zu können.

Das muss schmerzen. Selbst ich bin nicht frei von ähnlichen Gefühlen. Das mit solchen Gedanken verbundene Absolute, dieser Schlussstrich, der vom Schicksal oder wem auch immer gesetzt wird, hinterlässt eine Spur der Enttäuschung, weil die Frage auf das Warum nie beantwortet werden wird.

Als Christen haben wir gelernt, in den Kategorien von Schuld und Sühne zu denken, auch wenn Thomas und ich uns sehr früh von dieser Art Religion bewusst abgewandt hatten. Das ist uns in den vergangenen Monaten mehrmals aufgefallen. Wie oft haben wir früher darüber gesprochen, warum wohl große freie Geister, die wir sehr verehrten, sich auf ihrem Sterbebett noch schnell zu einem Gott bekannten. Gab es also diese wirklich freien Geistesgrößen gar nicht? Waren etwa alle, die der gleichen Kultur angehörten, über Generationen gebunden an diese Vorstellungen? Befreiten sie sich dann von den vermeintlichen Fesseln, um in der letzten Stunde reumütig in den Schoß einer Religion zurückzukehren, um des Seelenheils Willen?

Die Landung auf dem Luxemburger Flughafen mitten in der Nacht ist eine Ankunft im Schnee. Wir staunen nicht schlecht. Unseren Wagen können wir kaum identifizieren. Nachdem wir ihn vom Schnee befreit haben, hoffen wir, dass die Batterie die zwei Wochen gut überstanden hat. Das ist ein guter Start, und nach kurzer Fahrt wird uns wieder warm und wir freuen uns über die Zuverlässigkeit des Wagens. ‚Ich bin froh, wieder zu Hause zu sein', sagt Thomas. ‚Ich muss dringend am Roman weiterschreiben. Hoffentlich ist das Haus nicht so ausgekühlt.'

Vorsorge

Der Winter hatte richtig begonnen. Seit der folgenreichen Diagnose hatten die Jahreszeiten einen größeren Stellenwert erhalten. Thomas, der nie dem Winter ausgewichen war, sehnt sich nach Wärme, ich sowieso. Doch wenn man vielleicht nur noch gerade einen Sommer vor sich sieht, denke ich, ist man sehr im Zwiespalt, ob man sich diesen schnell herbeisehnen oder aber auch den Winter willkommen heißen sollte, weil das Zeit bedeutet, die einem zur Verfügung steht.

Die Aussicht auf einen Aufenthalt in Portugal im Mai versöhnt uns mit Eis und Kälte. Der wöchentliche Weg von Köln in die kalte Eifel auf teilweise glatten Straßen stellt hohe Anforderungen an Thomas, der seit einigen Tagen Schmerzen im rechten Oberarm verspürt. Er glaubt zunächst, er habe darauf gelegen oder eine falsche Bewegung ausgeführt. Der Schmerz lässt jedoch nicht nach. Ich habe mir vorgenommen, Thomas darin zu ermutigen, soviel wie möglich am normalen Leben teilzunehmen. Dazu gehört für Thomas auch das Autofahren, und ich halte ihn jetzt nicht davon ab. Er hat mich gebeten, ihn so lange chauffieren zu lassen, bis er unaufgefordert das Steuer an mich übergeben werde.

In der Zeit, als wir häufig über mögliche Todesursachen für Thomas - statistisch nachgewiesene - gesprochen haben, war es uns klar geworden, dass es auch ganz überraschend geschehen könnte, dass uns weder eine Möglichkeit des Eingreifens noch der Vorsorge bleiben würde. Grund für diese Annahme war schon allein die Tatsache, dass der ursprüngliche Herd des Tumors in der Nähe der Aorta gefunden worden war.

Das Risiko war vorhanden und auch gegenwärtig, dass Thomas' Leben von jetzt auf gleich zu Ende sein könnte.Ich bin mir darüber im Klaren, dass ich, an seiner

Seite ihm im Wagen sitzend, nicht würde retten können. Mich auch nicht, vielleicht wäre ich noch gerade in der Lage, dafür zu sorgen, dass andere Verkehrsteilnehmer unbeeinträchtigt blieben. So war ich während jeder Fahrt noch aufmerksamer als sonst.

In der Stadt sucht Thomas einen Orthopäden auf, der ihm eine Salbe verschreibt, aber die Ursache für die Schmerzen im Arm ist nicht feststellbar. Tagelang ist der Schmerz wie weggeblasen. Dann kommt er zurück. Thomas redet nicht viel darüber. Er geht zu den so genannten Nachsorgeuntersuchungen in die Klinik.

Eine Freundin mutet ihm eines Tages kurz nach der Operation zu, sich mit einem besonderen Thema zu befassen. Thomas schreibt damals in sein Tagebuch: ‚Sie will mir irgendwelchen Kram andrehen, der angeblich zur spontanen Selbstheilung führen könne. Da ist man sterbenskrank, und die Leute verarschen einen auch noch. Und sie insistiert. Wofür hält die mich eigentlich. Dabei müsste sie wissen, dass ich dergleichen ablehne (positiv denken, wenn ich das schon höre: die Menschen können nicht denken!). Vielleicht hat sie es vergessen. Ärger deswegen.'

Trotz dieser „Zumutung" hat sich Thomas plötzlich in seiner Angst um dieses Phänomen gekümmert und schreibt ein paar Wochen später: „Ich liege vormittags und nachmittags je eine Stunde und bekämpfe den Krebs. Fühle, wo es wehtut: Seit Wochen am rechten Schulterblatt, sollte es doch Knochenkrebs schon sein oder von den Lymphknoten im Mediastinum herrühren?"

Thomas macht seine audiovisuellen Entspannungsübungen mit allem Ernst täglich zweimal. Aus je einer Stunde werden bald ein und eine halbe. Er hat sich nach einiger Zeit für ein ganz bestimmtes Bild entschieden. Er schickt Tausende kleinster Fische durch seine Blutbahnen, die die kranken Zellen aufspüren und auffressen. Er feuert sie an und bringt sie auf die richtige Spur. Thomas nimmt das mit der Zeit so wichtig wie nichts anderes, was er tut. Er lässt dazu keinen Termin aus, unter welchen Umständen auch immer. Und jedes Mal kommt er frisch und munter zurück aus seiner Fischwelt.

Ich hätte das nie für möglich gehalten, wenn es mir prophezeit worden wäre. So aber spüre ich, dass Thomas das für ihn Richtige gefunden hat, und ich bin sehr froh darüber.

Unsere Lehrzeit und die der Überraschungen ist noch lange nicht zu Ende: eines Tages, nach einem Ausflug mit einer Freundin in der Stadt beschließen wir, zum Abschluss noch ein Restaurant aufzusuchen. Der Blick in die Speisekarte wird abgelenkt, als die Freundin und ich sehen, dass frischer Fisch angeboten wird. Die Bestellungen werden entgegengenommen. Thomas hat sich ein schönes Steak bestellt.

Ein dicker Kater sitzt abwartend auf einem der Stühle mit am Tisch in diesem halbwegs vornehmen Restaurant, als sei auch er ein Gast. Diese Szene werde ich nie aus meinem Gedächtnis loswerden können. Die Gerichte werden serviert.

Die Freundin und ich beginnen den Fisch zu zerlegen, als Thomas plötzlich sein Besteck niederlegt und anklagend sagt: „Wie könnt Ihr nur die Fische essen, das sind doch meine Helfer." Und er macht ein ganz unglückliches Gesicht. Die Freundin schaut mich fragend an. Sie hat nie zu sagen gewusst, ob Thomas in ihrer Gegenwart spaßte oder nicht, genau wie jetzt. Aber es ist bitterer Ernst, wie ich sofort weiß.

Ich entschuldige mich bei Thomas für unsere unsensible Art, aber es ist zu spät. Wir verlassen das Lokal. Der Wirt glaubt, es habe uns nicht geschmeckt. Aufzuklären, warum wir gehen, hat keinen Sinn. Als einziger freut sich wahrscheinlich der Kater mit seinem siebten Sinn. Die Freundin und ich sind ganz still geworden.

Die folgenden Wochen sind bestimmt von langen Spaziergängen in einem vorzeitigen Frühling, dem jedoch nicht zu trauen ist. Sie sind aber auch gekennzeichnet durch Thomas' Eifer, mit dem er sein Schreiben betreibt; zwischendurch besucht ihn der Vater. Thomas notiert: Vater holt mich, um eine Spinne aus dem Waschbecken zu entfernen.

Alles geht seinen Gang ohne unser Zutun. Thomas' Schmerzen im Arm haben nachgelassen. Knoten auf dem Zwerchfell sind da. Thomas beschreibt manchmal seine Ohnmacht, nichts dagegen tun zu können, dass in ihm etwas wächst, was ihn umbringen wird. Aber er behält seinen Humor, auch angesichts der Leichtigkeit, mit der Journalisten ihr Tagewerk versehen. Er zitiert häufig aus Zeitungen und Fernsehsendungen: „Der weltweite Temperaturanstieg auf der Erde", „die Käfigkinder von Rumänien im Wartesaal des Todes", „ab drei Behinderten kann der vierte das Kino nicht mehr betreten", „Herbert Wehner arbeitete sich durch ein hartes Leben hindurch".

Die Tür zum Garten soll erst im Herbst erneuert werden, worüber Thomas aufgebracht ist. Er erwartet etwas mehr Rücksicht von den Vermietern in der Eifel. Zwei für ihn wichtige Freunde besuchen ihn im März.

Thomas trinkt ab und zu einen Wein, auch weißen. Das geht nicht immer gut. Oder war es die Zigarre? Er denkt jedoch nicht lange darüber nach. Das Auto erhält eine neue Zylinderkopfdichtung. Der März ist viel zu warm, die Veilchen blühen, die Bäume schlagen aus. Der April wird wieder etwas kühler. Unsere Geburtstage stehen vor der Tür. Tage wie alle anderen.

Thomas' Schwester sagt am Telefon: "Ich wünsche dir alles Gute mit deiner Gesundheit." Der Bruder bildet sich ein, Thomas an dessen Geburtstag angerufen zu haben. Thomas gibt sich nicht geschlagen.

Er träumt: ‚Ich schwamm allein durch den Suezkanal, das Land hinter mir versank, auch auf einigen Felsbrocken mittendrin rastete ich nicht. Als ich endlich ankam, drückte mich der Gedanke, wieder zurück zu müssen. Eine Frau gab mir zwei Salzstangen, ich sagte, dass ich kein Geld habe, denn hier gelte ja eine andere Währung. Sie beruhigte mich, nein, sie wolle kein Geld. Es handelte sich um deutsche Touristen. Dann schwamm ich wieder los. Die Schiffe fuhren auf einem Kanal neben der sich weit dehnenden Wasserfläche. Vom gegenüber liegenden Ufer waren kaum Einzelheiten zu erkennen. Ich war so erschöpft, konnte die Augen nicht öffnen, fühlte mich plötzlich in einen Strudel gezogen, sackte weg, kämpfte mich unter Aufbietung aller Kräfte wieder hoch, fand mich bei den Felsen, wo Stühle und Tische vorbereitet waren. Da saß ich nun, zweifelnd, ob ich jemals wieder zurückkehren konnte.'

Der Roman wird länger, die Tage werden länger, die gemeinsamen Wanderwege auch. Ich sehe, dass im Büro alles nach Plan läuft, da es gut gesteuert wird. Meine Kollegen helfen mir, wo sie können. Natürlich bleibe ich ihnen etwas schuldig, weil ich die engsten meiner Kollegen und den Chef in unsere Pläne eingeweiht habe. Die Fragen, die nach dem Zustand meines Mannes gestellt werden, gelten natürlich mir. Vorsichtig gehen die Menschen damit um. Ungläubig auch vielleicht, ich kann das nicht unterscheiden, ich weiß ja manchmal wieder nicht, ob ich mich in einem Traum befinde oder was eigentlich auf mich zukommt. Ich fühle mich eindeutig im Hier und Jetzt, und im nächsten Moment auch wieder nicht. Wie soll das erst anderen ergehen. Niemand versucht, sich querzustellen, um die getroffenen Regelungen zu behindern.

Erst viel später weiß ich das zu würdigen. Ich halte zu jener Zeit alles, was ich tue, für das einzig Richtige. Ich stelle nichts von dem, was für andere eine Last sein könnte, in Frage. So gelingt es mir, auch den nächsten Urlaub wieder ohne Mühe anzumelden.

Thomas hatte in der Vergangenheit häufiger den Vorschlag unterbreitet, unter Ausschmückung all der möglichen Vorzüge, mit dem Wagen nach Portugal zu reisen. Er halte Flugreisen nicht für die angemessene Art, sich einem fremden Land zu nähern. Ich stimmte ihm zu. Das gilt für Reisen, die zeitlich nicht so knapp bemessen waren wie normale Urlaubsreisen. Bei diesen hatte man ein Ziel zu erreichen, und an diesem Ziel begann der eigentliche Urlaub. Wie pervers das war, denke ich, die ich an sich das lange Unterwegssein ebenfalls genieße, es mir aber selten hatte leisten können.

Diese Zeit haben wir jetzt. Es ist absurd. Wir verfügen über diese Wochen, aber insgesamt gesehen, wird die Zeit immer knapper, ein Widerspruch, der jedoch nicht der Logik entbehrt. So machen wir uns an einem schönen Frühlingstag auf den Weg, unsere wichtigsten Schätze in unserer Obhut. Thomas witzelt über die vielen Blätter leeren Papiers und den kleinen Taschencomputer mit einem relativ großen Speicher, der ihn auch mal vom Papier unabhängig machen würde. Was man alles braucht, wenn man jetzt auf Reisen geht. Wir können sogar Thomas' Schnorchel-Ausrüstung und die Schwimmflossen mitnehmen, das ist ja etwas ganz Neues. Und jede Menge Samenkörner für unsere Nachbarn in Portugal, die damit begonnen haben, holländischen Kopfsalat zu ziehen, weil die Touristen diesen auf den Märkten immer vergeblich suchten. Thomas findet das zwar nicht lustig, will dem netten Mann aber gern den Gefallen tun.

Ich lerne wieder ein Auto zu steuern. Dies jedoch nur auf der Autobahn in Zeiten, da kaum Verkehr herrscht. Wir genießen es, nebeneinander zu sitzen, Zeit zu haben für eine ruhige Fahrt, die das Gespräch zulässt. Wir nehmen viele Themen wieder auf, die wir eine Zeitlang beiseitegelassen hatten. Wir diskutieren wie früher über Politik, Literatur, Gott und die Welt. Als wäre inzwischen nichts Wesentliches geschehen. Thomas' Stimme ist um einiges klarer geworden durch sein gezieltes Training. Das stimmt uns froh.

Wir besprechen während der Fahrt, wie es mit dem neuen Roman weitergehen könnte, für den Thomas schon Vorarbeiten geleistet hat. Er spielt in einer Zeit, in der es keine menschlichen Lebewesen mehr geben wird. Die Wesen, die dann den Planeten Erde bevölkern, sind sehr hoch entwickelte kleine affenartige mit einer hohen Wissenskultur, die den Homo sapiens nur aus der Sicht des Paläontologen kennen und ihn erschreckend finden. Eine Umweltkatastrophe hat die menschliche Rasse zum Untergang gebracht. Leider überleben jedoch unterirdisch einige Exemplare, die auch prompt wieder die Weltherrschaft zu übernehmen drohen. Dies muss verhindert werden. Thomas und ich haben großen Spaß bei der Ausschmückung der einzelnen Kapitel und Vorstellung der Handlungen, die zu beschreiben sind.

Manchmal nehmen wir wie nebensächlich wahr, dass um uns herum die Landschaften gewechselt haben. Eigentlich sind wir mit dem Wagen aufgebrochen, um mehr davon zu sehen. Aber so ist es auch gut. Spät nachts beschließen wir, den nächsten Ort anzusteuern, Dax, eine kleine Stadt vor der spanischen Grenze.

Ohne zu überlegen, ob es nicht bereits für die Aufnahme in ein Hotel zu spät sein könnte, halten wir genau dort an, wo wir von weitem schon am Fluss ein schönes Hotel haben liegen sehen. Das muss es sein. Der freundliche Nachtportier hat tatsächlich ein Doppelzimmer zur Verfügung. Darüber hinaus serviert er uns ein kaltes Nachtmahl und einen sehr bekömmlichen trockenen Rotwein der Region.

„So viel Glück ist mit uns", sagt Thomas, der sich wie ein Kind über diese Errungenschaften freut. Wir genießen in Ruhe den Wein, Thomas trägt in sein Tagebuch ein, bis wir, von der langen Fahrt und den vielen Eindrücken müde, in einen angenehmen Schlaf versinken.

Der nächste Tag ist ein klarer kühler Samstagmorgen, der zu einem Einkaufsbummel einlädt. Merkwürdigerweise fällt uns nicht auf, dass wir etwas tun, was gar nicht unserer Gewohnheit entspricht. Einfach in eine Einkaufsstraße gehen und sich die Geschäfte angucken. Thomas und ich haben das kaum jemals getan. Gab es einmal dringenden Bedarf, ein Kleidungsstück zu erwerben, war Thomas fast nur unter Gewaltanwendung bereit, ein Geschäft aufzusuchen. Auch der Auswählvorgang ging nur unter einem - allerdings kraftlosen Protest - vonstatten, ja, er brauche einen Anzug, eine Hose oder Schuhe. Ich würde das schon irgendwie meistern. Er war nur dabei, damit die Verkäufer die Maße abschätzen konnten. Genauso gut hätte ich eine Papp-Attrappe dabei haben können. Selten hatte Thomas eine Meinung zu Kleidungsstücken. Er hing an den alten Sachen, das war immer so gewesen. Die waren doch noch gut, was brauchte er ein neues Stück. Er hatte nicht vor, auf eine Gala zu gehen. Sogar sein Konfirmationsanzug wurde ab und zu wieder aus seiner Verbannung geholt, nur damit ich feststellen durfte, dass der Stoff immer noch gut und der Schnitt wieder modern war. Auch die Maße waren gar nicht so schlecht. In Notzeiten könnte man den sicher noch einmal zum Einsatz kommen lassen. Ich rümpfte dann die Nase und schüttelte den Kopf. Thomas' Aussehen und seine Figur ließen zu, dass er fast alles tragen konnte und darin gut aussah. Er aber zog den ältesten ausgeleierten Hängepullover, die ältesten und abgetretenen Schuhe, den uralten Schafsfell-Mantel an. Meine Mutter hat einmal aus Islandwolle Pudelmützen für uns gestrickt, auf die Thomas nie mehr verzichten wollte, so dass er auch meine Mütze mit trug, damit diese nicht nur herumlag.

Wir stehen vor dem Schaufenster eines Dessous-Geschäfts und betrachten die Auslagen. Thomas fragt, ob ich nicht mal einen Blick hineinwerfen wolle. Ich liebte doch die seidene Unterwäsche, vor allem, wenn sie auch noch farbig war, und die Franzosen seien doch dafür bekannt, dass sie davon etwas verstünden.

So kommt es, dass wir den Laden betreten und von einer Dame mittleren Alters sehr nett begrüßt werden. Es gelingt uns, unseren Wunsch zu formulieren, woraufhin die Dame mit einigen kleinen Päckchen aus einem anliegenden Raum zurückkommt und die Teile vor uns ausbreitet. „Sieh mal, Thomas", sage ich, „da müssen wir erst nach Frankreich fahren, um zu sehen, wo überall die deutschen Produkte verkauft werden." Die Verkäuferin lacht mit, als ich ihr erkläre, ich wolle doch französische Ware kaufen und nun träfe ich hier auf das deutsche Modell. Das sei aber das einzige, was sie in der Ausführung habe, es tue ihr leid, lacht sie. Mit ein paar netten Worten zum Abschied und den Wunsch für eine gute Reise werden wir entlassen. Vor uns liegt noch eine lange Autofahrt. Wir gehen in dem kleinen Stadtpark spazieren und wundern uns über die Ordnung, die überall herrscht. Die Aufgeräumtheit der Kleinstädte ist wohl ein europäisches

Phänomen inzwischen. So manche Eigenart gehe damit verloren, sinniert Thomas. Mit dem Kauf einer Tageszeitung endet dieser kurze Ausflug abseits der Piste. Bald sind wir unterwegs in Spanien.

Was mich auf der weiteren Reise beeindruckt, ist das Warten auf Madrid. Ich habe es ganz anders in Erinnerung, da ich diese Strecke schon einmal gefahren bin, glaube ich. Vor jeder auftauchenden Hügelkette sage ich zu Thomas, dass nun bald Madrid in Sicht sein müsse und bin ganz enttäuscht, dass es doch noch so viele sind. Thomas lacht mich aus, da er aus Erfahrung weiß, ich würde notfalls auch über Danzig von Köln nach Berlin fahren, Hauptsache, ich käme an. In Madrid eine Pause zu machen, haben wir nicht erwogen. Dafür ist Salamanca auserkoren. Ob Thomas sich diese Reise wirklich so vorgestellt hat, frage ich mich. Es ist ein großer Unterschied, mit dem Wagen durch Italien oder durch Spanien zu fahren. Je nach dem natürlich, was das Auge erwartet. Vielleicht habe ich mich getäuscht und Thomas wollte nur einmal in Ruhe an unser Ziel in Portugal fahren. Salamanca ist auch um diese Jahreszeit voller Touristen. Als wir uns für die Nacht in einem Klosterhotel ein Zimmer nehmen, ist es das letzte freie. Wir streifen durch die Stadt und können doch nur den anderen folgen, die alle das gleiche Ziel zu haben scheinen. Irgendwie spüre ich wieder, es geht ihm nicht so sehr um Spanien oder Salamanca, es ist das Bewusstsein, sich Zeit lassen zu können. Ankommen werde man schon dort, wohin man aufgebrochen sei. Wir bemühen uns deshalb auch nicht um Details, was sonst Thomas' Art ist, der sich rasch in die Geschichte eines Ortes zu vertiefen versteht. Wir speisen in unserem Hotel, sind danach schon erschöpft. „Wir tun immer so", sage ich abends im Badezimmer, „als sei das alles für uns keine Anstrengung, ist es aber doch." "Frau", sagt Thomas, „ohne Anstrengung macht es doch keinen Spaß, oder? Ich bin jedenfalls froh, dass wir uns für die Autoreise entschieden haben."

„Auch wenn du die überwiegende Zeit am Steuer sitzt", frage ich.

„Klar, du weißt doch, wie gern ich fahre. Du brauchst dir keine Sorgen zu machen", sagt Thomas und nimmt mich in den Arm. „Ich bin so froh, dass wir hier sind und unterwegs sein können. Dass wir zusammen sind und uns wohlfühlen, dass wir sprechen und lachen können. Wir haben es doch gut, oder? Das kann man wohl sagen, trotz all der Gespenster, die um uns herum lauern", lacht Thomas. „Ich freue mich schon riesig auf Portugal und das Meer."

Die Nacht verbringen wir beide in tiefem Schlaf, Thomas hat auf Wein verzichtet. Er will, wie er sagt, ab und zu einen alkoholfreien Tag einlegen. Merkwürdige Ideen hat er manchmal, denke ich.

Seit wir abgefahren sind, haben wir kaum über diejenigen gesprochen, die wir hinter uns gelassen haben und von denen einige sich fragen werden, wie es uns wohl ergehe. In unserem neuen Egoismus ist das einfach so. Wir sehen meistens nur uns und das Schöne, das uns auf der Reise begegnet. Wir gebärden uns so, als hätten wir einen Anspruch darauf. Aber wir legen darüber nicht Rechenschaft ab, weil es uns nicht bewusst ist.

Auf diese Weise sind wir wie Kinder, die man einfach machen lässt oder die sich etwas nehmen und nicht danach fragen, ob das rechtens sei, weil sie ja keinem schaden wollen. Bis einer kommt und ihnen die Leviten liest.

Thomas meint am andern Tag, als wir die portugiesische Grenze passiert haben, in Portugal rieche es anders als in Spanien; es sei vielmehr ein Duft, eine ganz bestimmte Note in diesem Alentejo mit seinen Korkeichen und Olivenhainen, obwohl es die gleiche Landschaft diesseits und jenseits der Grenze ist. Deshalb sage ich auch, das könne nicht sein. Wahrscheinlich fühlen wir uns hier schon so heimisch, dass es uns so vorkommt, es müsse zwangsläufig auch anders riechen. Aber schön, dass es so ist. Dann sind wir bald angekommen.

Die Ankunft in dem winzigen Dorf ist wirklich wie eine Heimkehr.

Zukunft ist heute

Ganz anders, als von Thomas und mir erwartet, ist der Empfang durch Freunde und Bekannte. Niemand scheint über unsere Ankunft besonders überrascht. Das hätten sie doch vorausgesagt, der Mai sei der beste Monat für einen Aufenthalt am Algarve. Das mindert jedoch nicht die Freude, Thomas in einem solch guten Zustand zu sehen. Schon werden Pläne geschmiedet, so dass wir Einhalt gebieten müssen und erklären, dass Thomas unter anderem auch seinen Roman zügig fortsetzen wolle.

Das kleine Häuschen ist schnell inspiziert. Es zeigen sich einige Neuerungen in der Küche. Die Betten sind andere, frisches Weiß leuchtet von den Wänden, und die schmale Terrasse mit Sicht auf den kleinen Flugplatz ist überwuchert von neuen Rosenranken und anderen bunt blühenden Pflanzen. Der Nachbar bietet uns an, eine Schneise zu schlagen, damit wieder Tische und Stühle Platz finden. Er ist nicht aufzuhalten und macht sich unverzüglich an die Arbeit.

Den ersten Wein trinken wir mit den Nachbarn an ihrem runden Holztisch, unter dem ein Holzkohlenfeuer brennt, das die Beine am späten Abend noch warm hält. So kann die Zeit fortschreiten, und die Kälte wird niemanden ins Bett treiben. Die Mitbringsel werden begutachtet, und im Nu sind wir wieder vertraut unter und mit diesen Menschen, als sei die Abwesenheit nur von kurzer Dauer gewesen. Die Nachbarn sind schon jenseits der Siebzig, verrichten Tag für Tag die Gartenarbeit, um sich zu der sehr geringen Rente auf dem Wochen-Markt etwas hinzu zu verdienen. Die alte Frau leidet, wie sie meint, an den typischen Frauenkrankheiten. Seit Jahren spricht sie davon, sich die Gebärmutter entfernen zu lassen, da sie sehr häufig starke Blutungen hat. Jedes Mal, wenn ich sie frage, ob sie im Krankenhaus gewesen sei, werde ich von der Frau treuherzig angesehen, am Arm gefasst und sie flüstert mir ins Ohr, dass sie doch nicht wisse, wie sie das machen solle mit ihrem Mann und so, dem Kochen, Waschen und all diesen Dingen, von denen ein Mann doch nichts verstehe.

Langsam erst habe ich begriffen, dass das ein Spiel ist, das immer wieder gespielt werden muss. Aber manchmal frage ich mich auch, ob es nicht doch gefährlich werden könnte. Und dann denke ich, es liege vielleicht auch am Geld, das aufzubringen ist. Das wäre traurig.

Der alte Mann ist ein stiller gemütvoller Portugiese, der stolz ist auf seinen Garten, seine wenigen Hühner, auf den Kopfsalat und das andere Gemüse, aber vor allem auf seinen Blumengarten am Haus. Stolz ist er auch auf den Blumenschmuck in den Kübeln, den Eimern und was sonst an Behältnissen dafür in Frage kommt. Sie belagern die Treppenstufen zum Flachdach und zur Terrasse. Das Auge ist gar nicht in der Lage, alles zu erfassen, und noch nach Tagen entdecke ich wieder Blüten, die ich noch nicht wahrgenommen habe und auch nicht kenne. Schon am ersten Abend muss alles besichtigt werden, einschließlich des Hühnerstalls. Über jede Veränderung wird umständlich Auskunft gegeben unter Ausschmückung der einfachsten Vorgänge. So ist es immer auf dem Lande, sage ich mir, das ist in unserem Eifeldorf genauso. Was die Menschen hier wahrnehmen, ist nicht nur die Tatsache, dass aus einem Weg eine befestigte kleine Straße wurde, sondern das Drum und Dran ist bemerkenswert und darüber wird erzählt. Fakten sind das eine, aber eine banale Tatsache zu einem Ereignis werden zu lassen, das ist die Kunst und ihr Leben. Das ist der Gegenpol zu ihren Fernsehprogrammen, in denen sie Telenovelas aus Brasilien serviert bekommen, über die sie nur den Kopf schütteln, die aber nicht ohne Faszination sind, da auch das Absurde diese Menschen durchaus anspricht.

Kommentare habe ich schon zu hören bekommen, dass ich staune, auf welch lakonische Art und Weise diese Menschen auf den überzogenen Schwachsinn einzugehen imstande sind. Das ist dann wirklich zum Lachen. Und wir lachen gern gemeinsam, wenn wir hier abends zusammen sitzen und aus Deutschland erzählen. Oder wenn die beiden Alten über ihren Sohn zu sprechen beginnen, der einige Jahre in den Niederlanden gearbeitet hat und zurückgekehrt ist und nun in der nahen Stadt einen Laden eröffnet hat, in dem er alles verkauft, was die gut betuchten Golfspieler der Umgebung für ihren Sport benötigen. Dann zeigen die Eltern ihren Stolz in der Gewissheit, dass sie ihren Anteil daran haben, da sie ihn seit seiner Rückkehr unterstützen und sei es nur derart, dass er wieder zu Hause wohnt, isst und verwöhnt wird. Das tut gut. Thomas und ich kennen diesen Sohn, der der einzige ist; wir sehen das zwar alles etwas kritischer, natürlich, der Sohn ist einige Jahre jünger als wir und hat uns eine ganze Menge über sein Leben erzählt. Die Hauptsache ist, so denken wir, dass das Verhältnis zwischen Eltern und Sohn ein gutes ist. Und das ist es allemal.

Thomas und ich hatten uns auf der Fahrt damit beschäftigt, ein paar Sprachkassetten mit Portugiesisch-Übungen hin und wieder abspielen zu lassen. Das sollte neben dem Effekt, dass Thomas sich wieder in die Sprache einhörte und neue Wörter erlernte, noch eine Überraschung für unsere Nachbarn werden. In gemeinsamen Gesprächen war es immer irgendwie gelungen, Thomas mit Händen und Füßen einzubeziehen, und es gab dabei oft auch einige komische Szenen.

Nun war Thomas, während wir durch die Lande fuhren, dabei, einige Phrasen auswendig zu lernen. Die sollten dann bei Gelegenheit angebracht werden. Ich würde ihm das Stichwort liefern, wenn es jeweils soweit war. Das erste Mal kommt Thomas zu seinem Einsatz, als wir gemeinsam zu viert zu Abend essen und gerade Ruhe herrscht. Er sieht, wie nur er das kann, unschuldig in die Runde und lässt seinen Spruch los. Es ist eine Art Reim aus einem Volkslied, aber schon ein paar Zeilen lang. Ich habe ihm das verabredete Zeichen gegeben, und Thomas legt los.

Der Mann und die Frau sehen ihn ganz verdutzt an, hören mit offenem Mund zu. Als er geendet hat, bricht die Frau in einen Sturm der Entrüstung aus und kann sich dabei vor Lachen kaum halten: er hat uns immer an der Nase herumgeführt, er versteht nicht nur unsere Sprache, er spricht sie auch, das habe ich immer gewusst, er ist ja schließlich ein Professor.

Der Mann amüsiert sich auf stillere Art, klopft Thomas auf die Schulter und sagt, gut gemacht. Von da an wird Thomas öfter aufgefordert, doch mal längere Passagen an einem Stück von sich zu geben. Das tut er, wenn niemand daran denkt. So üben er und ich ziemlich intensiv. Welchen Spaß man doch an kleinen Dingen haben kann!

Wenn wir tagsüber an den Stränden spazieren gehen, sprechen wir manchmal über den Freund, der uns zur rechten Zeit helfen wird und wie es ihm wohl gehe. Mit unseren portugiesischen Freunden gibt es dieses Thema zu der Zeit nicht. Irgendwann hatten wir für uns beschlossen, das Maß dessen sei voll, was wir anderen, uns nahe stehenden Menschen, zumuten konnten. Das bewies wohl, dass wir wieder mal zu halbwegs normalen Maßstäben zurückgekehrt waren.

Auch das Verhalten von Mutter und Schwester erfuhr eine andere Wertung. Das hieß jedoch nicht, dass wir unsere Meinung oder Ansprüche geändert hätten. In Ruhe lassen, war unsere Devise geworden, Kraft zum Kämpfen hatten wir für derlei Dinge nicht übrig, und damit war ein Kapitel abschlossen, ohne wirklich abgeschlossen zu sein. Im Grunde entsprach dieses Verhalten nicht unserem Naturell.

Das Meer bietet sich uns wieder einmal als großartige Hilfe dar, es fordert Thomas heraus und beruhigt ihn gleichzeitig, weil er an Stärke gewinnt. Für mich ist das Meer wie immer die Entgrenzung des Horizonts und somit die Aufhebung aller denk- und fühlbaren Grenzen.

Das Meer macht meinen Kopf klar, erfrischt meinen Körper und beruhigt Augen und Ohren. Wenn ich auf dem Rücken im Wasser treibe, was Thomas mir beigebracht hat, und die Augen öffne, lasse ich mich wirklich treiben und schaue dabei in die Wolken oder blinzele in die Sonne. Halte ich die Augen geschlossen, bin ich manchmal so entspannt, dass ich vergesse, tief einzuatmen, und einfach wegsacke. Das ist ein überwältigendes Gefühl. Aber nur, bis ich Wasser schlucke. So ähnlich sollte es beim Übergang vom Leben in den Tod sein, hoffe ich. Natürlich ist mir klar, dass das ein Wunsch bleiben wird, so einfach wird es nicht sein, mit den Mitteln, die uns zur Verfügung stehen. Vielleicht haben wir Glück. Wir werden schließlich vorher noch Valium nehmen, um nicht in Panik geraten zu können. Irgendwann wird der Tag kommen, an dem wir uns ganz bewusst den Ablauf vorzustellen und alle Eventualitäten zu berücksichtigen haben. Eines Morgens schreibt Thomas in sein Tagebuch: 'Vorhin bei der Entspannungsübung eine Rede ausgedacht, Abschiedsrede, Leichenrede, hier mit der Besonderheit, dass ich die Leiche selber bin'. Er erzählt mir davon, ich finde das nur bedingt lustig. Auch von seinem Traum schreibt er: ‚Wir beide waren am Meeresstrand, wateten weit hinaus. Das Wasser war hellblau, dann wurde es dunkler. Eine Stimme sagte, jetzt müssten wir schwimmen, das wäre der Atlantik. Der war aber nur so breit wie ein Kanal, wir hatten auch gar keine Furcht, loszuschwimmen. Danach mussten wir wieder waten. Schließlich kamen wir zu einem unendlich großen Terrassenbau, den wir erklommen. Überall saßen vor zellengroßen Räumen Leute und gingen ihren Geschäften nach, kauften, verkauften, lachten. Alles war tonlos, von Leichtigkeit gekennzeichnet. Eindeutig Todesreise. Ob es wohl für Liebende, die im selben Moment sterben, auch jenseits diese Gemeinsamkeit gibt? Wir glauben daran. Das gibt uns Mut und Kraft. Darüber reden wir. Ich habe plötzlich Bedenken, dass wir vom Hochwasser hinausgezogen und dann als Wasserleichen geborgen werden. Darüber würde Lena wieder lachen'.

Die Tage werden langsam länger, und die Temperaturen klettern. Das war nicht immer so, dass Mitte Mai das Meer so ruhig und schon angenehm warm war. „Wie gemacht für unsere Übungen", sagt Thomas. Ich bin jedoch zum Schwimmen darauf angewiesen, dass das Meer nicht allzu bewegt ist, denn dann kann ich weiter hinausschwimmen. Unter die Brandung durch zu tauchen ist nicht das, was ich gern tue. Einmal war ich dabei kläglich auf dem Hintern im Sand gelandet, als eine große Welle mich beim Umschlagen erfasste. Diese Abschürfungen hatten tagelang wehgetan. Das musste ich nicht unbedingt wiederholen. Gern erzählt Thomas, der Zeuge dieses Wellenangriffs gewesen war, von meinem erstaunten Gesicht. Thomas machen hohe Wellenkämme nichts aus, aber er schwimmt nicht so weit hinaus wie früher. Eines Morgens wird er von einem Hexenschuss befallen, er kann den Hals kaum wenden. Er gerät ein wenig außer sich, da es ihm nicht auf Anhieb gelingt, die obligatorische Tablette durch die Passage zu drücken. Dabei steigt die Erinnerung in ihm hoch, wie es vor der OP gewesen war, als er keine Nahrung mehr zu sich nehmen konnte.

Ich habe Mühe, ihn zu beruhigen. Durch den Aufenthalt am Strand – Thomas verzichtet trotz eingeschränkter Bewegungsfähigkeit nicht auf das Schwimmen – und durch die Wärme verbessert sich sein Zustand. Er nimmt einige Schmerztabletten zusätzlich, um sich nicht zu verkrampfen und damit alles zu verschlimmern. Erst am folgenden Tag klingen die Symptome langsam ab.

Thomas freut sich, als ich ihm den kurzen Dialog zweier Deutscher mitteile, die ihn beim Schwimmen beobachtet haben müssen. Thomas war sehr weit hinausgeschwommen. Der eine sagte: „Der schwimmt aber gut!" Darauf der andere: "Das ist dem Hai egal, ob der gut schwimmt." Das sind Momente, in denen Thomas sich freut wie ein kleines Kind.

An einem Nachmittag sind wir bei auflaufendem Wasser wohl etwas länger schwimmen gewesen. Als wir zurückkommen, schwappt das Wasser schon zwischen die Stühle. Dann kommt die erste Welle über einen kleinen Sandhügel.

Thomas schreibt: ‚Wie wir noch lachen, folgt die zweite Welle, läuft höher auf, wir sichern die Sachen, da läuft schon die dritte über die Liegen hinweg. Lena rafft die Handtücher zusammen, ich sause den davonschwimmenden Schuhen hinterher, Paulo, der Strandwächter, rettet seine Liegenauflagen. Auf dem Trockenen angelangt, versuchen wir einen Überblick zu erhalten über unsere Sachen, da fragt mich die Liegestuhlnachbarin, ob ich eine helle Hose tragen würde. Der Rest des Nachmittags ging mit Scherzen über das Schicksal meiner Hose vorüber. Bedauerlicherweise hing mein schönster Gürtel dran, der mit den Enten.

Es blieb das Gefühl einer kleinen Naturkatastrophe zurück.' Ein paar Tage später haben die Nachbarn an einem Felsen den Gürtel gefunden. Wieder kann sich Thomas sehr freuen. Zwischen zwei Felsen finden wir auch noch die Hose, in deren Taschen sich einige Algen gesammelt hatten.

Im Jahre 1984, als Thomas schon ein wenig über das Land Portugal, seine Geschichte, den Volkscharakter, wenn es diesen denn geben sollte und über seine Eindrücke von Landschaften, Klima, Umwelt und das tägliche Leben gelernt hatte, begann er, Gedichte zu schreiben. Innerhalb von fünf Jahren entstand ein Zyklus mit dem Titel "Weiter geht man nicht nach Westen".

Portugiesische Freunde in Deutschland fragen Thomas, warum diese Gedichte denn in der Schublade lägen. Dieselbe Frage haben wir uns längst gestellt, wohl wissend, dass uns die Zielgruppe für solche Gedichte nicht eingefallen war. Wie sollte also ein deutscher Verlag - wenn nicht aus idealistischen Motiven - sich dafür interessieren. In erster Linie musste Geld verdient werden, auch in den Verlagen, ja, gerade dort.

Der bekannteste Übersetzer portugiesischsprachiger Literatur, Meyer-Clason, hatte uns den Hinweis gegeben, es gäbe an der Universität Lissabon einen Germanistikprofessor, der unter anderem Gedichte von Trakl ins Portugiesische übersetzt habe und auch sonst im Bereich Literatur sehr rührig sei. Mit diesem sollte Thomas sich treffen. Mit den Manuskripten, guter Laune und in Vorfreude auf die Stadt Lissabon begaben wir uns auf die Landstraße. Wir haben für drei Tage in Lissabon ein Hotelzimmer reserviert und wollen in aller Ruhe zu Fuß die weiße Stadt weiter erkunden. Neben Wien und Rom gehört Lissabon auch schon zum Kreis der Städte, in denen Thomas und mich das Gefühl des Angekommenseins in vertrauter Umgebung überkommt. Es bedarf keiner Eingewöhnung, auf die man normalerweise einige Zeit aufwenden muss, die einem dann bei der Umsetzung der zahlreichen Pläne fehlt.

Wir geben den kleinen Mietwagen im Zentrum an einem der großen Hotels ab, nachdem wir unsere wenigen Sachen im Hotel abgestellt haben. Dann machen wir uns zu Fuß auf zum Rossio, um im Café Brasil einen anständigen Kaffee zu uns zu nehmen und die Zeitung zu lesen, die wir in unserem kleinen Dorf vermisst haben. Unauffällig Passanten zu betrachten und darüber zu „ratschen", wie Thomas das nannte, amüsiert uns. Es ist ein harmloses Vergnügen, das wir uns gern gönnen. Dabei kann man so schön die Phantasie spielen lassen. Man muss sich nur vorstellen, woher dieser oder jener Mensch kommt, was er arbeitet, ob er verheiratet ist oder nicht, Kinder hat oder nicht, krank ist oder nicht, schwul ist oder eher nicht.

Und plötzlich landet man in Mozambique oder Brasilien, in Goa oder aber in einem Winkel Nordportugals. Oder man fährt mit einem Fischerboot hinaus, wobei die Frau am Strand zurückbleibt und schwarz gekleidet den ganzen Tag lang auf die Heimkehr des Mannes wartet und auf einen guten Fang. Vielleicht ist ja alles auch ganz anders. Der Mann ist ein Buchhalter, die ja in Portugal bekanntlich nebenbei alle berühmte Schriftsteller sind, und man konnte überhaupt zu keiner verlässlichen Einschätzung gelangen.

Und dann ist da noch das Café, in dem wir sitzen, in dem es ja von Künstlern nur so wimmeln muss. Nur Thomas und ich, wir sind Touristen oder vielleicht von irgendeinem Geheimdienst ausgeschickt, die Portugiesen auszuspionieren. Es gibt ja angeblich immer noch Linke, die Linksaußen stehen und damit nicht gesellschaftsfähig, vielleicht sogar Terroristen sind. Alles ist hier auf kleinem Raum möglich. Niemand wird gedrängt, wieder eine Bestellung aufzugeben, wenn er erst mal einen Kaffee oder ein Wasser getrunken hat. Die Leute sitzen hier in aller Ruhe. Das Café ist ein Treffpunkt, an dem man sich verabredet, nicht unbedingt auch etwas konsumiert.

An der gegenüber liegenden Kirche sitzen alte Männer auf den Bänken in der Nachmittagssonne und unterhalten sich. Das kann nicht nur am Klima liegen, dass das hier möglich ist, was sonst in Deutschland nur den Türken gelingt. Deutsche Männer setzen sich nicht einfach auf Bänke und reden mit irgendwem. Wie schade, denkt Thomas, es müssen doch nicht immer hochtrabende Gespräche sein, es geht doch manches Mal wirklich nur darum, zu wissen, dass man nicht allein ist und fremd in seinem eigenen Land.

Thomas macht sich Notizen, während ich in Zeitungen lese. Portugal war inzwischen schon so an die mitteleuropäischen politischen Verhältnisse angepasst, dass einem aus den Zeitungsartikeln noch selten Eigenwilligkeiten entgegenspringen. Die Orientierung nach Mitteleuropa ist eindeutig.

Noch machen sich die einfachen Portugiesen lustig über das, was ihnen alles droht an Normerfüllung in der EU, wovon sie bisher verschont geblieben sind. Sie machen sich Gedanken darüber, wer dann noch das Gläschen Wein in einer Adega bezahlen könne, wenn in jedem kleinsten Weinwinkel, ausgestattet wie bisher mit Weinfässern als Hocker, Toilettenanlagen zur Verfügung gestellt werden sollen. Oder wenn die Bananen abgemessen werden und schon beim ersten Anblick aussortiert werden müssen, da sie nicht den richtigen Krümmungswinkel aufweisen. Sie wollen es eigentlich auch nicht so recht glauben und fragen uns Ausländer, ob das wohl wirklich so kommen könnte. Thomas zählt dann absurde Beispiele deutscher Bürokratie auf, und die armen Männer wissen wirklich nicht mehr, ob sie auf den Arm genommen werden oder nicht. Ich greife manches Mal ein in seine Erzählungen, um ihnen etwas die Spitze zu nehmen, was die Sache eher noch verschlimmert.

Irgendwann haben wir uns entschieden, die Portugiesen mit diesen Horrorszenarien zu verschonen. Ihnen geht es schon schlecht genug. Der Blick in die Zukunft sollte nicht noch getrübt werden. Aber es tut uns jetzt schon leid, wenn wir uns vorstellen, wie im Laufe der Jahre diese Austauschbarkeit in Europa um sich gegriffen haben wird. Was mit MacDonald seinen Anfang genommen hatte, mit den riesigen Einkaufszentren in den Städten fortgesetzt wurde und nun irgendwann in der vollkommenen Normierung des täglichen Lebens, womöglich noch in einer Einheitssprache, sein Ende nehmen wird, war in unseren Augen in keiner Weise ein Fortschritt.

Die Portugiesen mussten jetzt schon den Stockfisch für ihr Nationalgericht in Norwegen kaufen. Was war nicht alles schon zu importieren, nur ihren Wein, den tranken sie Gott sei Dank noch allein. Und der ist immer noch gut. Die Sardinen waren wohl auch noch einheimische, das Öl allerdings, das man heute in den Sardinenbüchsen findet, ist schon kein Olivenöl mehr. Dafür laufen die Deutschen jetzt barfuß auf den Korkfußböden in ihren Wohnungen herum und die Portugiesen können sich ihre eigenen traditionellen Kacheln und Fliesen nicht mehr leisten. Das ist der Lauf des Geldes, offenbar auch ein Naturgesetz.

Thomas hatte die Verabredung mit dem Germanisten für den folgenden Tag geplant. Schon von Deutschland aus hatte er ihm seinen Gedicht-Zyklus zugesandt.

Die Anschrift, die man ihm genannt hatte, stimmte jedoch nicht mehr, so dass die Manuskripte den Empfänger nicht erreichen konnten. Als Treffpunkt ist das Gulbenkian-Museum gewählt worden. Der Professor und seine deutsche Frau sind sehr sympathisch. Er zeigt sich angetan von den Gedichten, seiner Frau ist anzumerken, dass sie befürchtet, er könne sich wieder etwas aufladen, was viel Arbeit bedeutet. Im Herbst wolle man sich wieder treffen, dann bei ihnen zu Hause, und über eine Veröffentlichung nachdenken. Wir, die wir so weit in die Zukunft nicht denken mögen, zeigen uns einverstanden. So trennen wir uns schließlich.

Die Fahrt nach Coimbra wird für uns ein Erlebnis ganz besonderer Art. Wir sind einer Empfehlung des Reiseführers gefolgt und in das Fado-Lokal „Diligencia" gegangen. Von der vorgetragenen Musik enttäuscht, wechseln wir in ein anderes Lokal. Die Musik ist gut, aber die Gäste wissen das offensichtlich nicht zu würdigen und reden wild dazwischen, was wir nicht lange ertragen können. Wir verlassen den Ort. Thomas ist der Meinung, wir befänden uns im Puff-Viertel Coimbras und sieht es gar nicht gern, als ich auf der Straße zwei Männer anspreche, um den Hinweis auf ein Lokal mit gutem Fado zu erhalten. Von da ab begleiten diese beiden stämmigen, groß geratenen Portugiesen uns wie Bodyguards eine Dreiviertelstunde zu Fuß durch die Altstadt, die sich wie ein Abbruchviertel dem Fremden zeigt. Thomas ist das unangenehm, er möchte umkehren. Ich spreche auf die beiden ganz vertrauensselig ein, stelle Fragen, erhalte Antworten, nur um zu ertragen, dass die Männer zielstrebig auf einen Neubau zusteuern, an einer Sporthalle vorbei, wo Jungen Fußball spielen. Und das alles im Dunkeln. Wir werden durch ein ödes Treppenhaus in den 1. Stock geführt. Thomas sagt hinterher, in Italien hätte er so etwas nicht mitgemacht, und er habe jeden Moment geglaubt, ausgeraubt und niedergeschlagen zu werden. Das muss etwas mit seiner eigenen Unsicherheit zu tun haben, denke ich darüber. Wir gelangen auf diese Weise tatsächlich in den „Club 1910", wo wir jedoch nicht lange Zeit bleiben.

Unsere Begleiter werden wir auch nicht los, sie wollen uns unbedingt zu unseren Ausgangspunkt begleiten. Allein hätten Thomas und ich nicht zurückgefunden. Ein Taxi gibt es hier nicht. Nach dem langen Fußweg wieder im „Diligencia" angekommen, lädt der erleichterte Thomas die beiden Männer auf ein Bier ein. Ich biete ihnen von meinen Zigarillos an. Die jungen Männer sind jedoch nicht zu überzeugen, dass diese harmlos sind. Thomas notiert später: ,Die Portugiesen hatten Angst, dass die Zigarillos, die wir ihnen anboten, vergiftet sein könnten. So war auf beiden Seiten ein gewisses Misstrauen, nur Lena blieb weitgehend unbeeindruckt, zu Recht, wie sich herausstellte. Die Männer verabschiedeten sich freundlich nach einem Bier.'

Thomas und ich sind wieder am Meer. Die letzte Woche unseres Aufenthalts ist angebrochen. Das Schwimmen wird wieder aufgenommen, Rundfahrten mit den Freunden, Thomas verknipst einen Film, um dann festzustellen, dass der nicht transportiert wurde. Nach der Verabschiedung fahren wir nach Deutschland zurück, nicht ohne die Wünsche mitgenommen zu haben, die Freunde im Herbst wiederzusehen. Sie sind alle ganz gerührt.

Einbrüche

Thomas stellt sich in der Klinik vor, um termingerecht ein Computertomogramm anfertigen zu lassen. Dabei kommt heraus, dass er gar nicht auf der Liste steht. Thomas ist schockiert. Es zeigt sich, dass irgendjemand den Termin gestrichen hat, aber niemand war es. Dem Arzt ist das peinlich und Thomas ist deprimiert. Solche Ereignisse sind dazu angetan, ihn aus der Fassung zu bringen.

Wir feiern unseren Hochzeitstag. Am 21.6.90 notiert Thomas: Nun sinkt das Jahr.

Tags darauf fahren wir an die Nordsee und mieten uns für ein paar Tage in ein Hotel ein. Wir besuchen das Grab meines Vaters und pflanzen ein paar Blumen. Ich versuche meine Schwester im Büro zu erreichen, vergebens. Das Wetter ist ungemütlich. Thomas sorgt sich um meinen Zustand und rät mir, doch die Mutter aufzusuchen.

Er schreibt: ‚Wenn ich ihr doch helfen könnte. Aber welchen Anspruch haben Mutter und Schwester: ich soll verschwinden und gefälligst allein sterben und Lena somit dem Leben erhalten. Aber das noch vorhandene Leben Lenas interessiert sie so brennend, dass sie seit einem Jahr schweigen.'

Ich treffe weder die Schwester noch die Mutter. Enttäuscht fahren wir zurück.

Am 1.7.90 notiert Thomas: Während meiner Übungen steigt meine Seele plötzlich empor, es gibt einen richtigen Ruck, wenn sie sich löst. Mein Körper liegt kleinflach weit entfernt, und immer noch weitet sich der Raum kontinuierlich mit beträchtlicher Geschwindigkeit. Lena ist bei mir, ich versuche meine Liebste zu fassen. Es gelingt mir nicht trotz aller Versuche. Da muss ich weinen.

An einem dieser Tage ruft unerwartet meine Mutter an. Die Sätze, die aus ihr heraussprudeln, zeugen von Selbstmitleid über eine solche Tochter, halben Entschuldigungen, Zurücknahmen und halben Drohungen. Weder ich noch der sonst so nachsichtige Thomas können damit etwas anfangen. Mutter und Schwester würden oft zusammensitzen und weinen.

Fast zeitgleich erfahren wir, dass jetzt in der Summe vier Tumoren in Thomas' Körper nachweislich vorhanden sind. Der neueste hat bereits die sechste rechte Rippe angegriffen und wird demnächst höllische Schmerzen verursachen.

Auf einmal haben wir das bereits vergessene Szenario wieder vor Augen, das wie folgt aussieht: Gehirntumor (Erblinden, motorische Störungen), Knochenkrebs (die Knochen werden brechen), Lungenkrebs (mit Erstickungsanfällen). Noch sind die Schmerzen für Thomas halbwegs erträglich unter Einnahme von Schmerzmitteln (3 x tägl. 10 Tr. Valoron), bestimmen somit noch nicht den Tagesablauf.

Wir planen kurze Reisen für die Zeit, die wir noch ohne Morphin verbringen können. Thomas, der seinen Roman inzwischen abgeschlossen hat, schreibt jetzt Kurzgeschichten.

Zum Ausweinen schreibt er zur gleichen Zeit an der Geschichte „Krebs", wie er notiert. Ab und zu wird er wütend und sagt, ständig werde so getan, als sei alles beherrschbar, und diesen Krebs könne man nicht besiegen. Innerhalb der folgenden drei Wochen nehmen die Schmerzen so stark zu; die tägliche Dosis, die auf 60 Tropfen erhöht wurde, steigt auf 80. Ein befreundeter Arzt sagt ihm, wenn Thomas die Tropfen ständig nähme, hätte er bestimmt das Gefühl, einen im Tee zu haben. Thomas regt sich auf: ‚Welches Weltbild! Ich sterbe und er macht sich

Gedanken dieser Art! Zurückgeblieben!' Das Schwimmen wird für Thomas schwieriger. Die nächste Hiobsbotschaft: der Tumor im Mediastinum könnte in die Luftröhre wachsen. Es reicht. Wir buchen einen Flug von Düsseldorf nach Bornholm. Hier haben wir uns richtig kennen gelernt. Hier sind wir oft gewesen. Es ist Mitte August und sehr kalt. Wir gehen viel spazieren am Strand, erleben lange Sonnenuntergänge.

Thomas spuckt Blut. Im Hotel diskutieren einige ältere Männer und scheußliche Omas über das Attentat auf Lafontaine und dass die Frau ruhig hätte tiefer stechen sollen, um den wäre es nicht schade gewesen. Als Thomas protestiert, lenken sie ein.

Thomas fühlt selbst den makabren Widerspruch, dass seine Artikulation fast normal geworden ist, er nun aber im Bewusstsein lebt, dass ein Tumor in die Luftröhre hineinwachsen könnte. Wir mieten einen Wagen, um eine Rundfahrt über die Insel zu unternehmen. Der Angestellte sagt: „Es ist ein Corolla." Ich frage ernsthaft: „Was ist das?" Der Angestellte schaut mich ratlos an.

Hier auf Bornholm hat einer der wichtigsten und besten, aber auch gleichzeitig einer der vergessenen deutschen Schriftsteller für ein paar Jahre eine Heimat gefunden: Hans-Henny Jahnn. Wie oft waren er und sein Werk Inhalt von Gesprächen zwischen mir und Thomas. Vieles hat sich verändert, seit wir fünf Jahre zuvor das letzte Mal auf der Insel gewesen sind. Vor allem die Küste. Dünen sind weggespült worden. Algen sind überall zu sehen; der Strand ist streckenweise viel schmaler als vorher, die Schwalben haben keine Wohnungen mehr in den Dünenwänden.

Abends notiert Thomas: ‚Wir stehen an der Theke. Der Hotelier als Koch ver-kleidet, sein schütterer weißer Bart (Kinn- und Schnurr-), tiefliegende graue Au-gen, ruhige Bewegungen, mittellange weiße Haare. Die Gäste: ein Ehepaar aus Wuppertal und wir und zwei alte Weiber, die häkeln. Die Stille überlagert alles, selbst der Fuhrunternehmer aus Wuppertal, der trotz seines Geldes (natürlich) Prolet geblieben ist, ist still. Hochstehender weißer Haarkranz, riesiger Bauch, nun streckt er auch verbal alle Viere von sich. Später kommt auch die Hoteliers-gattin dazu, u. a. um aufzupassen, dass ihr Mann nicht zu viel trinkt. Das tut er nämlich leicht, wenn er von Gästen animiert wird.

Der Fuhrunternehmer versucht, ihn zum Bier zu überreden, er nimmt sich einen Aquavit. Plötzlich wendet er sich an uns und fragt überaus laut, wieso wir keine Kinder dabei hätten, oder ob wir vielleicht keine haben. Wir kontern kühl. Wir hatten sechs, streiten scheinbar, ob es nun drei oder doch sechs waren, wenn wir nämlich die Totgeburten und Abtreibungen mitrechnen würden. Erst schauen sie skeptisch, dann glauben sie Lena. Wir reden weiter über unsere Kinder, dann fragt der Fuhrunternehmer, ob wir Enkel hätten. Nein, das hätten wir bisher er-folgreich unterbunden, allerdings, wenn es so weit sei, könne schließlich nicht von Verdienst der Großeltern die Rede sein.

Wir begeben uns auf alte, bekannte Wege. Wir möchten auch gern ins Wasser, nehmen mehrere Anläufe an unterschiedlichen Stränden, brechen das Unter-neh-men dann jedoch wegen der Algenplage und des daraus resultierenden Gestanks ab. Am Meer zu sein und nicht baden zu können, ist sowohl für mich als auch für Thomas eine nicht geringe Strafe. Nur einmal, am Abschiedstag, gelingt uns noch ein Bad in der Ostsee im fast wellenlosen Meer. Insgesamt sind wir beide enttäuscht. Der Rückflug unter wolkenlosen Himmel entschädigt uns mit einer grandiosen Sicht auf die Küste, auch auf meine Heimat.

Ich sorge mich um Thomas' Zustand. Die Schmerzen sind so stark geworden, dass wir uns ärztlichen Rat holen müssen.

Mit dem Arzt der Schmerztherapie wird ein Plan aufgestellt, wie Einnahme und Dosierung der Morphintabletten über einen längeren Zeitraum die effektivste sein könnte. Thomas zieht Bilanz. Er nimmt derzeit Froben, Zantic, Laxoberal, Paspertin, Mucosanigen, Seltrans ein. Der arme Magen hat das alles auszuhalten. Aber der Rippentumor verursacht einen Schmerz, dass Thomas sich wünscht, ihn nur noch entfernt spüren zu müssen. So werden ihm 5 x 10 mg Morphin täglich vorgeschrieben.

Ich bemerke unter dem Mantel der Sachlichkeit, mit der Thomas an dieses Thema herangeht, dass er gern noch damit gewartet hätte. Die Nebenwirkungen waren ihm bekannt und der Beginn der Einnahme von Morphin führt uns unweigerlich auf das eine und letzte Ziel zu, das wir beide inzwischen in kürzeren Abständen vor Augen sehen. Andererseits sind wir froh für jede Stunde, die er ohne die Beeinträchtigung durch Schmerzen verbringen wird und die es zulassen, dass er die meisten seiner Aktivitäten weiterführen kann. Es handelt sich angeblich auch nur um eine geringe Dosis, in Kombination mit einem anderen Mittel.

Ob ich alles richtig einschätze, was Thomas an Reaktionen zeigt, kann ich nicht sagen. Er ist jedoch zu keiner Zeit mutlos, und das finde ich erstaunlich genug. „Kommst du mit den Tabletten zurecht", frage ich. „Mit welchen Tabletten", fragt Thomas zurück. „Meinst du das Morphin? Gut, bis jetzt. Die Schmerzen sind nur unterschwellig vorhanden, ich werde daran erinnert, aber sie beeinträchtigen mich nicht. Ich bin nur etwas traurig, dass wir kaum noch miteinander schlafen. Dass ich wenig Lust verspüre, hängt schon mit dem Morphin zusammen. Aber wir werden das schon kompensieren."

„Als hätte ich keine anderen Sorgen", erwidere ich lächelnd, ihm in die Augen sehend. Einer seiner Freunde, ein Internist, ist verärgert, dass man Thomas jetzt Morphin verabreicht, er könne davon ganz schnell abhängig werden. Thomas ist darüber verbittert und versteht das nicht. Die Dosis wird binnen kurzer Zeit auf 5 x 15 mg erhöht.

Thomas ist zeitweise von Müdigkeit befallen. Die Schmerzen in der rechten Schulter sind nicht mehr zu unterdrücken. Thomas verliert den Arzt von der Strahlentherapie, mit dem wir uns angefreundet hatten. Dieser hat ein gutes Angebot in einer anderen Stadt angenommen. Sein Nachfolger diskutiert mit Thomas über die Begründbarkeit einer weiteren Computertomographie, da „ja doch nichts mehr zu therapieren sei".

Thomas' Husten und die Geräusche in der Lunge haben etwas nachgelassen. Sein Freund, der Internist, besucht ihn. Er hält langsame Entwicklungen für wahrscheinlich, wie Lungenentzündung, Wasser im Rippenfell etc. Für Thomas ist die Aussicht auf Impotenz ein Problem. Aber noch zeigt sich diese nicht.

Wir entscheiden uns, einen Flug nach Wien zu buchen. Ich denke, wieder ein Abschied mehr. Es geht alles sehr schnell. Bei Ankunft in Schwechat werden wir von einem alten Freund Thomas' abgeholt. Er ist derjenige, den Thomas immer vermisst hat, wo er auch war. Thomas hat jedoch über seine Beziehung zu diesem niemals die Klarheit gehabt, die er sich wünschte. Auf der intellektuellen Ebene konnte er das einschätzen, aber emotional war es für Thomas kompliziert.

Ich hatte die Vermutung, dass dieser Mensch sich nicht auf eine engere Beziehung zu Thomas einlassen wollte; Thomas hatte wenige gleichwertige Gesprächspartner, dieser war einer davon. Thomas wünschte sich so sehr das Urteil dieses Freundes über seine Romane und Erzählungen; aber auch hier scheute dieser, wohl in der – nicht unberechtigten – Annahme, er solle ihm dann bei Gefallen auch bei der Suche nach einem Verlag behilflich sein, da er über entsprechende Beziehungen verfügte. Das ließ dessen eigener Ehrgeiz jedoch kaum zu, und Thomas fügte sich in dieses Schicksal.

Auf dieser letzten Wien-Reise sitzen wir also im Café Grillparzer, nach Thomas' Eindruck ist alles unverändert wie vor dreißig Jahren, selbst der Kellner ist derselbe, wenn Thomas zu glauben ist. Aber warum sollte er das erfinden. Zum Mittagessen ziehen wir um und die Frau des Freundes kommt mit ihrer Tochter hinzu.

Ich bin noch ganz erschrocken, wenn ich mir die Situation ins Gedächtnis rufe, die an dem hölzernen, blankgeputzten Esstisch entstand. Es war das erste Mal seit Thomas' Erkrankung, dass er sich dermaßen aggressiv verhielt gegenüber einem Menschen, den er schon lange kannte und der ihm auch in gewisser Weise vertraut war. Weder ich noch der Freund griffen ein in die von Thomas gestarteten und auch durchgeführten Angriffe gegen die Frau, die so stumm blieb, wie ich sie nie zuvor erlebt hatte.

Thomas fragt sich später selbst, was er ihr eigentlich „heimzahlen" wollte. Was Thomas sich verbal geleistet hat, ging unter die Gürtellinie. Allein seinem Zustand hat er es offensichtlich zu verdanken, dass es zu keinem offenen Eklat gekommen ist.

Ich, die ich mich Jahre später noch einmal damit befasst habe, glaube erkannt zu haben, warum Thomas so unverschämt geworden war. Einige Menschen wurden von Thomas mit Liebe verfolgt, die sie gar nicht wahrnahmen oder nicht wahrnehmen wollten oder konnten.

Umso mehr bemühte sich Thomas um sie. Mit seinem Freund in Wien war es ihm ähnlich ergangen. Diese Frau nun hatte das Glück, mit dem Mann zusammenleben zu dürfen, ihn mit all seinen Facetten kennen zu lernen, was Thomas immer nur sporadisch vergönnt war und mit seinem Weggang aus Wien fast beendet schien. Möglicherweise hat er es in dem Moment in dem Wiener Restaurant, der ja gewissermaßen ein vorweg genommener Abschied war, nur aushalten können, indem er sich an ihr rächte, der dieses vermeintliche Glück beschieden war. Thomas litt, als er wieder zurückgekehrt war, sehr unter diesem Abschied. Es war leider nicht rückgängig zu machen. Er musste mit den sich möglicherweise daraus ergebenden Konsequenzen leben.

Zudem war es in Wien sehr kalt, obwohl erst Anfang September. Thomas dosierte manches Mal seine Morphinlösung – er war von den Tabletten auf die Lösung umgestiegen - nicht richtig, so dass er Schmerzen hatte. Seinen Messbecher hatte er zu Hause liegen gelassen. Einen neuen Becher schaffte er sich jedoch deshalb noch lange nicht an.

Wir besuchten noch andere liebe Freunde in Wien. Aber irgendetwas war verpasst auf dieser Reise. Dabei hing er so sehr an der Stadt und ihrer Umgebung, in der er zehn Jahre, fast ein Viertel seines Lebens, gelebt hatte.

Das alles kam mir auch erst im Nachhinein ins Bewusstsein. Die Tagesabläufe waren komplizierter geworden, da Thomas seit Monaten seine Übungen zweimal täglich ausführte, was mindestens drei Stunden in Anspruch nahm, eine Regelmäßigkeit bei der Einnahme seiner Medikamente einzuhalten war und er derart viel im Programm hatte, womit schon jeder Gesunde überfordert gewesen wäre. So blieb es gar nicht aus, dass auch die letzte Wienreise zu einer Enttäuschung wurde. Das wog schwer.

Zurückgekehrt in Deutschland, kommen wir in schönes mildes Herbstwetter. Thomas' Vater ist für drei Tage zu Besuch. Er spricht davon, er wolle auch sterben, gemeinsam mit seinem Sohn und seiner Schwiegertochter. Thomas klopft ihm auf die Schulter: ‚Du wirst das schon überstehen, Vater. Du hast schon so viel in deinem Leben überwunden.'

Thomas spürt jetzt auch beim Atmen häufig einen stechenden Schmerz. Tauchen konnte er noch 25 Meter problemlos. Das passt alles nicht so recht zusammen, denke ich. Wer weiß, welche Rolle die Psyche dabei spielt. Trotz des Morphins werden die Schmerzen nun stärker.

Wir kommen zu dem Entschluss, den Freund zu bitten, das Medikament zur Verfügung zu stellen, da wir nicht wissen, für wann wir unsere Entscheidung zu treffen haben. Wir wollen in der Sicherheit weiterleben, dass wir es jederzeit selbst in der Hand haben, das Enddatum zu bestimmen. Wir versuchen mehrere Male, einen Besuchstermin zu vereinbaren. Immer vergeblich. Bis es eines Abends doch zu diesem Übergabetreffen kommt.

Wir sind erleichtert, als wir uns auf den Weg zum Haus des Freundes begeben. ‚Endlich', sagt Thomas, ‚werden wir nicht mehr abhängig sein und haben nicht mehr zu bitten und zu betteln. Die anderen werden dann von unseren Plänen zumindest in soweit befreit sein, als wir selbst sie nicht mehr zu thematisieren haben werden. Was dazu gesagt sein musste, ist gesagt.' ‚Schön wär's, sage ich, ‚glaubst du das wirklich? Du nimmst doch selbst wahr, warum sich die Freunde von uns distanzieren. Sie halten das nicht aus, ob wir nun noch darüber sprechen oder nicht. Es ist immer präsent.'

Es ist bereits dunkel geworden, als wir vor dem Haus vorfahren. Der September-himmel ist voller dunkler Wolken. Hier im Gebirge wechselt das Wetter ebenso schnell wie an der Küste. Es sieht nach einem Gewitter aus. Als wir auf die Lichtschranke treffen, wird es vor dem Haus hell, die beiden jungen Schäferhun-de schlagen an. Der Freund öffnet die Tür und heißt uns willkommen. In der Kü-che werkelt die Frau. Es dauert eine Weile, bis sie sich zeigt. ‚Ihr habt hoffentlich Appetit', sagt Birgit und begrüßt die Gäste. Sie ist geschäftsmäßig sachlich, wie sie es tagtäglich in der Praxis ihres Mannes übt. ‚Setzt euch doch. Was möchtet ihr trinken? Günter, sorgst du schon mal für die Getränke?'

Birgit tischt auf, sie kocht sehr gut. Die Gourmetküche ist in ihren Haushalt ein-gedrungen, eine Idee zu schlank für ihre Herkunft, denkt Thomas.

Ihre Reserviertheit hält Thomas für Unsicherheit, ich sehe die Ursache eher im Wesen der Freundin. Freundin, ist sie das, oder ist sie nur die Mitläuferin ihres Mannes, die darauf achtet, dass er sich mit den „richtigen" Freunden umgibt. Ei-gentlich sollte es gleichgültig sein, wir mögen sie beide, die Frau jedoch ist eine Spur zu kalt und, wie Thomas meint, zu berechnend. Als Gegenpol zu ihrem ge-fühlvollen Manne muss sie vielleicht so sein, meine ich, das findet man doch häufiger, dass zwei Charaktere einander ergänzen. Und zwar auf eine sehr wir-kungsvolle Weise. Nun sitzen wir zu viert im Esszimmer und halten uns an den Speisen fest, lassen die Augen über das geschmackvolle Arrangement streifen, nippen am Wein und sind doch nur einem einzigen Gedanken ausgesetzt. Ich frage mich, ob die beiden glücklich sind in ihrem perfekten Heim, im Luxus, in ihrer scheinbaren Sicherheit, in ihrer täglichen Aufgabe, anderen Menschen zu helfen. Es gibt wenige Urlaubstage, die sie sich mittlerweile gönnen. Sie kennen sich schon sehr lange und haben diese Chance sicher gehabt, denkt ich. Haben sie sie auch genutzt?

Die Hunde liegen auf dem Teppich und sind ganz entspannt, im Gegensatz zu den menschlichen Wesen, die nicht umhin können, zu denken. In jeder Lage, in jeder Situation, in schönen Minuten und Stunden, bei traurigen Anlässen, ja sogar, wenn sie glücklich sind.

Menschen sind komische Wesen, denke ich, wann hören wir auf zu denken? Wenn wir vollkommen entspannt sind vielleicht für Sekunden, wenn wir sehr unter Druck sind, vielleicht auch für eine kurze Zeit. Aber normalerweise ist unser Gehirn nicht nur beschäftigt, wir merken es auch noch. Ich würde mich auch gern so lang legen wie die Hunde, ab und zu mal die Augen öffnen und mich vergewissern, dass sich nichts verändert hat. Dann die Augen wieder schließen. Einmal ohne jede Verpflichtung leben, nur so, um zu erfahren, wie sich das anfühlt, einfach alles so laufen lassen. Was geschieht dann wirklich. Naht die große Katastrophe ob des Versäumten? Folgt die Strafe auf dem Fuß? Geht dann alles drunter und drüber? Verliert man sich dann? Thomas und ich sind manchmal so müde, dass wir es aussprechen, wie lange wir das alles noch aushalten sollen. Aber wir wissen im Grunde warum. Wir trauen nicht so recht den vagen Vorstellungen, dass wir auch im Tode vereint sein werden, niemand konnte den Beweis führen für eine solche Behauptung, die, wie wir zugeben müssen, eine wunderschöne Vorstellung ist. Wir wollen, so lange es irgend möglich ist, beieinander bleiben. Deshalb auch der dringende Wunsch nach der Möglichkeit, dass niemand außer uns die Stunde bestimmt, zu der wir gehen.

Thomas und Günter rauchen schweigend. Wenn Thomas sich einmal abwendet oder sich im Raum umschaut, und der Freund sich nicht beobachtet fühlt, sieht er Thomas ganz verstohlen an. Er mustert ihn, wie um festzustellen, dass etwas an ihm anders ist als sonst. So offensichtlich jedoch ist nichts zu bemerken.

Ich spüre meine Hände und Füße, sie sind kalt geworden. Ich trage ein Sommerkleid, aber auch Strümpfe. Natürlich wird noch nicht geheizt. Der Wein steigt mir zu Kopf. Ich würde am liebsten aufstehen und Thomas unter einem Vorwand nach Hause locken. Mir ist, als ergäbe es keinen Sinn, hier zu sitzen, auf etwas zu hoffen, das doch nicht eintreten wird. So viele unausgesprochene Worte flattern geräuschlos durch das sehr große Wohnzimmer, verfangen sich in den Pflanzen, in den Vorhängen, in den Kleidern der Gastgeber, im Fell der Hunde. Aus den Weingläsern fällt die Angst tropfenweise, das Wasser ist vergiftet von Enttäuschungen, als hätten diese sich alle hier versammelt, die uns vier Menschen in unserem Leben jemals heimgesucht haben.

Thomas ist hinter dem blauen Rauch seiner Virginia-Zigarre ein Schatten, er hat den Kopf gesenkt, sitzt still und nachdenklich da, so, wie man ihn gar nicht kennt. Wo er ist, ist das Leben. So war es immer.

Schließlich bringt Birgit, die als erste an der Stille zu ersticken droht, mit halbwegs klarer Stimme ihre Frage nach dem Verlauf der Wienreise in den Raum. Ihr Mann weiß nicht, ob er ihr dankbar sein soll oder nicht. Er sieht dann Thomas interessiert an. Thomas hat Mühe, Haltung zu bewahren und Sätze zu formulieren. Wieder eine Seite, die ich noch nicht kenne.

Du armer Mann, was hast du noch alles auszuhalten, denke ich und rücke etwas näher an ihn heran, nehme seine Hand. Er bedenkt das mit einem mir zugedachten Lächeln und fängt sich bald. Er erzählt ein wenig von dem, was wir uns in Wien angesehen haben, um dann anzukündigen, dass wir recht bald wieder in Portugal sein werden. Und er nimmt seinen Mut zusammen und spinnt den begonnenen Faden weiter, indem er sagt, deshalb seien er und ich heute bei ihnen, damit wir danach in Ruhe unsere Reise antreten könnten.

Günter lauscht auf diese leise hervorgebrachten Worte, nickt dann mit dem Kopf und bittet Thomas, mit ihm in sein Arbeitszimmer zu kommen. Mein Herz klopft wie wild, als ich mit Birgit zurückbleibe.

Ich fühle, ich müsste meinem Impuls nachgeben und Thomas zu Hilfe eilen, möchte andererseits dieses Gespräch von Mann zu Mann aber nicht unterbrechen. Man kann nicht immer eingreifen, wenn man möchte, weiß ich später. Birgit unterlässt es wenigstens, unpassende Worte aus ihrem Mund zu entlassen.

Das ist fast wie eine Wohltat, wenn es in diesem Moment so etwas geben könnte.

Die beiden Männer kehren ins Wohnzimmer zurück. Ich wende mich Thomas zu und sehe ihn kreidebleich mit vollkommen erstarrten Gesichtszügen, wie er es gerade noch schafft, zu sagen: „Komm, wir müssen gehen, er gibt es uns nicht." Ich weiß nicht, wie wir aus dem Haus gestolpert sind, wie wir in das Auto gestiegen sind, wie wir diese Kilometer zurückgelegt haben zu unserem Dorf und wie wir unsere Haustür haben aufschließen können. Vor meinen Augen dreht sich alles, auch meine Gedanken kennen keine Reihenfolge mehr, sie sind außer Kontrolle. Thomas findet nur harte Worte wie ‚Feigling, hat sich von seiner Frau Angst machen lassen, die um ihre Existenz fürchtet'.

Wie tröstet man sich in dieser Lage? Woher nimmt man den Mut, noch einmal Hoffnung zu schöpfen, das alles wieder von vorn anzupacken. Es bleibt keine andere Wahl. Wer aufgibt, der hat schon verloren.

Mit einem mühsam erworbenen Attest für die Mitnahme von drei Litern Morphinlösung in das Flugzeug nach Faro, besteigen wir das Flugzug, das uns von allen Sorgen weg trägt. Das Bordpersonal bringt die Flaschen sicher und nett unter.

Auch unserem besten Freund, Max, der uns zum Flughafen gefahren hat, fällt es allmählich schwer, ohne Sarkasmus auszukommen: ‚Wenn ein Schwarm Vögel ins Triebwerk flöge, bräuchtet ihr kein Morphium mehr.' Derart witzig war er früher nie. In welchem Zustand wir die Reise angetreten haben, zeigt die Tatsache, dass wir alle Reiseschecks auf dem Küchentisch liegen ließen.

Thomas stellt auf nette Weise alle Tatsachen auf den Kopf, als er in sein Tagebuch schreibt: ‚Das Meer ist wieder da!!'

Es ist ein Wechselbad der Gefühle und des Wohlbefindens und der Schmerzen und der Freuden. Wir sind über die Luft- und Wassertemperaturen froh, Thomas wird aber nicht so recht warm. Er schnorchelt und schwimmt; am Abend hustet er Blut, am Morgen hat er starke Schmerzen und die merkwürdige Erkenntnis: man stirbt in Etappen, nicht auf einen Schlag.

Einmal noch das Meer

Kümmert es einen todkranken Menschen noch, was um ihn herum und in der großen Politik geschieht? Nimmt er noch wahr, was anderen für die Zukunft von Bedeutung sein muss? Wie schnell lässt jemand das Tagesgeschehen beiseite, sofern es sich nicht um ihn selbst dreht?

Thomas schreibt: ‚Wir sind den Tagesthemen immer auf der Spur. Wir lesen am Strand den „Spiegel", wir sehen uns die Fernsehnachrichten an. Die sog. Deutsche Einheit bringt bei uns bereits die ersten Ansätze zur Kritik hervor, was kein Wunder ist angesichts der Umgangsweise der Politiker mit den ehemaligen DDR-Bürgern. Kalte Rechtsausübung der Funktionärsclique einer Partei, ohne Volksabstimmung, ohne neue Verfassung, alles zielt auf eine Wahl ab, da kann einem schlecht werden (und Thomas ist seit Tagen schlecht). Die ersten Asylanten werden in die neuen Bundesländer „verbracht". Am Strand bringt ein US-Amerikaner seiner Frau in Kurzfassung bei, dass es bereits früher einmal ein einheitliches Deutschland gegeben hat.'

Thomas hält Rückschau auf alles, was er schreibend zustande gebracht hat und stellt fest, dass er nicht verbittert, sondern enttäuscht ist über die Erfolglosigkeit bei der Suche nach einem Verlag. Er fühlt sich in seinem Schreiben nicht unzeitgemäß, wird aber so abgestempelt. Er weiß es besser, ich auch. Wir haben jedoch nicht den Einfluss zu beweisen, dass es möglicherweise Käufer für Thomas' Romane, Erzählungen oder Gedichte gäbe. Die Literaturbeilage der Süddeutschen Zeitung ist der Anlass für diese Gedanken.

Am Strand tummeln sich Proleten der schlimmsten Sorte. Das deprimiert Thomas und beleidigt seinen Strand. Der Billigtourismus hat offensichtlich auch vor Portugal nicht halt gemacht. Sie kommen und lärmen, schikanieren die Portugiesen, spielen sich auf wie Eroberer, dabei unterscheiden sich Niederländer, Deutsche und Engländer in keiner Weise. Sie trinken und grölen, sind aber bald von der Bildfläche verschwunden, weil es ihnen offensichtlich zu langweilig ist in dieser kleinen Bucht.

Thomas nimmt wahr, dass seine Kräfte nachlassen. Er hat bei jeder Atemstörung Angst, dass ihm im Wasser die Luftröhre abreißt oder er einen Erstickungsanfall erleidet.

Trotzdem schnorchelt er wieder und berichtet mir begeistert über seine Entdeckungen. Die Welt unter Wasser nimmt ihn auf und hält ihn gefangen, diese Landschaft mit ‚Schluchten und schwingenden Matten in einer Farbenpracht, die unter blauem Gleichmaß verblüfft.' Große Fische sieht er, auch große Schwärme kleiner Fische. Ab und zu muss er über die Wasseroberfläche schauen, um nicht ganz zu vergessen, wo er sich befindet.

Er sieht aber auch den Plastikmüll, schaukelnde weiße Plastikbecher. Die Faszination bleibt. Die Schmerzen sind nur mit steigenden Morphindosen einigermaßen auszuhalten. Morgens fülle ich die benötigte Tagesmenge der Lösung in eine kleine Thermoskanne ab, wie andere Leute Tee, damit die Temperatur erhalten bleibt.

Für Thomas ist das Bluthusten schon zur Routine geworden, mal mehr, mal weniger. Ein Schwebezustand, dem wir nicht entkommen können. Seinen kleinen Atari-Computer hat Thomas immer dabei. Manchmal erhält er den Hinweis, dass etwas gelöscht wurde, dann ist er enttäuscht. Manchmal sieht er auf dem Mini-

Bildschirm ihm unbekannte Zeichen und hält das für neue Lyrik. Max ruft an und fragt, ob er kommen solle, wohl in der Angst, wir könnten für immer dort bleiben, wie wir es eines Tages vorhaben. Wir sagen, es gehe uns gut. Da ist er beruhigt.

Thomas merkt, dass ich manchmal über Anlässe streite, die es nicht wert sind. Daran erkennt er, wie auch an meinen Nerven gezerrt wird. Aber sich zu verstellen, wäre das letzte. Wir werden weiterhin der Wahrheit ins Gesicht sehen müssen, und auch ich werde ihn nicht vor dem Tod retten, so schreibt er in sein Tagebuch. Er notiert wie beiläufig, wenn sich abends eine Tablette in seiner Ersatzspeiseröhre festgeklemmt hat und er einen der gefürchteten Erstickungsanfälle erleidet.

Wenn ich auch glaube, alles mitzuerleben, was Thomas durchzustehen hat (weil ich ihm doch nahe bin und auch, weil ich verhindern möchte, dass er in Panik gerät), so weiß ich, dass ich nicht einen Bruchteil dessen wirklich erlebt und erkannt habe. Das Ausmaß ist nicht zu erkennen. Ich sehe und höre, nehme wahr, spreche mit ihm, bin fast den ganzen Tag über bei ihm, und dennoch bleibt mir vieles verborgen.

Da sind die langen Nächte, in denen ich schlafe und glaube, auch Thomas schliefe. Aber das tut er nicht. Er liegt wach und denkt über das nach, was ihn und mich erwartet oder was wir tun können, nachdem unser erster Plan gescheitert ist; und er weiß, weil es sein Körper ist, der diese Torturen erfährt, dass die Zeit immer knapper wird und die Aussicht auf Hilfe noch nicht vorhanden ist. Er liegt wach und hat Schmerzen, schrecklich aufdringliche Schmerzen; mehr Morphin möchte er noch nicht nehmen, wohin würde das führen. Die anderen Schmerzmittel in Tablettenform sind schwer durch den hochgezogenen Magen zu transportieren. Thomas bewältigt das mit gleichzeitiger Einnahme von Joghurt. Und er verlässt leise das Bett, um mich nicht durch einen Hustenanfall zu wecken und begutachtet im Badezimmer das Resultat, das ihn immer mehr ängstigt. Er glaubt zu wissen, worum es sich handelt. Ein stinkender Auswurf verlässt seinen Mund. Das muss ausgerechnet ihm geschehen, der in diesen Dingen immer empfindlich gewesen ist. Damit wollte er nie etwas zu tun haben. Er verbirgt vieles vor mir. Durch das Morphin treten Probleme mit dem Stuhlgang auf, so dass er ohne Abführmittel kaum noch auskommt. Auch wenn ich mit vielen der Details vertraut bin, es ist immer noch ein fast normales Leben für mich. Thomas lebt, geht an meiner Seite, schwimmt, isst und trinkt mit mir, lacht und spielt Schach mit mir. Er weint mit mir, streitet mit mir, fährt durch die Landschaft mit mir. Er tröstet mich, nimmt mich in seine Arme und umgekehrt ebenso.

Wie groß seine Nöte wirklich sind, lässt sich nur erahnen. Ich sitze so manches Mal wie versteinert und frage mich, ob ich blind sei oder unsensibel. Dieser Stachel ist vorhanden, obwohl ich gleichzeitig weiß, dass ich an meine Grenzen gestoßen bin und selbst wenn ich wollte, nicht mehr für Thomas tun könnte.

Denn ich lebe ja nicht nur mein eigenes, schwierig gewordenes Leben und verdiene das Geld für unseren Unterhalt, sondern habe mein gesamtes Dasein an Thomas' Leben geknüpft. Ich versuche, seine Wünsche zu erfüllen, erfrage und erfühle seine Bedürfnisse, übernehme seinen Kummer als den meinen, trage seine Trauer mit, denke für ihn mit, wo es sich um äußere Dinge handelt.

Dennoch stelle ich mir immer wieder seine Einsamkeit vor, und wie ich vielleicht nicht bemerke, dass er neben mir stundenlang wach liegt. Wie unvollkommen alles bleibt, was getan werden kann.

Thomas wird leicht müde, kein Wunder bei dem Morphin. Oft ist ihm übel bis zum Erbrechen. Ein starker Widerwille gegen das Essen überfällt ihn immer häufiger. Die Zigarre schmeckt ihm seltener. Wegen des Refluxes schläft Thomas häufig im Sitzen. Die Geräusche in seiner Lunge nehmen zu. Es ist wie das Geräusch platzender Schaumblasen, so beschreibt er das. Es demoralisiert ihn und verstärkt das Gefühl, dass sich in ihm etwas wesentlich verändert. Von einem heftigen Hustenanfall am Mittag erholt sich Thomas erst am Abend. Das sind Zeiträume, in denen auch ich nicht Ferien spielen kann. Schmerzen in den Rippen und in der Schulter. Thomas fragt sich, wie lange der hochgezogne Magen diese Flut von Medikamenten aushalten kann. Und er sorgt sich, was er mir noch alles zumuten muss.

Das Morphin verursacht Formulierungsschwierigkeiten bei Thomas, wenn er schreibt.

Thomas regt sich darüber auf, dass das kleine Land Portugal den US-Amerikanern für zwanzig Milliarden Dollars Flugzeuge abkauft. Begründung: sie müssten sich notfalls alleine verteidigen können. Absurde Verhöhnung der Bevölkerung.

Abends sehen wir einen Film mit Marlon Brando und Frank Sinatra. Thomas regt sich darüber rauf, dass der Mankiewicz so ein unglaubliches Musical herstellt, als der Koreakrieg tobt und in den USA die Kommunistenhatz ihren Höhepunkt hat.

Wir nehmen wahr, dass die Herbststürme dieses Jahr an der Südküste Portugals vorzeitig eintreffen. Wir verabschieden uns wieder einmal von den portugiesischen Freunden. Mir kommt es so vor, als sei Thomas in Gedanken schon wieder in Köln. Ich weiß, was ihn bewegt. Es sind auch meine Sorgen: Wir müssen Ersatz finden, um unsere Pläne auszuführen im nahenden Notfall. Das überlagert unbewusst alles, was wir hören, sehen, fühlen, schmecken, sprechen.

Max holt uns vom Flughafen ab. Thomas ist wirklich sehr müde. Er schläft bei seinen Übungen jetzt häufiger ein. In der Schmerzklinik empfiehlt man ihm wieder MS-Retard-Tabletten.

Thomas nimmt die Freunde in der Stadt wahr als frech, nörgelnd, trampelig und hat wieder das Gefühl, bereits viel zu lang zu leben. Er benötigt dringend einen Arzt, mit dem er über seine Hustenanfälle und ihre Folgen sprechen kann.

Eine Röntgenaufnahme der Lunge zeigt drei bis vier Zentimeter große Rundherde und Wasser in der rechten Lungenspitze, was jedoch nicht punktionswürdig sei. Die zunehmende Atemnot beim Sprechen könnte auch von einem Tumor in der Luftröhre herrühren. Thomas und ich wissen, dass uns nicht mehr viel Zeit bleiben wird. Die Freunde Thomas', die Ärzte sind und ihn bisher beraten haben, finden jeder für sich ihre eigenen Ranglisten. So meint der eine, dass der Tumor an der Aorta wohl den Tod bringen werde. Ein anderer ist sich sicher, dass ein Luftröhrenabriss wahrscheinlich sein wird.

Während dieser Spekulationen verliert Thomas auch noch den Rest seiner Stimme. Das zweite Stimmband ist ebenfalls gelähmt. Wenn die Stimmbänder nicht so weit auseinander stehen würden, wäre die Gefahr des Erstickens gewachsen. Thomas findet einen Arzt und bespricht mit ihm, was der zu tun habe, falls Thomas der Erstickungstod drohe. Der Arzt verspricht es. Thomas schreibt in sein Tagebuch: 'Ich habe inzwischen so viele Möglichkeiten zu sterben, dass ich den Überblick zu verlieren drohe. Wir überlegen immer noch, ob wir jetzt nicht doch noch bestrahlen lassen, um diesen Tumor im Mediastinum zurückzudrängen. 'Es gebe dort nichts zu bestrahlen, wird uns versichert, wegen der Gefahr einer Querschnittslähmung. Der Stimmbandverlust trifft Thomas sehr hart. So ist auch das Telefonieren für ihn unmöglich geworden. Das war immerhin noch eine kleine Freiheit und Unabhängigkeit, in die weitere Umgebung spontan vorzudringen. Der Radius wird enger. Thomas weint Tränen auf sein Tagebuch und schreibt: ‚Der Tod kommt in kleinen Abschnitten näher, und ich kann nicht entfliehen.'

Thomas empfindet mehr und mehr die Menschen, die von draußen in seine Welt kommen, als aufdringlich und laut. Und immer häufiger wird er von Übelkeit befallen. Aber er kann es sich nicht leisten, eines der Medikamente abzusetzen.

Thomas schwimmt wieder und möchte das auch fortsetzen. Sein Kreislauf bereitet Probleme. So geht alles auf und ab und durcheinander. Es gibt keine festen Regeln mehr, auf die Verlass wäre, und genau das wäre eigentlich in dieser Phase für Thomas und mich das Wichtigste.
Unsere alte Kölner Wohnung haben wir inzwischen ganz verloren gegen Zahlung einer Abfindung, da wir zwar das Recht wiederbekommen haben, die Wohnung in Besitz zu nehmen, dies faktisch jedoch nicht durchsetzbar ist. Wut und Ohnmachtsgefühle bedingen einander hier.

Alte und neue Freunde

Thomas' Freunde drohen nach und nach, wie Thomas selbst, den Überblick zu verlieren. Äußert Thomas, es gehe ihm schlechter, wird er gefragt, ob er noch gehen könne. Seine Antwort lautet dann, er habe doch jetzt Lungenkrebs und keinen Beinkrebs.

An manchen Tagen verabredet er sich mit jemandem. Sie irren dann in Köln umher, um einen Ort zu finden, an dem er mit dem winzigen Rest seiner Stimme Gehör findet bei einem Kaffee oder Bier. Lärm- oder Geräuschpegel werden in ihrem Umfang erstmalig auch mir deutlich. Was hat man alles für normal gehalten, und was davon ist jetzt für Thomas zu einer Zumutung geworden!

Stück für Stück bröckelt das normale Leben ab und wird von Woche zu Woche bizarrer. Da ist es gut, dass Thomas mit einem der Menschen, die zu seinem neuen Kreis von Freunden gehören, mehrere lange Gespräche führen kann über unseren Plan.

Dieser Mann kann und ist auch bereit zu helfen. Ja, es gibt Ärzte, die sich unter dem Eindruck dessen, was sie tagtäglich in Kliniken und in Familien erleben, zur Hilfe entscheiden können. Für sie ist es nicht so einfach abschüttelbar, da es die Würde des Menschen in ihrem innersten Kern betrifft.

So erfahren wir auch, dass das, was in der Gesellschaft immer noch ein Tabu ist, innerhalb der Ärzteschaft praktiziert wird, unter entsprechender Absicherung, um sich nicht doch einer Strafverfolgung aussetzen zu müssen.

Wir versprechen dem Arzt, weder Namen noch andere Daten jemals weiterzugeben. Als ob das nicht selbstverständlich wäre. Da sieht man wieder die Angst durchschimmern. Dieser neu gewonnene Freund trifft sich mit Thomas und manchmal auch mit uns beiden, als kennten wir uns schon seit unendlich langer Zeit. Er ist einer der wenigen, die sich nicht scheuen, die Dinge beim Namen zu nennen, und nur so wird Beistand zu einer echten Hilfe. Auch wenn er es nicht immer aushält, ohne sich rühren zu lassen; dieser Freund geniert sich nicht. Für ihn selbst ergibt sich aus dieser Freundschaft sozusagen als Beigabe, dass er seine eigenen Ängste, seine augenblicklich ihn bedrängenden Probleme auch besprechen darf, ohne Scheu und ohne das Gefühl, lästig zu fallen. Wie er zugibt, unter Männern auch eine vollkommen neue Erfahrung.

Wenn wir von einem kleinen Ausflug zu Dritt zurückkommen, sitzen wir so manches Mal noch einige Minuten im Wagen, weil das eine oder andere noch nicht ausführlich genug behandelt wurde. Oder weil es einer kleinen Portion Tränen bedarf, nicht Tränen des Lamentierens, sondern des am Horizont sich zu erkennen gebenden, endgültig bevorstehenden Abschieds, also Tränen der Trauer.

Anhand dieser kleinen Begebenheiten zeigt sich, wie wenig selbstverständlich in dieser Gesellschaft das Zuhören und Aushalten des Gehörten ist.

Für Thomas wird das Ende immer konkreter. Er notiert jetzt schon in seinen Tagebüchern die Tage, an denen er kein Verdauungsmittel benötigt hat. Sein rechter Arm schmerzt ihn sehr. Er freut sich über jede Mahlzeit, die er überstanden hat. Thomas schreibt: ‚Ich weiß, es ist der Endkampf.'

Er macht sich Gedanken, was passieren könnte, wenn er wegen einer Lungenentzündung ins Krankenhaus überwiesen werden sollte. Das ist genau eine jener Situationen, die es zu vermeiden gilt und die man doch vielleicht nicht wird verhindern können. Thomas schwitzt nachts sehr stark. An manchen Tagen spürt er nichts von Übelkeit und spuckt kein Blut.

Ende November wird es mit einem Schlage sehr kalt. Die Leute im Dorf nehmen zur Kenntnis, dass Thomas' Laufen ein anderes geworden ist. Er geht stetig, aber wesentlich langsamer als früher. Sie nehmen jetzt an, dass dieser Mann doch krank sein muss. Auf unseren Wegen durch Wald und Feld treffen wir manches Mal auf Einheimische. Der eine oder andere wünscht Thomas gute Besserung, was sollen sie auch sonst sagen. Er ist dankbar für jede Ansprache.

Mit seinem Vater kann er kaum noch kommunizieren wegen dessen Schwerhörigkeit und seiner eigenen Flüsterstimme, nicht einmal mehr, wenn sie einander gegenübersitzen.

Jetzt ist die Zeit vorbei, noch einmal auszuholen und den Bogen zu schlagen in die Vergangenheit; so viele Dinge würde Thomas von seinem Vater noch gern erfahren, aber viel wird es nicht mehr werden. Dem Alten fällt es zunehmend schwerer, seinen Sohn zu besuchen. In einem Brief schreibt der Alte: ‚Wer weiß, wie lange ich noch die Belastung aushalte.'

‚Unglaublich', denke ich, und doch verstehe ich den alten Mann.

In seinen Träumen spricht Thomas mit einer lauten klaren Stimme. Auf einem aktuellen Computer-Tomogramm zeigt man uns Knochenmetastasen.

Der erste Schnee fällt, und Thomas ist verzaubert.

Sein wichtigster Freund aus der Gymnasialzeit besucht in hin und wieder. Dann blüht Thomas auf. An diesem Manne hängt er besonders. Wie oft hat er mir von der Schulzeit erzählt, und nun kommt dieser Mensch ab und zu hereingeschneit, als wäre er nie fort gewesen. Dabei fährt er jedes Mal zwei Stunden über die Dörfer, hin und zurück auch. Er geht mit Thomas spazieren, und Thomas stellt fest, dass sein Freund lediglich mit einer Fellweste über einem dünnen Hemd bekleidet ist, ohne Handschuhe und Schal. Da wird ihm sein eigener Zustand wieder einmal vor Augen geführt.

Es wird sehr kalt, und Thomas friert noch mehr. Er sorgt sich, dass er mich nicht mehr wärmen kann. Und er sorgt sich auch für die Zeit nach seinem Tode, wenn ich allein sein werde. (Er beschäftigt sich also sehr wohl mit der Möglichkeit, dass mein Leben weitergehen könnte.)

Er schreibt: ‚Das schmerzt so, meine Liebste allein lassen zu müssen! Nicht mehr für sie da sein zu können. Oder schlimmer noch, das mit ansehen zu müssen, ohne eingreifen zu können. Aber vielleicht besteht doch von Anfang an eine völlige Trennung zwischen dieser Welt und der Gegenwelt, so dass wir das Treiben hier nicht mehr beobachten können.'

Unter Morphin erlebt Thomas seltsame Vorstellungen, die er mir mitteilt. Aber er findet immer noch den Weg zurück in die Gegenwart. Als sein ältester Bruder ihn wieder einmal besucht, fragt Thomas ihn, ob er ihn denn, wenn es niemanden sonst gäbe, bei einem Selbstmord unterstützen würde. Dieser lehnt das aus prinzipiellen Gründen und aus seinem christlichen Selbstverständnis heraus rundweg ab. Thomas wundert sich über nichts mehr. Dafür bietet der Bruder jedoch seine Erfahrung als Nachlassverwalter an. In Thomas' Augen zeigt er dadurch lediglich seine Erbschleichermentalität, beschämend, wie Thomas findet. Thomas überkommt manchmal ein Gefühl der großen Ungebundenheit und Freiheit angesichts des Todes.

Er schreibt kurz vor Weihnachten ein Gedicht in sein Tagebuch:

Ausblick

Im Schnee versinkt die kleine liebe Welt

das alte Jahr gleicht alles fast unmerklich aus

in lebenden Bildern bestaunen die Liebenden

sich selbst und wie versunken fern ihr Sein

Versunken ist der Wege alte festgetretne Spur

und schien doch leicht verlassbar

Schnell war das Unglück, lange schon

lagernd hinterm Horizont der Liebe

Verstummt ist der Liebenden wehe Klage

der Lebensduft in dauernd Frost erstarrt

der Atem stockt der Schritt wird schwerer

Nebel fällt im halbzerbrochnen Wald

Am 23.12.90 schreibt Thomas: ‚Morgen ist doch tatsächlich Weihnachten, und ich habe es überraschenderweise so weit geschafft.'

Es ist Tauwetter nach dem vielen Schnee und Frost. Freunde rufen an. Der Bruder kommt. Die alte Nachbarin, die wir fast ein Jahr nicht gesehen haben, versteht Thomas nicht mehr: wieder eine Beziehung beendet.

Mein Chef besucht uns in der Eifel; Thomas bedankt sich bei ihm, von dem wir viel an Unterstützung erhalten haben in den vergangenen eineinhalb Jahren. Er ist ganz verlegen darüber.

Thomas sieht die vielen unerledigten Dinge auf seinem Schreibtisch. Er fragt sich, welche Wirkung die deutsche „Teilrevolution" von 1989 haben wird. Ob es sich im größeren, unbeteiligt gebliebenen Teil des Landes fortsetzen wird oder in einen lang anhaltenden Rechtsruck (Restauration) mündet. Das wäre furchtbar, schreibt er, weil der Frieden im Lande auf Jahrzehnte hinausgeschoben wäre (wie unter Metternich).

Thomas liest mit Vergnügen eine Prinz-Albert-Biographie und wundert sich danach, warum trotz der europäischen Verwandtschaftsbeziehungen in der Monarchie der erste Weltkrieg möglich war. (Prinz Albert war einer wie er, mit schnell ablaufender Lebensuhr.) Er wundert sich jedoch nicht wirklich.

Ein befreundeter Nachbar tritt mit sechs Flaschen Wein ins Haus. Aber Thomas empfindet die ihn umgebenden und besuchenden Menschen immer mehr als Dampfwalzen. Er fragt sich, warum letzte Begleiter sich nicht anders verhalten können.

Der Jahreswechsel wird mit einer Feier begangen. Thomas ist immer wieder erstaunt darüber, was er sich anzuhören hat von seinen Freunden, als wollten sie ihm so manches heimzahlen, was er ihnen irgendwann, bewusst oder unwissentlich, zugefügt hat.

Über den Anruf seines ehemaligen Strahlenarztes ist Thomas irritiert, da dieser ihm zu einer Punktion der Lunge rät. Schon rotieren die Gedanken, ohne dass sie zu bremsen sind. Es gibt zu viele gegensätzliche Ratschläge von den Fachärzten; aber jeder von ihnen hat nur das Beste für Thomas im Sinn und möchte die Schmerzen verringern helfen.

Der Tag kommt, an dem zwei Freunde sich für drei Monate nach Asien verabschieden. Ich biete mich an, sie zur nächsten Bahnstation zu fahren, von wo aus sie den Zug nach Frankfurt nehmen werden. Thomas drückt sich, wie er sagt, vor diesem endgültigen Abschied. Er ist sich ziemlich sicher, dass er die beiden nicht wiedersehen wird. Es ist das erste bewusste Abschiednehmen von zwei Freunden, mit denen Thomas und ich gemeinsam gelacht, geweint und auch gestritten haben, mit denen wir oft durch die Hügellandschaft der Eifel gewandert sind, mit denen wir gekocht, gegessen und getrunken haben, denen Thomas aus seinen vielzähligen Schriften vorgelesen hat und die mit Lob nicht gespart haben.

All dies sind Ereignisse und Abläufe, die nicht wiederkehren werden. Mit den beiden Freunden entfernen sich von Thomas zwei Menschen, die ihn ein gutes Stück, auch seines Krankheitsweges, begleitet haben. Sie waren da, wussten zu sprechen und zu trösten, zeigten eine nicht geringe Wertschätzung für den Menschen Thomas. Die im Lachen weinten und im Weinen zum Lachen fähig waren. Das steht Thomas noch lange vor Augen. Dabei waren ausgerechnet diese beiden intellektuell am weitesten von Thomas entfernt. Solche Konstellationen waren es, die Thomas mit Genugtuung erfüllten, konnte er durch sie doch wieder seine alte These neu belegen, dass es mindestens zwei Arten von Bildung gab und sich niemand ein Urteil anmaßen sollte, welche die wichtigere oder gar bessere wäre.

Der geschundene Körper

Thomas erzählt von seiner Vereinbarung mit seinem Körper. Das Morphin, das seine Schmerzen verringern soll, wird nur diese eine Funktion erfüllen. Sein Körper wird so stark sein, dass er Thomas in den wichtigen Angelegenheiten unterstützen wird. Und so kommt es auch. Thomas stellt das eines Tages fest, als es uns wieder gelungen ist, erfolgreich miteinander zu schlafen. Das wird sich wiederholen und bedeutet viel.

Nachdem wir uns mit dem Gedanken einer Punktierung des rechten Lungenflügels vertraut gemacht und uns darauf eingestellt haben, wird uns in der Uni-Klinik verdeutlicht, dass es keinen Sinn habe. Das Wasser habe sich eingekapselt. So ist das mit Entscheidungen, zu denen man sich durchringt. Energie, verschwendet für nichts.

Thomas beschwert sich darüber, dass ich vorschlage, eine Weitung der OP-Narbe im Kehlkopfbereich vornehmen zu lassen. Ich bin der Meinung, dass seine Schluckbeschwerden hier ihre Ursache haben. Thomas ist anderer Ansicht, er glaubt, das Morphin sei daran beteiligt. Thomas stellt sich einen derartigen Eingriff „grauslich" vor.

Thomas träumt: ‚Wir hatten keinen Kaffee im Haus. Lena wollte aber trinken. Ich bot ihr Fresubin mit Mokkageschmack an, was sie entrüstet ablehnte. Max, der ebenfalls anwesend war, probierte dies sofort.'

Das fand Thomas komisch. Er bemüht sich, täglich soviel wie möglich an Kalorien zu sich zu nehmen. Er wiegt jetzt dreiundsechzig Kilo und empfindet das als zu wenig. Er hat im vergangenen Jahr etwa fünf Kilo abgenommen. Es ist eine ungeheure Leistung, täglich, ohne Geschmack daran zu finden, die notwendige Kalorienzahl zu erreichen.

Er beklagt sich über ‚die mit dem Irak-Krieg und dessen arabischen Maulhelden in Zusammenhang stehenden medialen Zumutungen, die alles ins Haus tragen aus purem Sensationsjournalismus. Die feigen Hunde von Amerikanern versuchten, alles aus der Luft zu erledigen. So waren sie immer.' Die Europäer erscheinen ihm ein ‚Verein winselnder Schwächlinge'.

Und weiter:

'Im Fernsehen gibt es nur noch Sport und Gebete. Die Europäer wollen das Unmögliche: Eine Weltpolizei, aber nicht die USA, und sie darf auch nur ganz schüchtern sein. Sie wollen irgendwo Frieden stiften, aber ohne Waffen, und vor allem wollen sie, falls es sie selbst betrifft, auf keinen Fall ihre Souveränität abgeben. Sie sind „gläubige Christen", begreifen jedoch nicht, dass die Muslime in ihrem Fanatismus dieselbe Wurzel haben. Der Oberrabbiner schimpft den Papst aus, weil der nicht für den Sieg der christlichen Waffen gebetet hat. Diese unheilvollen Schwachköpfe dürfen überall ihr ständiges Labern abliefern.'

Ab und zu schläft Thomas vor seinem Computer ein. Dann kommen ihm Bilder vor Augen wie zum Beispiel aus Venedig, farbenfrohe Bilder, die er offensichtlich in dem Grau des Januars im Mittelgebirge vermisst.

Wir sortieren alte Akten aus und den Rest in neue Ordner. Warum, wissen wir nicht zu sagen.

Thomas leidet unter Hitzewallungen und friert zugleich. Die Schmerzen an der Schulter sind nach wie vor sehr stark. Er weiß nicht, ob er noch etwas Größeres planen soll als Schriftsteller.

Dann sind wir wieder in der Stadt. Schlechten Gewissens gehe ich halbtags meiner Arbeit nach. Auch abends versuche ich manchmal auszubrechen aus der Umklammerung, die mich mehr und mehr bedrängt und fatale Erinnerungen an meine Jugend heraufbeschwört, als meine Mutter ständig darauf bedacht war, mich für ihre Zwecke zu vereinnahmen.

Ich bin doch freiwillig bereit und kann auch gar nicht anders, soweit wie möglich Thomas' Bedürfnissen nachzukommen.

Es war zu keiner Zeit leicht, mit einem Schriftsteller das Leben zu teilen, der nur in Ruhe und Einsamkeit zu arbeiten in der Lage ist. Der Verzicht auf viele Kontakte zu anderen Menschen ist oft zwischen uns ein Thema gewesen. Es gab und gibt jedoch keine befriedigende Lösung für dieses Dilemma, zumal Thomas immer wieder behauptet, in meiner Gegenwart am besten schreiben zu können. Ich kann mir durchaus vorstellen, dass Thomas' Aussage Hand und Fuß hat, eigentlich weiß ich es auch. Das hilft mir aber nicht. Etwas lediglich aus einer Verpflichtung heraus zu tun, war noch nie meine Art. Offensichtlich ging er davon aus, dass die Bedeutung seiner Arbeit mich davon abhalten würde, eigene Wege zu gehen. Meistens traf er damit ins Schwarze.

An manchen Tagen aber kann und will ich auch jetzt diese Egozentrik nicht ertragen. Dann verabschiede ich mich für einen Abend und treffe mich mit jemandem. Viele Freunde habe ich nicht mehr, da ich immer nur mit Thomas zusammen bin. Es gibt die eine oder andere Frau aus der Jugendzeit, aber im Allgemeinen habe ich mit Frauen nie viel anfangen können. Da sind mir schon die wenigen verbliebenen Männer wichtiger. Mit dem einen gehe ich ins Kino, mit dem anderen gehe ich spazieren oder ein Bier trinken. Das war immer so. Das war sozusagen der zu zahlende Preis für die Unterstützung, die ich Thomas nie versagt habe und auch für das Verständnis, das ich immer wieder aufgebracht habe. Während der langen Monate in Thomas' Krankheitsverlauf habe ich selten Gelegenheit, das Haus oder besser gesagt, die gemeinsame Wohnung zu verlassen, um auch einmal mit anderen Menschen zu kommunizieren, in welcher Art auch immer. Aber sobald es sich abzeichnet, dass es möglich ist, greife ich zu.

Ebenso wenig, wie ich meine Arbeit aufgegeben habe, verzichte ich auf diese kleinen Ventile. Sie geben mir Gelegenheit, Energie zu tanken, die Energie, die ich - nicht zuletzt auch für Thomas' Wohlergehen - dringend benötige. Ich mache daraus kein Geheimnis, weiß aber nicht, in wieweit Thomas meine Aktivitäten verfolgt. Er spricht nicht darüber, bedauert es nur, wenn ich das Haus ohne ihn verlasse.

Merke ich, dass es für ihn schwer erträglich ist, schiebe ich auch schon mal eine Notlüge vor. Das kann dann durchaus ein Firmenessen oder dergleichen sein. Auf die Idee, einander zu kontrollieren, sind wir nie gekommen. Das fänden wir unwürdig. Wir vertrauen unseren Gefühlen, und diese besagen, dass es zwar niemals eine endgültige Sicherheit für zwei Menschen gibt, dass wir mit unserer Beziehung jedoch etwas Besonderes sind, was wir nie aufs Spiel setzen würden.

Das muss reichen, und das reicht auch. Ich habe mir auch nie vorgestellt, dass die eine oder andere Frau, mit der er beruflich tun hatte - und es waren viele Frauen - ihm derart gefiele und er sich mit ihr einlassen könnte. Ob es das doch gegeben hat oder nicht, spielt keine Rolle. Niemand kann einen Menschen an sich binden, wenn der das ablehnt. Alles hat auf freiwilliger Basis zu geschehen, sonst hat es keinen Sinn. Ich bin weder eine Nonne noch eine Florence Nightingale. Ich habe mich an einem bestimmten Tag für ein Leben mit Thomas entschieden, mit allen Konsequenzen, und daran halte ich mich. Etwas anderes hat in meinem Denken und Fühlen keinen Platz. Auch Thomas nimmt seine früheren Gewohnheiten wieder auf. Er besucht Freundinnen und Freunde. Geht mit seinem Bruder im Schnee im Stadtwald spazieren. Dieser wehrt sich immer noch, die Erkrankung Thomas' mit ihren Konsequenzen zur Kenntnis zu nehmen.

Thomas' Husten wird wieder stärker. Er ist morgens schon verschleimt wie ein Raucher. Dabei hat er sogar das Rauchen seiner Zigarren schon längst aufgegeben. Er findet nicht nur seinen eigenen Zustand instabil, auch meinen schätzt er so ein. Die Tabletten bleiben immer häufiger an der Magenwand hängen. Die Vorstellung, seine Kehle weiten zu lassen, verleitet ihn zu dem Vergleich, die Kehle sei doch kein Schuh.

Um ihm die Panik bei der Einnahme von Tabletten zu ersparen, versuche ich herauszufinden, ob es noch andere Möglichkeiten gibt, die Schmerzen zu lindern. Im Zusammenspiel mit Arzt und Apotheker findet sich ein Weg, das Froben in Zäpfchenform zusätzlich zum Morphin zu benutzen. Das entlastet Thomas, nun hat er nur noch drei statt zehn Tabletten täglich durch den hochgezogenen Magen zu transportieren.

Wir gehen ins Kino. Danach sind wir bei Max und seiner Frau. Sie planen in unserer Anwesenheit den Urlaub, Thomas spuckt währenddessen Blut, fühlt sich vernachlässigt, betrachtet aus diesem Grunde seinen Auswurf im Taschentuch über Gebühr lang. Bewertet das dann später mir gegenüber selbst als Trotzhaltung.

Anfang Februar schneit es in Köln. Thomas läuft trotzdem seinen täglichen Weg. Es gibt tatsächlich einige Nächte, in denen wir durchschlafen können. Thomas sieht eines Abends einen englischen Film von 1966: ‚Genau dieselbe infantile

Zerstörungssucht, wie sie sich heute in den britischen Massenblättern (Sun) äußert: In dem Film waren allerdings die Franzosen und einmal nicht die Deutschen die Deppen, und je älter etwas war und kostbarer, desto mehr Spaß bereitete es den Engländern, die Splitter in der Gegend herumfliegen zu sehen.'

Thomas Gedankengang dazu: Venedig hat früh die Seeräubermentalität Englands kennen lernen dürfen. „Seerepublik Venedig" von v. Laue, der übrigens zeigt, wie der Sprachverlust sich auswirkt bei einem Sachbuchautor, der über solides Wissen verfügt.

Thomas würde sich am liebsten die Decke über den Kopf ziehen und zwei Wochen später den Frühling begrüßen. Allerdings wären dann zwei der wenigen Wochen, die er noch habe, weg. Thomas überlegt, ob wir nicht wegen der Kälte das Wochenende in Köln verbringen sollten. Wir fahren aber in die Eifel.

Thomas schreibt: ,Der Karneval ist in Köln ausgebrochen, und die Kölner sind ganz stolz auf sich, dass sie feiern trotz der allgemein verordneten Trauer. Ab 7. Februar 1991 um 11.11 Uhr wird inoffiziell und - angesichts der schweren Stunde - ohne Umzug der Straßenkarneval gefeiert unter dem Motto: „Wir kleben am Leben". Recht haben sie! Man hält das ja nicht mehr aus, diese verlogene Pietät. Genauso, wie die angebliche Solidarität der deutschen Politiker mit den Juden. Das sieht das Volk denn doch etwas differenzierter.'

Thomas will unbedingt den Schnee vor dem Haus und der Einfahrt beseitigen. Ich schimpfe deshalb mit ihm. Thomas sagt, es gehe ganz leicht mit dem Neuschnee. In den folgenden Tagen leidet er unter Schmerzen in der rechten Schulter wie nie zuvor. Thomas beschimpft sich selbst wegen seiner Sturheit und seines Leichtsinns und hofft, dass das nicht irreparabel ist. Ich sehe, wie er unter den

Schmerzen leidet. Da hilft kein weiteres Morphin. Ich verstehe andererseits seinen Versuch, etwas beitragen zu wollen zu den täglichen Verrichtungen, die uns ja niemand abnimmt.

Thomas plant allem zum Trotz eine neue Novellensammlung. Es wird, wenn ich die Kapitelüberschriften richtig deute, eine Beschreibung seines Krankheitsverlaufs unter Einbeziehung all dessen, was ihm und mir widerfährt.

Wir sind wieder in Köln, der Vater besucht ihn. Für den läuft alles bestens, solange Reise, Unterkunft und Verpflegung gut sind. Thomas wird ihn nicht mehr zum Sprechen bringen können. Der Alte weigert sich inzwischen sogar, noch einmal über den Krebs und seine mögliche Entstehungsgeschichte nachzudenken. Er hört schlecht, und Thomas spricht nach wie vor zu leise, er flüstert seit vier Monaten. So muss die reine Anwesenheit genügen und der Wille, seinen Sohn zu sehen.

Thomas notiert eine Szene aus einem Stadt-Café in Köln: Zwei alte Frauen unterhalten sich beim Mittagessen: "Hast du gehört, sie haben eine Bombe gefunden beim Kaufhof in der Wäscheabteilung?" – „Solange wir noch in Ruhe Kaffee trinken können, geht es ja noch."

Der starke Schneefall lässt alles versinken in einer Katastrophenstimmung. Thomas überlegt, wie wir am Wochenende in die Eifel gelangen sollen. Er sitzt immer noch am Steuer unseres Wagens, der sich auf einer Schneedecke nicht gut lenken lässt. Dann kommt plötzlich Mitte Februar das ersehnte Tauwetter. Der von Thomas erhoffte vorzeitige Frühlingseinfall bleibt jedoch aus.

In der Stadt schlagen die Finken wie wild. In unserem Bergdorf ist das Thermometer auf 15 Grad geklettert. Thomas glaubt oder hofft auch auf Tauwetter im

Nahen Osten; die Frage scheint zu sein, ob die USA/Bush es zulassen könnten, dass man Gorbatschow die Herbeiführung des Friedens auf seine Fahne schreiben wird. Es steht noch zu fürchten, dass eines der Kriegsziele, die irakische Wehrmacht entscheidend zu schwächen, in den Augen der Juden noch nicht erreicht ist.

Thomas hofft jedoch, dass Bush den Friedensplan annehmen muss, will er sich nicht vorwerfen lassen, dass weiterhin amerikanische Soldaten wegen des Streits um eine Formulierung sterben müssen.

Eine Unsicherheit ist das Verhalten Israels, denen ein möglicher Frieden noch nicht ins Konzept passt. Und die britische Königin erklärt, sie sei stolz auf ihre Streitkräfte. Es geht alles so weiter wie in früheren Jahrhunderten, nur die Mittel haben sich geändert. Bald sind die Deutschen auch wieder stolz, und das wird dann den anderen nicht recht sein, unkt Thomas.

Wie Thomas befürchtet hat, will Bush den Krieg bis zur völligen Niederschlagung der irakischen Armee weiterführen, wohl gedrängt von Israel. Thomas liest zu diesem Thema einen Artikel aus der „Zeit" vom 22.2.91 und freut sich, dass man noch jemanden zu Wort kommen lässt, der es wagt, Israel die Meinung zu sagen. Der Autor jedoch heißt Tugenthat. Der darf das, als Alibi-Mann. Und wegen der neuen Ausgewogenheit der ‚Zeit'.

Angesichts dieser Katastrophe verblasst das, was das Schicksal mit einem einzelnen Menschen wie Thomas vorzuhaben scheint, zu einem letzten Aufbäumen, um einige Wochen mehr an Lebenszeit herauszuschinden. Die Unbedeutendheit des Einzelnen zeichnet sich in solchen Situationen gnadenlos klar ab.

Während also draußen in der Welt Millionen Menschen an Auszehrung sterben, Kriegsvorbereitungen oder Kriege toben, Karneval gefeiert wird, Vorsorge für ein Überleben in Bunkern betrieben wird, Mütter im Voraus um ihre Söhne weinen, Menschen Lebensmittel horten, andere ihren Urlaub planen oder schon genießen, in den Krankenhäusern der Welt Patienten in armseliger Umgebung in ihren Betten auf Besserung oder auf den Tod warten, kämpft in einem Eifeldorf ein fünfundvierzigjähriger Mann um seine letzten Tage.

Er will nicht gehen, weiß jedoch, dass er bald gehen wird, und wenn es denn doch sein muss, dann will er den Zeitpunkt immer noch selbst bestimmen. Nach dem Tauwetter hat Thomas den Duft der feuchtschweren Erde noch einmal aufgesogen, und was er sehr gehofft, kaum zu glauben gewagt hat, ist auch eingetroffen. Er notiert: ‚Welch' Glück, stehen zu bleiben, staunend zu hören - sie sind da und so viele und so kräftig der Gesang. (Er meint die Lerchen, die zurückgekehrt sind.). Überall glitzern Wässerchen, unter dem Eis gluckst es, die Bussarde kämpfen mit Krähen. In der Sonne ist es warm. Es ist ein Wunder, diese Befreiung.'

Thomas' Atem stinkt bestialisch. Es ist kaum zum Aushalten. Das Laufen fällt ihm immer schwerer, die Schritte sind so klein geworden. Er schläft immer mehr. Die Müdigkeit lässt ihn nicht aus ihren Fängen. Er krabbelt sich hoch und wird schon wieder eingeholt von einer Wolke der Schlappheit, er sackt zurück, schläft ein, bis ich ihn hole. Der Husten ist so schlimm geworden, dass er wieder Paracodein nehmen muss. Übelkeit überfällt ihn schon morgens nach dem Aufstehen. Er schläft am Schreibtisch ein und träumt vom Kampf gegen die Müdigkeit.

Die Nächte werden immer furchtbarer, weil sich in der Lunge Blut ansammelt, das ausgespuckt werden muss. Es kommt in Klumpen ans Tages- oder besser Nachtlicht. Thomas hat entsetzliche Angst zu ersticken. Er schreibt: ‚Wenn ich

Lena nicht hätte, die läuft, wenn ich wieder einmal schnell Paspertin brauche, die mich beruhigt, wenn ich in Panik zu geraten drohe - ich hätte längst Schluss gemacht. Dieser Kampf ist alleine nicht durchzuhalten.'

Er korrigiert ein letztes Mal seinen Kriminalroman und fragt sich, für welchen Verlag der gut ist. Wir gehen kurze Strecken spazieren, suchen uns Wege aus mit geringer oder ohne Steigung. Sein Körper hat sich lange genug gewehrt, aber was zuviel ist, wollte Thomas sich nie aufladen.

Es kommt vor, dass am Tag darauf weder das Essen Probleme bereitet, noch die abendliche Tabletteneinnahme. Thomas' Jugendfreund Arved ist wieder da und spricht mit ihm von der erneuerten Freundschaft, deren erster Teil damals im Sande verlaufen war und für deren Wiederaufnahme nun die Zeit fehlt. Thomas freut sich trotzdem. Sie gehen miteinander spazieren.

Ich, Lena

Während dessen habe ich auch einmal Zeit, aufzuatmen. Ich fühle mich manchmal wie gehetzt, weil auch mir inzwischen klar geworden ist, dass die Zeitschlin-
ge sich zusammenzieht, Tag für Tag enger wird.

Der Film wird abgespult, und ich kann ihn nicht stoppen. Das ist Dauerstress,
dem ich mich ausliefern muss. Eine Wahl bleibt mir nicht. Dauerstress ist krebs-
auslösend, sage ich mir lachend, wie absurd, den haben wir doch schon im Hause. Er leuchtet uns aus allen Ecken entgegen, wuchert und wuchert und treibt
sein Unwesen. Aber ein echter Schrecken ist er schon lange nicht mehr. Eher wie
Spinnen, die im Winter ins Haus krabbeln. Man möchte sie eigentlich nicht bei
sich wissen, gewöhnt sich jedoch daran. Vor allem vermehren sie sich so schnell,
dass man nicht jeder einzelnen mehr hinterher jagt, um sie zu beseitigen. Sollen
sie doch alle mitleben.

Ich sehe seit Monaten mit klaren Augen in die Zukunft. So klar war mir diese nie
zuvor gewesen. Das Vorgezeichnete war mir stets langweilig, aber ich habe mich
nicht gelangweilt, weil ich an Thomas' Seite war. Thomas ist mehr als eine Welt
für sich. Thomas ist ein wunderbarer Mikrokosmos in der unendlichen Weite des
nicht fassbaren Universums.

Wie habe ich das mit dieser Sicherheit bereits damals spüren können, als ich ihm
im Alter von gerade dreißig Jahren das erste Mal begegnet bin. Ich sah ihn, hörte
ihn sprechen, sah seine Bewegungen und wusste ohne den geringsten Zweifel,
dass ich ihn kennen lernen und er wesentlicher Teil meines künftigen Lebens
sein würde. Ich habe niemandem erklären können, was da vor sich ging. Es war

ja auch kein Prozess, der irgendeinmal seinen Anfang genommen hätte, es war ein Tatbestand von der ersten Minute an.

Viele Schriften sind verfasst worden von so genannten Esoterikern zum Thema Seelenverwandtschaft. Wir haben dergleichen zu lesen nicht nötig gehabt. Wir wissen aus der Praxis, was das bedeutet; deshalb wird noch längst kein Lehrfach daraus. Es lässt sich nicht vermitteln.

Wir spüren es und halten es für das Glück unseres Lebens und halten es fest. Nie und mit niemandem wird es sein können wie zwischen uns. Da könnte sich jemand noch so abmühen und guten Willen und die Ausdauer besitzen bis zum Tage x. Ähnliche Aussagen hört man von vielen Verliebten. Aber mit Durchleben dieser Phase ist oft schon der Höhepunkt überschritten und Beziehungen gleiten unweigerlich in ein Tal ab. Je länger die Talfahrt dauert und je weniger Schaden die Beteiligten erleiden, desto länger werden sie zusammen weiter durch das Leben gehen. Sie werden auch noch an kleinen Höhenflügen teilhaben und sich darüber freuen.

Was wir erlebten, war eine Beziehung ohne Netz und doppelten Boden, weil wir wussten, dass wir nicht in Gefahr waren, zu fallen. Dieses Wissen steckte in uns und war unser kostbarster Schatz.

Unsere Bilder eines gemeinsam zu erlebenden Todes sind keine Folgen einer Depression oder eines Überdrusses oder gar einer Sehnsucht nach dem Tode. Sie sind auch kein Ausdruck einer Schwäche, sondern entstanden aus der eingegangenen Symbiose, die nicht unsere Wahl, wohl aber unsere Bestimmung war. Sicher nicht im Sinne einer schicksalhaften Bestimmung, möglicherweise aber ein biologisch-psychisches Zusammenspiel, noch von niemandem ergründet, oder auch für alle Zeiten unergründbar. Es ist daran auch nichts Mystisches oder Gestelztes.

Dennoch wird es von den meisten Menschen in unserer Umgebung nach klassischem Muster gedeutet: der eine möchte den anderen mit in den Tod ziehen, in diesem Falle der böse, egoistische Thomas. Es ist mir nicht gelungen, meiner Umwelt zu verdeutlichen, dass das gar nicht möglich wäre bei dem Willen, den ich jetzt und immer schon gehabt habe.

Eigentlich hätten wenigstens meine Mutter und Schwester das wissen müssen. Doch gerade diese beiden haben leichtfertig Worte gewählt, um uns zu klassifizieren. Das hat sehr wehgetan. Nach den vielen Monaten, die inzwischen vergangen sind, zählt das jedoch kaum noch.

Ich sehe mich im Wohnzimmer um. Da stehen die vielen Bücher in den Regalen, die Thomas und ich in den Jahren zusammengetragen haben. Wir haben sie auch fast alle gelesen, manche mehrere Male oder gleichzeitig, um darüber zu diskutieren.

Alles, was Thomas in den Jahren unseres gemeinsamen Lebens geschrieben hat, kenne ich. Thomas las mir jedes neue Kapitel und jedes neue Gedicht vor, bevor er es ins Reine schrieb. Er hörte auf meinen Rat und änderte auch schon mal das eine oder andere ab, wenn ich gut argumentierte. Wir schrieben gemeinsam Theaterstücke, was ein großes Amüsement bedeutete. Sich die Dialoge auszudenken, wobei jeder von uns bestimmte Rollen übernahm, war ein sehr beliebtes Spiel, und wir waren ein wenig traurig, wenn das Stück zu Ende geschrieben war. Ein großer Stapel an Tagebüchern liegt im Regal. Tausende von Seiten, zum Teil mit den Entwürfen für Romane und Erzählungen, zum Teil einfach Tagebucheinträge.

Wer wird das alles einmal in der Hand halten oder gar auswerten. Thomas und ich haben ein Testament aufgesetzt, indem auch dies geregelt ist, damit die Manuskripte nicht in falsche Hände geraten.

An alles ist gedacht. Im Kühlschrank lagern zu unserer Beruhigung die Valium-Ampullen, die wir zur Einleitung des letzten Aktes benötigen. Das vermag sich kaum jemand vorzustellen. Für den Fall, dass wir in Deutschland sterben sollten, wünschen wir uns eine Seebestattung. Das steht lange schon fest.

Auch Thomas hat als alter Liebhaber von Seegeschichten das Meer für sich entdeckt, obwohl er sich einen Tod in einer Gletscherspalte auch gut vorstellen kann. Aber wie sollte man dann dorthin gelangen, wenn die Stunde gekommen ist. Eigentlich ist alles gut geregelt.

Ich schaue aus dem Fenster auf den Hügel, den wir unseren Hausberg nennen. Über zehn Jahre sind wir jetzt schon in diesem Dorf und immer noch Fremde. Das hat uns jedoch nichts ausgemacht, da wir es gewohnt sind, überwiegend zu zweit zu sein und wenige Kontakte zu unserer Umwelt zu haben. Das hätte sich - genau wie in der Stadt - nicht mit Thomas' Arbeit des Schreibens vertragen. Schreiben und Laufen, Laufen und Schreiben, das war der Grund, warum wir uns hier niedergelassen hatten, anderthalb Autostunden von der Großstadt entfernt.

Ich gehe das Mittagessen vorbereiten. Das Essen wird für Thomas von Tag zu Tag schwieriger, so ist genau zu überlegen, was auf den Tisch kommen soll. Trotz allem mangelt es mir nicht an Appetit, worüber ich mich wundere. Thomas und sein Freund sind vom Spaziergang zurück.

Die beiden Männer nebeneinander stehen zu sehen, gibt mir einen Stich ins Herz. Der arme Thomas ist so schmal und blass geworden in diesem Winter, und er trägt auch noch einen hellen Anorak. Er reibt sich die kalten Hände, obwohl es nicht so kalt war, und bittet den Freund mit an den Tisch. Es ist eines der wenigen Male, dass wir in dieser Konstellation zu dritt sitzen, und wir wissen, es ist das letzte Mal.

Ich stehe zwischendurch einmal auf, weil ich mit den Tränen kämpfe. Das geschieht ab und zu. Es ist kein Selbstmitleid, es ist Wehmut nach vergangenen Tagen, und Thomas soll das nicht sehen. Schließlich dürfen wir nicht bei jeder Gelegenheit weinen, dann verlieren die Tränen ihre Wirkung. Sie sollen schon etwas Besonderes bleiben.

Thomas und Arved bleiben noch eine Zeitlang am Tisch sitzen, wechseln dann ins Wohnzimmer. Keiner von ihnen mag den unausweichlich vorzunehmenden Abschied einleiten. So sitzen sie noch, bis es Arved auffällt, dass Thomas seine Müdigkeit kaum noch verbergen kann. Er erhebt sich, um zu gehen. Thomas steht auch auf. In einer letzten Umarmung stehen sie einen Moment, halten sich, klopfen einander nach Männerart auf die Schulter, sehen sich an und verlassen wortlos gemeinsam den Raum. Ich winke Arved lediglich nach. Ich weiß auch nicht, wohin mit meinen Augen. Als Thomas ins Haus zurückkommt, sagt er, das sei ein schöner letzter Spaziergang mit Arved gewesen.

Seit zwei Wochen atmet Thomas immer schwerer, eigentlich ist es eher ein Hecheln. So sind auch die Tage vergangen. Die geringste Anstrengung erschöpft ihn. Das, was er noch Spaziergang nennt, ist ein aufrechtes Gehen im Zeitlupentempo. Es ist kein Wunder, dass der Mensch sich im Winter dabei nicht mehr erwärmen kann. Ich friere auch, wenn ich mit Thomas unterwegs bin. Einmal hat Thomas gesagt, wenn er nicht mehr gehen könne, sei das das Zeichen, dem Leben ein Ende zu setzen. Sein rechter Lungenflügel stehe „Land unter", sagt Thomas, er hat nicht mal mehr die Luft, darüber an einem Stück zu lachen. Das Herz hat ab sofort doppelte Arbeit zu leisten. Das spürt Thomas bei jeder noch so kleinen Verrichtung.

Da wir uns jedoch noch nicht entschieden haben, wann der letzte Tag anbrechen soll, fahren wir noch einmal zu unserem Arzt, um das Ergebnis der letzten Lungenaufnahme zu erfahren. Auf dem Röntgenbild zeigt sich ein großer Infektionsherd. Thomas weiß und schreibt: Jetzt ist es soweit, ich muss den Exitus vorbereiten. Er lässt sich die erste Aufbauspritze seines Lebens geben, damit sein Herz noch etwas durchhält. Über dieses Anliegen wundert sich der Hausarzt. Er kann nicht wissen, wie nahe wir unserem Plan bereits sind. Die vergangenen zwanzig Nächte sind für uns beide eine Quälerei gewesen. Thomas' Wäsche muss mindestens dreimal gewechselt werden. Beide haben wir nur einen ganz flachen Schlaf wegen der Geräusche, die aus Thomas Lunge herauskommen. Wenn ich es geschafft habe, doch einmal einzuschlafen, wache ich kurze Zeit später wieder auf, um auf Thomas' Atmung zu lauschen und mich um ihn zu kümmern. Ich begleite ihn ins Badezimmer, wenn das erforderlich ist, ganz langsam setzen wir Schritt vor Schritt, wobei Thomas sich auf mich stützt. Sein Herz schlägt rasend. Das schwächt sich im Bett nur wenig ab. Mir ist klar, was das bedeutet.
Wir erwarten den Vater und einen der Brüder. Diese Männer sind auf der Durchreise nach Stuttgart, um den Geburtstag des Ältesten der Brüder zu feiern. Thomas schreibt danach: ‚Ich habe mich von Vater verabschiedet; er weinte, und ich

strich ihm beruhigend über den Hinterkopf, was er früher immer mit mir getan hat!'

Er schreibt auch: ‚Mir fallen die Augen zu und Bilder tauchen auf. Die Tabletten machen mich völlig fertig, und deswegen gibt es auch keinen Zweifel und keinen weiteren Aufschub mehr.'

Da Thomas nicht mehr am Schreibtisch sitzen kann und früh ins Bett geht, halte ich mich auch viel im kleinen Schlafzimmer auf. Wir haben unser großes Schlafzimmer unter dem Dach einige Wochen zuvor aufgegeben, da Thomas das Treppensteigen nicht mehr bewältigt, und sind in das Gästezimmer im Parterre umgezogen. Das hat auch den Vorteil, dass es sich besser beheizen lässt.

Auf die regelmäßige Einnahme seiner Medikamente kann Thomas nicht verzichten, um die Schmerzen und den Hustenreiz etwas zu dämmen.

Thomas flüstert nur noch das Notwendigste und bittet mich, mehr zu sprechen als sonst. Ich erzähle, was ich sehe, wenn ich die tägliche Arbeit verrichte, einkaufen gehe oder Nachbarn treffe. Und insgeheim warte ich auf den Moment, wo Thomas das Zeichen gibt. Dieses Zeichen kommt, als Thomas mich bittet, ihm sein Notizbuch zu geben, damit er einige Anrufe erledigen könne, um sich von Freunden zu verabschieden. Ich lasse Thomas mit seinem Telefonverzeichnis allein.

Mit welcher Selbstverständlichkeit das alles im Sinne meines Mannes abläuft, wird mir bei solchen Aktionen wieder bewusst. Dann habe ich das Gefühl, dass meine Bedürfnisse auf der Strecke bleiben. Aber welche Bedürfnisse habe ich noch? Ich habe mich selbst ins Aus katapultiert mit meiner Entscheidung, mit Thomas' Leben auch mein eigenes als beendet zu betrachten. Damit ist klar, dass niemand sich mehr mit mir einzulassen bereit sein kann. Es liegt in meiner Entscheidung ja auch unverhohlen die Aussage und die Wertung, dass alle anderen Menschen in meiner Umgebung für mich kaum Bedeutung haben und dass es mir gleichgültig ist, ob oder wie diese Freunde unter meiner Entscheidung zu leiden haben.

Bis ich das allerdings realisiert habe, wie ich mir nahe stehende Menschen vor den Kopf gestoßen habe, ist Thomas' Zustand schon derart schlecht, dass mir keine Zeit bleibt, den anderen auch mal zu verstehen zu geben, dass sie mir etwas bedeuten.

All dies fällt mir ein, als ich mich ins Wohnzimmer zurückgezogen habe, um nicht Zeugin von Thomas' Abschiedsgesprächen sein zu müssen. Ich habe während der vergangenen Monate schon manches Mal bedauert, dass Thomas und ich über unseren Plan nicht schweigen konnten. Ich habe mich auch gefragt, warum wir so gehandelt haben. Eine Antwort habe ich nicht gefunden. Also bleibt als Erklärung wieder nur der damalige Ausnahmezustand. Aber welche Folgen hat das verursacht, denke ich, und fühle mich zum ersten Mal wirklich sehr schwach. Ich habe in den vergangenen Monaten keine Hilfe bekommen, weil ich mich so stark zeigte, dass das überflüssig schien. Als sei das ein Spaß, sich abzumühen, um danach sein Leben an den Nagel zu hängen und ins Jenseits zu spazieren. Wahrscheinlich hätte ich Hilfsangebote zurückgewiesen. Trotzdem tut es mir an diesem Abend weh, fühlen zu müssen, wie allein ich in Wirklichkeit bin, abgesehen von Thomas natürlich.

Die folgende Nacht unterscheidet sich nicht von der Reihe der vergangenen Nächte. Ich beginne den frühen Morgen des 8. März 1991, indem ich zunächst um sieben Uhr die Medikamente für Thomas vorbereite und ihm den obligatorischen Joghurt bringe. Dann führe ich ihn ins Badezimmer und helfe ihm beim

Duschen. Für die Zeit, in der das Schlafzimmer belüftet und die Bettwäsche gewechselt wird, hält sich Thomas im Wohnzimmer auf.

Aber er ist froh, wenn er endlich wieder ins Bett zurück kann. Wenn man das Schlafen nennen kann, schläft Thomas, bis er wieder durch das Klingeln des Weckers oder durch mich geweckt wird, um seine Schmerzmittel einzunehmen. Sollte er das aus irgendeinem Grunde einmal vergessen, würde es für ihn die Hölle bedeuten.

Am Nachmittag dieses Freitags sitze ich an Thomas' Bett. Wir sind uns einig, dass wir für den kommenden Sonntag alles vorbereiten werden. Thomas bittet mich, weil es seine Atmung und Stimme nicht mehr zulassen, dem Freund Bescheid zu geben, dass wir uns am Sonntagmittag mit dem uns nicht bekannten Beteiligten an dem vereinbarten Ort treffen möchten. Durch dessen Hand wird uns ein Medikament gespritzt werden. Ich hoffe, dass unsere Entscheidung nicht zu kurzfristig ist, wenn dieser Mann schon etwas Wichtiges vorhaben sollte oder gar nicht zu Hause sein könnte. Ich spreche unser Anliegen auf einen Anrufbeantworter. Aber wir haben Glück, der Freund meldet sich eine halbe Stunde später. Er verspricht die Terminabstimmung mit dem Unbekannten und ruft auch nicht mehr an. Es geht ihm sehr nahe.

Thomas und ich sind sehr erleichtert. Thomas nimmt mich in den Arm und sagt: so bleibt uns noch der ganze Samstag, um den Tag so zu verbringen, wie wir möchten und uns voneinander zu verabschieden.

Wir befinden uns in einer ruhigen Verfassung. Thomas wirkt auf mich, als sei eine große Last von ihm genommen. Was hat er alles durchlitten, vor allem in den letzten drei Wochen. Das kann man gar nicht erzählen, denke ich.

Ab und zu verlasse ich das Schlafzimmer und streiche durch das Haus, sehe mal hierhin, mal dorthin, weiß jedoch nicht genau, was ich eigentlich will. Ich muss irgendetwas tun. Etwas Sinnvolles. Was sollte das aber sein? Irgendeine unsichtbare Uhr läuft hinter meinem Rücken unabänderlich, wie Uhren nun mal sind. Ich würde am liebsten die Zeiger fragen, ob das so richtig ist, dass sie einfach weiterlaufen, ohne Sinn und Verstand. Wer ihnen den Befehl erteilt habe? Ob sie nicht wüssten, dass da noch so allerhand zu erledigen sei, was genau, würde ich allerdings momentan nicht benennen können.

Ich lege eine Platte auf, lege mich in einen der Sessel. Ich schließe die Augen und lausche der Musik von Stravinski. Ich werde vom Strudel der Töne mitgerissen, lasse mich fallen und durcheinander wirbeln, werde getragen und spüre das Leben in dem Auf und Ab der Melodienfolgen, alles in mir gerät in Aufruhr, die Musik zielt haargenau ins Zentrum meiner Seele, wird zum Spiegel meiner Emotionen. So ist es bei Stravinskis Sacre du Printemps immer gewesen. Diese Musik wählte ich immer dann intuitiv aus, wenn ich mich in einer Seelenlage befand, in der alles drunter und drüber ging. Wie jetzt.

Da ist nichts Romantisches, ständiger Taktwechsel, Schlagzeuge wie für eine Beschwörung, es ist, als würde die Erde sich öffnen oder ein Vulkan ausbrechen und alles verschlingen. Die Musik wuchert wie eine immer größer werdende Urwaldpflanze auf mich zu, erfasst mich und trägt mich davon, trägt mich fort, wohin aber? Ich lasse mich forttragen, weit fort.
Als die Seite abgespielt ist, öffne ich noch nicht gleich die Augen. Ich erinnere mich an einen Tag in meinem früheren Leben, an dem ich sehr verliebt war und

in dieser Verliebtheit das erste Mal dieses Stück angehört habe. Wieder und wieder ließ ich damals diese Musik über mich hereinbrechen. Ich finde es denkwürdig, dass ich heute Sacre du Printemps aufgelegt habe. Als ich aufstehe, ist mir ein wenig schwindelig zumute. Ich schüttele mich, kneife kurz die Augen zusammen und überlege, was ich nun tun soll. Ich sehe nach Thomas, der schläft. Oder tut er nur so?

Wir haben vor Monaten unsere privaten Dinge aufgeräumt. Übrig geblieben sind die Fotos, die die Nachwelt ruhig sehen darf, die Briefe auch, die Tagebücher, auch erhaltene Briefe aus den letzten Jahrzehnten. Thomas, der daran glaubt, posthum berühmt zu werden, will alles hinterlassen, was zu seiner Persönlichkeit unmittelbar gehört.

Ich setze mich in das Arbeitszimmer auf den Stuhl am Schreibtisch. Morgen wird also unser letzter gemeinsamer Tag sein. Wie das klingt. Unglaublich. Einerseits ist es eine Erleichterung, dass wir uns nicht richtig darauf vorbereiten konnten. Wer weiß, in welche emotionale Lage wir dadurch geraten könnten. Jetzt haben wir alles schon soweit überstanden, da muss man es sich ja nicht noch schwerer machen. Die Trauerarbeit haben wir ja schon vorweg genommen, sofern das stimmt, frage ich mich. Wer weiß das wirklich?

Wir konnten es ja nur so gut machen, wie wir es verstanden haben. Wie oft haben wir gemeinsam geweint und uns dann getröstet. Was wir nicht oder kaum getan haben, ist, mit anderen zu weinen, an denen uns etwas liegt. Wir wollten sie wohl schonen. Zweifel steigen in mir auf, ob das der richtige Weg war. Die Menschen sind doch alle unterschiedlich.

Und ich weiß auch, dass meine Schwester mich liebt, aber nicht anders konnte, als sich so zu verhalten, wie sie es getan hat. Plötzlich tut mir die Schwester sehr leid. Wenn ich weg bin, hat sie vielleicht Schuldgefühle, das möchte ich aber nicht, sage ich halblaut vor mich hin. Aber jetzt einen Brief zu schreiben, das schaffe ich auch nicht.

In der Ecke zwischen Bücherschrank und Schreibtisch steht auf dem Fußboden das Schwarzweiß-Foto, das mich mit den Eltern zeigt, als ich zwei Jahre alt bin. Der Vater in seiner Uniform und die damals achtundzwanzigjährige Mutter sehen mir jetzt entgegen. Das Bild hat lange im Wohnzimmer gehangen, bis ich es vor einigen Monaten abnahm. Das rundliche Kind bin ich, ich erkenne mich jedoch nicht. Das liegt vielleicht daran, dass mir die Eltern als Individuen immer fremd geblieben sind, ja, dass ich sogar früher manchmal dachte, ich sei gar nicht das Kind dieser Eltern.

Was ist aus uns geworden, aus dieser Kleinfamilie, aus den Eltern, denen die Zeitgeschichte in gewisser Weise ihre Jugend gestohlen hatte, aus uns, den Kindern, die mit diesen Eltern nicht zurechtkamen, die mit der gelebten Zeit der Eltern haderten, weil diese Teil einer Teufelsmaschinerie gewesen waren und angeblich nichts damit zu tun gehabt hatten. Was spielt das letztlich für eine Rolle, denke ich an diesem Tag, was zählt, ist allein die Liebe. Und die konnten wir Kinder ihnen nicht geben. Zu spät. Ich lege das Bild aus der Hand. Mein Leben ist mit Thomas, und den haben sie auch nicht akzeptiert, wie keinen anderen Mann zuvor, bis auf einen.

Inzwischen ist es draußen dunkel geworden. Leise gehe ich hinunter in das kleine Schlafzimmer. Als ich die Tür öffne, sehe ich Thomas im Bett sitzen und mit schwacher Hand seinen Füllhalter führen, um Einträge in sein Tagebuch zu machen. Er sieht mich fragend an. Ob ich für ihn einen Hefezopf backen solle, ich habe ein Rezept dafür, frage ich. Thomas lacht, stimmt aber zu. Ich habe nie in meinem Leben einen Hefezopf gebacken. Wir finden das beide komisch. Nachdem das Ding nach vielen Arbeitsgängen im Backofen liegt, bleibe ich längere Zeit bei Thomas im Schlafzimmer und wache über das, was Schlaf und Erholung sein soll, aber nur mehr Anstrengung ist. Trotzdem freue ich mich auf den Samstag. Dann haben wir alles erledigt, was zu erledigen ist und die letzten Gespräche mit Freunden geführt.

Ich frage ihn später, ob ich noch jemanden für ihn anrufen solle. Thomas sagt, es sei nur eine Freundin, die er bisher nicht erreichen konnte. Ich verspreche ihm, das zu übernehmen.

Ich habe für mich selbst entschieden, dass ich in eigener Sache niemanden anrufen werde. Mutter und Schwester sowieso nicht, Max auch nicht, um ihn nicht zu alarmieren. Wenn Thomas das so wünscht, ist dagegen nichts einzuwenden. Ich habe natürlich gesehen, wie schwer es ihm am Vorabend gefallen ist, habe aber auch seine Erleichterung bemerkt. Das soll jeder von uns auf seine Weise bewältigen, sage ich mir.

Während ich dastehe, kommt aus dem Backofen der Duft des Hefezopfes über den Flur gekrochen. Ich werde erst darauf aufmerksam, als dieser Duft sich verändert. Damit ist klar, dass der so kunstvoll hergestellte Zopf wohl, wenn nicht verbrannt, so doch wahrscheinlich nicht mehr so schmecken wird, wie er eigentlich sollte. Thomas hat zwischendurch immer mal angefragt, wann ich denn in der Küche endlich fertig sei. Weiß der Teufel, warum ich so ein Ding backen musste, fluche ich vor mich hin.

Aus dem Backofen hole ich letztlich eine Skulptur, die ziemlich vertrocknet aussieht, so dass ich Thomas damit zum Lachen bringen kann. ‚Ich habe mir den etwas anders vorgestellt', gesteht er. Mit ein wenig Butter bestrichen und in Kaffee aufgeweicht, finden kleine Stücke dieses Kunstwerks den Weg in unsere Mägen.

Als ich so auf Thomas' Bettkante sitze, werde ich immer nachdenklicher, starre auf meine Hände, während Thomas wieder in den Kissen liegt und die Augen geschlossen hat. Sein Atem geht hechelnd.

Ich werde plötzlich von Verzweiflung gepackt darüber, wie wenig ich in Wirklichkeit habe tun können, um Thomas und mir die verstrichene Zeit leichter erträglich zu gestalten. Das wiegt besonders schwer, weil wir beide uns doch als Ausnahme empfunden haben.

Nun muss ich einsehen, wie wenig Chancen der Mensch mit all seinem Wissen und Verstand und auch mit seinen großen Gefühlen hat, sich wirklich auf den Tod vorzubereiten, wenn dabei zwangsläufig das Leben und das Sichbefassen mit den profansten Dingen, die zu leisten sind, so viel der kostbaren Zeit in Anspruch nehmen.

Zwei Menschen, auf sich gestellt, einer von ihnen von Tag zu Tag dem Tode näher (und somit auch der andere), mit dem Wissen um diesen nahen Tod, dessen Zeitpunkt selbstbestimmt sein soll, sind einerseits eine zu winzige Gemeinschaft mit zu wenig Personal, um den vorhandenen Bedürfnissen beider gerecht zu werden und andererseits eine zu verschworene Gemeinschaft, in der doch kein helfender Dritter, egal ob fremd oder nicht, Platz haben könnte.

Welche Bilder kommen nicht immer wieder hoch, Bilder, die mir vor Augen führen, was ich noch alles hätte tun können: Thomas an die Hand nehmen, ihn mehr führen, ihm bestimmte Verrichtungen abnehmen, die ihm schwer gefallen sind (die er aber ausführen wollte, obwohl es so schwer für ihn war), besser kochen, noch geduldiger sein, öfter nach seinen Schmerzen oder seinem Befinden fragen, Vorschläge zu unterbreiten, wen er vielleicht noch gern gesehen hätte und vieles mehr.

Nun sitze ich hier mit Thomas, und uns bleibt noch ein Tag, das ist viel, aber unter den vorhandenen Bedingungen auch wieder sehr wenig.

Ich streichele Thomas' Wange. Wie viel Mut er aufgebracht und wie er seine Krankheit angenommen hat, begreife ich immer noch nicht. Natürlich sind wir begünstigt dadurch, dass wir uns nicht trennen wollen, von einer Sicherheit umgeben, die anderen Menschen nicht zuteil wird.

Er hat alles getan, um seine Arbeit zu Ende zu führen, selbst um den Preis, nie ganz schmerzfrei zu sein. Er hätte ganz anders mit dem Morphin umgehen können, entsprechend der Vorgaben der Schmerztherapeuten. Thomas aber wusste, dass das mehr ein Dahindämmern sein würde, und er wollte unbedingt den zweiten Roman noch abschließen. So ist denn auch sein Zukunftsroman die Vision einer besseren Welt, in der es Wesen gibt, deren Wissen ein höheres als das des Menschen ist, die vergeistigt sind und deren Fortpflanzung nur über Verschmelzung und damit über das Opfern des eigenen Lebens möglich ist, und dies auch nur im Falle der echten Liebe.

Ich stehe auf und verlasse das kleine Schlafzimmer, um in der Küche aufzuräumen. Danach sitze ich noch kurz im Wohnzimmer und wundere mich, dass sich an diesem Tage alles so gefügt hat, wie Thomas es sich vorstellte. Da fällt mir Thomas' Freundin ein, die ich am späten Nachmittag telefonisch nicht erreicht habe und die doch angerufen werden sollte. Mir graut davor. Diese Rolle gefällt mir nicht. Aber eigentlich ist das jetzt auch schon egal. Ich führe ja lediglich Thomas' Bitte aus. Ich suche die Nummer und wähle.

„Du", sage ich, „Thomas hätte sich gern persönlich von dir verabschiedet, aber seine Stimme lässt das nicht mehr zu. Du weißt, was das heißt, oder?"

„Ja", sagt die Frau am andern Ende der Leitung, „es kommt aber trotzdem überraschend".

„Er lässt dir ausrichten, dass er sich noch einmal bedankt für deine Hilfe in den letzten Monaten und für dein Verständnis, für deine Freundschaft, einfach für alles. Wenn du dich an ihn erinnerst, sollst du fröhlich sein. Wenn du mal irgendeinen Witz, den jemand in deiner Gegenwart macht, nicht verstehst, sollst du nicht böse sein. Denke dann an Thomas, dessen Witze du auch nie verstanden hast".

Die Frau schluckt, ich höre das deutlich. „Aber so schlimm war es doch gar nicht. Meistens habe ich lachen können".

„Ich weiß", sage ich.

„Und du", fragt die Frau, „gehst du mit"?

„Ja, natürlich", sage ich, „das weißt du doch".

„Ich kann es mir aber nicht vorstellen", sagt die Frau, „du bist doch so gesund".

„Das ist absurd", widerspreche ich, die nicht in diese Ecke gedrängt werden möchte. „Das ist auch unpassend nach so langer Zeit, die du schon unsere Pläne kennst. Schade, dass ich das für Thomas tun muss", sage ich, „einen solchen Abschied kann man nicht jemandem übertragen".

„Ja", sagt die Frau, „bitte richte ihm aus, ich denke an ihn, an euch, obwohl ich vieles nicht verstehen kann, aber ihr seid ja nicht religiös". „Vielleicht nicht in dem Sinne, wie du das verstehst", sage ich. Ich werde langsam ungeduldig, da es mir keine Herzensangelegenheit ist und ich auch nicht weiß, wie man ein solches

Gespräch zu führen hat. „Mach's gut und nimm es nicht so schwer, wir werden uns in der Hölle schon zu amüsieren wissen", sage ich und gebe zu verstehen, dass ich das Gespräch abschließen will.

Am anderen Ende schnieft die Frau ins Telefon: „Ihr wart schon immer ein merkwürdiges Gespann, konsequent bis zum Schluss".

„Wenn du meinst, lassen wir es so stehen. Auch ich wünsche dir alles Gute, und genieße dein Leben. Wer weiß, vielleicht sehen wir uns eines Tages wieder".

Ich lege auf. Es reicht.

Leider muss ich Thomas noch einmal kurz mit der Medizin malträtieren. Ich bin ihm bei der Einnahme behilflich, während ich ihn über das Gespräch informiere. Es scheint ihn gar nicht zu interessieren. Ich mache mich im Badezimmer für die Nacht fertig und lege mich neben Thomas in das Doppelbett. Thomas, der auf seiner rechten Seite liegt, atmet in kurzen schnellen rasselnden Zügen. Ich trockne ihm mit einem Handtuch Stirn und Nacken und hoffe, dass wir endlich einmal richtig schlafen werden, nun, da das Wichtigste in die Wege geleitet ist. Ich muss dann auch tatsächlich eingeschlafen sein, eng an Thomas geschmiegt.

Abschied

Als wie immer morgens um sieben Uhr der Wecker zur ersten Medizineinnahme klingelt und Thomas und ich davon wach werden, wundere ich mich darüber, dass ich offensichtlich tief geschlafen habe. Thomas ist es genauso ergangen. Und was noch erstaunlicher ist, Thomas' Atem geht ganz ruhig. Er lächelt, als ihm das bewusst wird. Ich küsse ihn auf die Wange und, als er scheinbar schmollt, auch auf den Mund.

Dann verlasse ich das Bett, um aus der Küche den Joghurt zu holen. Ich helfe Thomas, sich ein wenig aufzurichten, um essen zu können. Alles um uns herum ist Ruhe, kein Rasseln und Hecheln aus Thomas' Lunge und Kehle, wie wohltuend das ist.

Aber ein schwacher Thomas, noch betäubt von den Medikamenten, denke ich mir. Und Thomas sagt, er glaube, er habe am Abend eine zu hohe Dosis Paracodein genommen. Er ist kaum in der Lage, den Joghurtbecher zu halten und sieht mich vorwurfsvoll an. Mit meiner Unterstützung hat er mit dem Joghurt die Tablette dann doch hinuntergeschluckt. Er nimmt das Zäpfchen gegen die Schmerzen vom Nachttisch, fragt mich aber nach einem offensichtlich missglückten Versuch, sich das Zäpfchen einzuführen, ob ich es tun würde. „Kleinen Moment", sage ich und räume die wenigen Dinge für die Küche zusammen. „Wir können gut noch ein wenig weiterschlafen, nachdem es uns heute Nacht auch gelungen ist." Thomas lächelt mich an und nickt. Ich führe ihm das Schmerzmittel ein. „Ich gehe eben ins Bad und wasche mir die Hände, bin gleich zurück." Als ich mich wieder ins Bett lege, schläft Thomas bereits, er liegt auf dem Rücken, ganz entspannt. Es war die erste Nacht seit langem, in der wir beide Schlaf gefunden haben. Ich lege mich dicht an ihn und spüre seine Wärme. Schlafen kann ich allerdings nicht mehr, obwohl ich gern möchte. Alles um uns herum ist Stille, ist Ruhe nach dem Sturm.

Meine Gedanken kreisen um die eine Frage, wie wir den heutigen Tag genießen könnten. Es darf nicht zu anstrengend sein für Thomas. Aber irgendwie trägt mich das Gefühl, dass ihm jetzt nichts mehr zu schwer sein wird, nun, da alles klar vor uns liegt und wir in unserem Plan sicher aufgehoben sind.

Die Stimme des Freundes, der so ohne zu fragen gleich seine Zusage gab, obwohl es ihm auch die Kehle zusammengeschnürt hat, schenkt mir diese Zuversicht. Ich werde schon mal aufstehen, schlafen kann ich nicht mehr, denke ich. Und ich wollte mir auch noch einmal auf der Landkarte die genaue Lage des ausgesuchten Rastplatzes ansehen.

Es ist Samstag und noch früher Morgen in unserem Dorf. Niemand ist auf den Straßen unterwegs, kein Geräusch dringt herein, obwohl eines der Fenster wie immer in Kippstellung steht. Und innen drin ist es so still wie lange nicht mehr. Ich genieße den Morgen, meine linke Hand liegt auf Thomas' Hüfte. Ich frage mich, ob er oder ich ihm am Abend zuvor wirklich eine zu hohe Dosis Paracodein verabreicht haben, bin mir aber ziemlich sicher, dass das nicht so war.

Es gab immer wieder Symptome, die von heute auf morgen gekommen waren und niemand wusste, warum, bis sie dann eines Tages wieder verschwunden waren. Und umgekehrt. Soll er ruhig noch ein wenig schlafen, umso besser geht es uns später. Ich werde zur Feier des Tages ein besonderes Frühstück herrichten, beschließe ich, wir könnten ein wenig Sekt trinken, Fruchtsaft und vielleicht findet Thomas eine Portion Rührei ganz gut. Das haben wir lange nicht mehr gegessen. Bis mir einfällt, dass es eigentlich gleichgültig ist, um was es sich handelt, da er ja doch geschmacklich nichts unterscheiden kann. Dann mache ich eben etwas für das Auge, sage ich mir. Vielleicht gelingt es, Thomas zum Frühstück ins Esszimmer zu bewegen, ich könnte einen Sessel so hinstellen, dass es für ihn bequem ist und er aus dem Fenster auf die große Wiese schauen kann.

Dann sieht er noch einmal den Nussbaum, der für ihn so von Bedeutung war, oder vielleicht kommen die Katzen vorbei.

Irgendetwas wird schon passieren.

Ich könnte ihm auch vorlesen oder er sagt mir, welche Musik er gern noch einmal hören möchte. Es gibt so viel Schönes, was wir heute tun können. Ich überlege, was ich einzukaufen habe für diesen einen Tag und für das Frühstück am nächsten.

Als hätte mir jemand ein Zeichen gegeben, dringt mit einem Mal die vollkommene Stille in diesem Zimmer in mein Bewusstsein. Ich ziehe meine Hand unter der Bettdecke hervor und beuge mich über Thomas. Er sieht aus wie ein friedlich Schlafender, aber er atmet nicht mehr. Das kann doch nicht sein, denke ich, in der kurzen Zeitspanne, die vergangen ist, kann er doch nicht einfach aufgehört haben zu atmen.

Das Wort „gestorben" denke ich nicht, es würde auch nicht dem Zustand gerecht, in dem er neben mir liegt. Es ist nichts geschehen, Thomas atmet nur nicht mehr. Mir ist nicht klar, ob ich weiß, was das bedeutet. Ich zögere einen Augenblick und lege mich dann wieder neben ihn und meine Hand auf seinen Bauch, als wolle ich fühlen, ob sich irgendetwas verändert habe. Ganz still halte ich meine Hand, um nichts zu verpassen, die Wärme von Thomas' Körper strahlt in meine Hand hinein. Eine Zeitlang bleibe ich so liegen. Dann ziehe ich die Hand unter der Bettdecke hervor und streichele Thomas' Gesicht. Obwohl der Blick seiner Augen nicht auf mich gerichtet ist, ist er nicht ganz abwesend.

‚Mein lieber Mann', spreche ich leise zu ihm, ‚was hast du denn vor, du willst mich doch wohl nicht so einfach hier allein lassen.' Meine Worte kommen mir selbst merkwürdig vor, ich bin unsicher, aber ich muss etwas zu ihm sagen. Ich streiche leicht mit den Fingern über seine Augenbrauen, seinen Haaransatz, über die Wangen. Er ist so friedlich und zufrieden, wie ich es für ihn in den vergangenen Jahren oft gewünscht habe.

Ich lege mich wieder neben ihn, andächtig und versunken, ganz seiner Anwesenheit gewärtig, liege ich mit meinem Liebsten, der ganz offensichtlich auf dem Weg in eine andere Welt ist, in dem gemeinsamen Bett. Ich kann diese Stille nicht durchbrechen, das wäre gewalttätig. Ich spüre, dass er noch nicht ganz weit entfernt sein kann. Meine Hand ruht jetzt auf seiner Schulter und möchte, solange es geht, seine Wärme spüren. Wie lange ich so gelegen habe, kann ich nicht sagen.

Viel Zeit kann nicht vergangen sein, als ich aufstehe, um das Bett herumgehe, mich zu Thomas niederknie und ihm sacht die Lider über die von mir so geliebten Augen schiebe. Ich nehme seine rechte Hand und führe sie an meine Wange. Eine Weile knie ich neben ihm, nichts stört meine Ruhe.

Ich habe in meinem Leben zwei Tote gesehen, meine beiden Großväter, den einen zu Hause und den andern in einer Kapelle aufgebahrt. Mit einer Situation wie dieser habe ich mich nie befasst, weil das keine der denkbaren Alternativen gewesen ist. Und ich verstehe nicht, warum das an diesem Morgen so sein muss, wo wir doch alles für den kommenden Tag vorbereitet haben. Ich bin hilflos.

Da ich nicht weiß, was ich zu tun habe, rufe ich den einzigen an, der mir einfällt, das ist der Bauer, ein wenig älter als Thomas, mit dem dieser oft Gespräche geführt hat und der auch voraussagte, dass Thomas das Frühjahr nicht mehr überleben werde. Wir waren damals - es war im vergangenen November - einerseits erleichtert, andererseits auch ein wenig verdutzt gewesen, weil dieser Mann das so sagte, aus seiner Erfahrung heraus mit kranken Tieren. Irgendwie hatte Thomas ihm wohl geglaubt.

Um diese Zeit hält sich der Bauer normalerweise im Stall auf, um die entnommene Milch herunterzukühlen. Ich wähle die Nummer, muss warten, bis er den Hörer abnimmt. Ich höre meine Stimme, die ihm sagt, dass Thomas' Leben eben zu Ende gegangen sei. Wie fremd das klingt. Der Bauer ist nicht im Geringsten überrascht und verspricht, in spätestens einer halben Stunde zu mir zu kommen.

Eine halbe Stunde, denke ich, was muss ich jetzt tun. Da weiß ich, dass der Arzt aus dem Nachbarort zu verständigen ist, weil man doch einen Nachweis benötigt in einem Sterbefall. Ich habe keine Vorstellung, ob ich das an einem frühen Samstagmorgen tun darf oder nicht, ich rufe den Arzt jedoch an. Dieser ist eher am Haus als der Bauer. Er kennt Thomas inzwischen gut. Er scheint irgendwie erleichtert, als er Thomas' Tod bestätigt. Er drückt mir kurz die Hand und sagt, ich könne mich jederzeit an ihn wenden, wenn ich Hilfe brauche, auch außerhalb der Sprechstundenzeiten. Ich bedanke mich. Den Zettel, den er mir gibt, lege ich auf die Fensterbank. Währenddessen liegt Thomas im Bett, als wolle er gleich aufstehen. Das geht doch so nicht, sage ich mir.

In dem Augenblick klingelt es an der Tür. Die Schwester des Bauern entschuldigt ihren Bruder, sie würde mir gern behilflich sein. Sie ist eine sehr sympathische Frau, die uns schon lange kennt, fast die Einzige im Dorf, zu der wir gelegentlich engeren Kontakt haben. Unaufgeregt, wie es ihr Naturell ist, bespricht sie leise mit mir, was zu tun ist.

Zuerst muss Thomas gewaschen werden. Ich habe keine Scheu, dies in Gegenwart einer Fremden zu tun. Und es wäre auch in Thomas' Sinne, das weiß ich. Thomas wird mit seiner Lieblingsgarnitur seidener Unterwäsche bekleidet, die ihm so gut steht. Ich weiß das, weil wir darüber gesprochen haben bei irgendeinem anderen Anlass.

Wir wechseln die Bettwäsche, machen das Bett und legen Thomas in eine bequeme Lage.

,Nun müssen wir aber noch ein Tuch um seinen Kopf binden, damit Ober- und Unterkiefer aufeinander liegen und er ein schöner Mann bleibt', sagt die Frau. Ich lache leise, weil ich mir vorstelle, was Thomas wohl dazu sagen würde. Eitel ist er ja, also wird er das gutheißen. Ich suche ein Tuch; die Frau erklärt, das Tuch müsse nicht den ganzen Tag um Thomas Kopf bleiben, nur bis die Leichenstarre eintritt.

Jetzt kommen all diese Worte, die so geschäftsmäßig klingen, aber es gibt wohl keine anderen dafür. Ich ärgere mich auch nicht. Ich stelle das nur für mich fest. Ich bedanke mich und sage, ich werde jetzt alles Weitere veranlassen. Dann bin ich wieder mit Thomas allein. Ich spreche mit ihm über das, was ich tue, weil es so nicht geplant war.

Es wäre wohl besser und auch fair, wenn ich jetzt sofort das für den Sonntag geplante Treffen absagte. Wie sich das anhört, das Treffen. Thomas hat alles im letzten Augenblick umgestoßen, denke ich, ohne noch den Beweis dafür zu haben.

Ich rufe bei dem Arzt, unserem neuen Freund, an und teile ihm mit, was geschehen ist, sage ihm, ich werde später noch einmal anrufen.

Dann setze ich mich wieder auf Thomas' Bettseite. Nun sieht Thomas wirklich aus wie jemand, der nicht mehr aufstehen möchte. Der seine Ruhe gefunden hat, der im Frieden mit sich selbst ist. Ich bin fasziniert und erstaunt darüber. Obwohl ich mir Thomas nie tot vorgestellt habe, bin ich in diesem Moment nicht etwa erschrocken. Ich wundere mich nur, dass hier jemand etwas vorweg genommen hat, was erst für den kommenden Tag vorgesehen war, und frage mich, wie das hat geschehen können.

Wir waren uns doch einig gewesen. Ich sitze auf der Bettkante und sehe meinen Mann sich entfernen. Das heißt, eigentlich ist er noch da. Zwei Stunden sind vergangen, als ich zum letzten Mal in seine Augen gesehen habe. Ich spreche leise mit ihm, will seine Ruhe nicht stören. Ich kann mich aber auch nicht aus dem Zimmer entfernen. Ich merke, dass er mit meiner Anwesenheit zufrieden ist.

Wohin ist das ganz Leiden verschwunden, wie abgesogen durch eine unbekannte Kraft; er ist fast der alte Thomas aus früheren Jahren. Ich staune, wieso ist das so einfach, wovor viele Menschen Angst zu haben scheinen?

Natürlich weiß ich, ohne es aussprechen zu können, dass Thomas' Herz nicht mehr die Kraft hatte, alles auszuführen, was die anderen Organe ihm an Mehrarbeit zumuteten. Und ich hatte das Befinden am frühen Morgen für eine Besserung gehalten, nachdem diese Nacht die erste seit langem gewesen war, die wir wenigstens für einige Stunden schlafend verbracht hatten. Ich wäre gar nicht auf die Idee gekommen, dass sich Thomas' Leben auf diese Weise dem Ende zuneigen könnte. Wie naiv wieder einmal, denke ich. Ich fühle eine seltsame Ruhe, die mich vollkommen durchflutet.

Vom Wohnzimmer aus rufe ich Max und denjenigen von Thomas' Brüdern an, der nicht so weit entfernt lebt. Ihn bitte ich, auch den Rest der Familie zu unterrichten.

Dann suche ich im Telefonbuch nach einem Bestattungsunternehmen und, als hätte ich das bereits mehrere Male geprobt, teile ich Daten und Fakten mit und den Wunsch meines Mannes nach einer Seebestattung.

Nach einiger Überzeugungsarbeit geht die Firmeninhaberin auf meinen Wunsch ein, den soeben verstorbenen Thomas erst am Abend aus dem Haus zu holen. Das ist so unvorstellbar. Warum soll Thomas aus dem Haus? Er tut keinem etwas. Angst muss auch niemand mehr haben vor seinen manchmal spitzen Worten oder seinem Lachen. Er müsste doch jetzt einigen Mitmenschen sympathischer sein als lebendig. Viel eher ist es nun meine Aufgabe, ihn zu schützen. Er ist jedem ausgeliefert, der da kommen und Ansprüche stellen würde, ihn zu sehen. Und wem und wie soll ich das verweigern? Wenn ihm nun jemand etwas Unverschämtes zuflüstert, was mache ich dann, oder schlimmer noch, wenn ich das gar nicht bemerken sollte. Ich gehe, wie an Nachmittag und Abend zuvor, vom Wohnzimmer in das Schlafzimmer und umgekehrt. Ich schaue wieder nach Thomas und weiß nicht recht, welches meine Pflichten sind. Mein Gefühl führt mich immer wieder zu ihm.

Inzwischen ist es draußen so hell geworden, wie ein wolkenreicher Wintertag es gerade zulässt. Thomas liegt auf seinem Bett, und ich habe mir klarzumachen, dass er nicht friert, obwohl er nicht zugedeckt ist wie sonst. Er unterscheidet sich schon ein wenig von dem alten Thomas. Er hört mir auch nicht mehr so aufmerksam zu, wenn ich mit ihm spreche. Das hält mich jedoch nicht vom Sprechen ab. Er hat einfach seine Entscheidung zu schnell getroffen, ich komme nicht mit derselben Geschwindigkeit nach.

Als Max das Haus betritt, bin ich froh, Rat zu bekommen für diesen Tag. Nicht eigentlich Rat, vielmehr die Bestätigung, dass es gut ist, wie es ist. Er zeigt seine Gefühle nicht, oder ich erkenne sie nicht. Das ist schwer zu sagen. Wir setzen uns in das Schlafzimmer, ich mag nicht von Thomas' Seite weichen. Max bereitet einen Tee zu. Ich erzähle, wie es mir widerfahren ist und was ich seitdem getan habe.

Es dauert nicht lange, da trifft der Bruder mit seiner Freundin ein. Er hat Verstärkung mitgebracht, denke ich, allein hätte er das nicht geschafft. Ich lasse Thomas mit den beiden allein. Danach vereinbaren wir, dass jeder von uns allein oder auch mit einem der anderen sich in Thomas' Zimmer aufhalten darf, um sich zu verabschieden. Oder um einfach nur dort zu sitzen.

Wie der Nachmittag vergangen ist, weiß ich nicht zu sagen. Ich merke nur noch, dass ich ständig auf der Suche nach einer Uhr bin. Im ganzen Haus findet man keine Uhr, am Handgelenk trage ich auch keine. So kann ich mich nur an dem kleinen Wecker im Schlafzimmer orientieren oder an den Armbanduhren der anderen.

Mit Bangen sehe ich den Zeiger vorrücken. Bislang bin ich sehr ruhig gewesen, das ist mit einem Schlag vorbei, als mir klar wird, was es zu bedeuten hat, wenn der Zeiger auf der Sieben stehen wird. Ich weiß auch nicht mehr, wie die noch verbleibende Zeit zu füllen ist, ich sitze nun doch mit den anderen bei Thomas. Sie haben irgendwann ein paar Kerzen angezündet. Wenige Worte fallen in dieser Runde. Draußen wird es allmählich dunkler. Ich habe langsam akzeptiert, dass nicht nur ich das Recht habe, mit Thomas allein zu sein. Ich bin sogar ein wenig froh, dass ich ein paar Menschen um mich spüre. Das Wohlwollen ist greifbar und tut mir gut.

Die Schneeränder auf der Straße leuchten in der einbrechenden Dunkelheit. Wie am Morgen dieses Tages gibt es kaum Bewegung auf der Straße. Ich wünsche mir einerseits, dass die Zeit stillstehen bliebe, andererseits sehne ich mich danach, aus diesem Zustand des Wartens entlassen zu werden.

Plötzlich nähert sich ein größerer Wagen langsam dem Haus, um dann anzuhalten. Türen klappen auf und zu, Schritte nähern sich, es klingelt an der Tür. Max öffnet und lässt zwei Männer ein. Gesprochen wird kaum. Dann die Frage an mich, ob ich bereit sei, den Verstorbenen zu übergeben.

Die Männer holen aus dem Wagen einen Sarg und ein weißes Laken. Sie breiten das Laken auf der leeren Betthälfte aus und heben Thomas' Körper auf, um ihn behutsam auf dem Laken abzulegen. Einer fasst am Kopf-, der andere am Fußende an, und so wird Thomas in den Sarg gebettet. Die Anwesenden bilden ein Spalier, als die Männer sich vorbereiten, Thomas hinauszutragen. Ich streichle Thomas noch einmal über die Wange, bevor der Deckel aufgelegt wird. Es herrscht eine unnatürliche Stille im Flur, als kurze Zeit später die Haustür geschlossen wird und das Schlafzimmer leer ist.

Wir setzen uns in das Wohnzimmer und essen zu Abend. An das, was in den folgenden Stunden geschieht, erinnere ich mich nicht. Ich erinnere mich lediglich an mein Unverständnis über die mit Sorge geäußerte Frage, wo ich denn in dieser Nacht schlafen wolle.

‚Wo denn sonst als in unserem Doppelbett', antworte ich.

Ich schlafe wohl zu irgendeiner Stunde in dieser Nacht ein. Am Morgen erwache ich, und der Platz an meiner Seite ist leer.

Die gedämpfte Sachlichkeit in den Reden und Handlungen der mich umgebenden Menschen legt sich wie ein Verhaltenskodex auch über mich, die ich mich möglicherweise in einer anderen Konstellation auch anders verhalten hätte. Das ist jedoch schon an der Grenze zur Spekulation. Niemand vermag zu sagen, welches Verhalten an diesem Morgen das angemessene wäre. Im Sinne von Thomas könnte man sich vorstellen, dass er es lustig gefunden hätte, wenn man über ihn spräche und schon jetzt seine Abwesenheit bedauern würde, kaum, dass er aus dem Hause getragen worden ist.

Was über Nacht mit mir geschehen oder ob überhaupt etwas mit mir geschehen war, konnte niemand feststellen. Wenn ich schon in der Lage gewesen bin, im Sterbebett meines Mannes zu schlafen, gehe es mir wohl nicht allzu schlecht. Umso besser für die Freunde. Auch sie waren auf eine derartige Situation nicht eingestellt gewesen. Insofern hat niemand einen Vorsprung.

Der Vater und die Brüder meines Mannes teilen mit, dass sie nicht beabsichtigen, Thomas noch einmal zu sehen. Sie befürchten trotz meiner Versicherung, Thomas sähe ganz friedlich aus, dass es für den alten Mann ein zu schwerer Gang wäre. Ich bin erleichtert, dass der Menschenauflauf sich in Grenzen halten wird.

Im Verlauf des Vormittags, einem Sonntag, versuche ich mit einigem Erfolg, den einen oder anderen Freund oder Verwandten anzurufen und zu informieren. Was mir dabei immer wieder entgegenfällt wie eine reife Frucht ist die Erleichterung der Gesprächspartner über mein Vorhandensein in dieser Welt.

Natürlich verstehe ich, was diese Äußerungen ausdrücken sollen. Trotzdem halte ich das für deplatziert. So als Abfallprodukt eines Todesfalls dem Überleben ausgesetzt zu sein, ohne das beeinflusst zu haben, kommt mir als Rolle zweifelhaft vor. Das klebt jedoch nur irgendwo am Rande des Telefonhörers. Ich wische es mehr oder weniger mechanisch weg mit einem kurzen Satz wie: Ja, ist schon gut. Es war nett gemeint, das weiß ich.

Für mich verbot sich zunächst ein Gedanke an die Folgen von Thomas' Verschwinden. Das Verschwinden selbst wollte erst mal richtig entdeckt und aufgedeckt werden. Momentan war er nicht im Hause, sondern irgendwo ganz allein im Krankenhaus der Kreisstadt, in einer kalten Umgebung, aufgebahrt, abgestellt in Warteposition. Jedenfalls ohne mich an seiner Seite.

Die nächste geplante Handlung war, im Geleit der Anwesenden zuerst das Bestattungsbüro aufzusuchen, um einen regelrechten Vertrag aufzusetzen und zu unterschreiben. Daran anschließend sollte ein Besuch im Krankenhaus stattfinden. Einerseits wäre ich gern allein gewesen, andererseits waren die Freunde so nett, ihre Begleitung anzubieten. Zwischen diesen beiden Möglichkeiten gab es keine dritte. So machten wir uns also gemeinsam auf den Weg.

Da Thomas und ich in früheren Jahren generell eine Seebestattung für eine mögliche Form des Verabschiedens und des endgültigen Wohnsitzes auf dem Meeresgrund gehalten hatten, kam natürlich auch nur eine solche in Frage. So wurde die „Erste deutsche und hamburgische Reederei für Seebestattungen GmbH." mit der

Durchführung beauftragt. Wie ich später anhand der bei mir verbliebenen Dokumente nachlesen konnte, war eine Reihe von Amtshandlungen erforderlich, an denen Thomas mit seinem Witz sicher seinen Spaß gehabt hätte, wäre vorher alles demgemäß von ihm und mir zu planen gewesen. Als erstes wurde eine Unbedenklichkeitsbescheinigung der Wohngemeinde ausgestellt. Dann erteilte das Amt für Grünanlagen und Naherholung (ich stellte mir hierbei Thomas' Bemerkungen vor!) der Landeshauptstadt eine See- und Feuerbestattungsgenehmigung, was schon im Jahre 1991 nicht gerade preiswert war mit 325 DM, wie ich fand. Dagegen war der viertägige Aufenthalt in der Kühlkammer des Krankenhauses mit 80 DM recht günstig. Das Gesundheitsamt schlug auch noch mit 50 DM zu Buche für eine Leichenschau vor der Feuerbestattung. Hinzu kamen noch diverse andere Bescheinigungen. Das jedoch, was Thomas am meisten gefallen hätte, wäre weder der Sarg mit seiner Innenausstattung, noch der Schmuck, noch die Fahrt an die Nordsee, vielmehr ganz einfach der Auszug aus dem Logbuch gewesen. Hierin war der genaue Ort verzeichnet, an dem die Urne zu Wasser gelassen wurde. Anhand eines Auszugs aus der Seekarte war das für jeden Interessierten nachvollziehbar. Und ihm hätten mit Sicherheit das Boot, die stattliche Besatzung und das Zeremoniell ohne jeden Kirchenspuk gefallen.

(Das am Ende der Kapitänsrede von Thomas' Vater mit zitternder, jedoch erstaunlich lauter Stimme über Deck geworfene „So Gott will" hat Thomas mit einem nachsichtigen Lächeln zur Kenntnis genommen. Da bin ich mir sicher.) Die Vorbereitungen für das, was abzulaufen hatte in solchen Fällen, waren eingeleitet. Der erste Besuch bei Thomas wurde von seinem vermeintlich künstlerisch veranlagten Bruder zum Anlass genommen, eine Fotografie von Thomas anzufertigen. Ich wehrte mich nicht dagegen, weil ich wusste, dass Thomas es zugelassen hätte. Und der Bruder wusste das ebenfalls. Ich bin dann noch einige Male allein im Krankenhaus gewesen, bis es hieß, Thomas werde jetzt in die Landeshauptstadt übergeführt. Aus den Dokumenten entnahm ich später, dass Thomas weitere Tage im Krankenhaus gelegen haben muss, ohne dass ich davon Kenntnis hatte.

Mitte der Woche war ich verpflichtet, endgültig nach Köln zurückzufahren, um meine Arbeit im Büro wieder aufzunehmen. Das hört sich so selbstverständlich an wie die Tatsache, dass ich lebe. Wer lebt, hat Verpflichtungen dieser Art und zeigt sich entsprechend. So sitze ich eines Nachmittags am Steuer des Wagens, den ich nur einmal über eine kurze Strecke durch Frankreich gelenkt hatte, und soll durch die Hügellandschaft und über die Autobahn nach Hause gelangen. Als ordentliche Beifahrerin war ich gewohnt, Verkehrssituationen auf den Straßen einzuschätzen, aber einen Wagen zu lenken, aus dem Stand heraus, war dann doch etwas Größeres an Wagnis. Ich mache mich mit den einzelnen Funktionen vertraut, die in der Bedienungsanleitung beschrieben waren und hoffe, dass ich diese erste Fahrt als Prüfung bestehen würde.

Max, der sich ebenfalls auf den Weg nach Köln macht, schlägt vor, hinter mir her zu fahren und mir später einen Bericht über mein Fahrverhalten abzuliefern. Auf diese Weise gelange ich mehr oder weniger verkrampft am Steuer sitzend an meinen ersten Wohnort und bin froh, als ich die Wohnung betrete.

Was dort allerdings auf mich wartet, ist eine große Leere, eine Kälte, die sich meiner bemächtigt und mich in den folgenden Wochen nicht aus den Fängen lässt. Ich habe Kontakt zu meinen Mitmenschen, zu den Kollegen, zu den Freunden, aber ich bin nicht wirklich da. Ein Alkoholiker, der aufhören möchte zu trinken und der dann doch immer wieder zum Kühlschrank oder in die Kneipe schleicht, hat es einfacher. Ich bin auf Entzug, und zwar unfreiwillig; es hilft mir nichts, dass ich das nicht gewollt habe. Thomas liegt als Leiche in einem anderen Bundesland und ich sitze in unserer kleinen gemeinsamen Not-Wohnung und frage mich, wozu das gut sein soll.

Ich sehe nirgendwo einen Trost, ein Licht oder eine Verheißung. Ich trauere nicht, da ich noch nicht begriffen habe, was auf mich zukommen wird. Ich erfasse gerade mal meinen Zustand des Verlassenseins. Da können alle um mich herum nett und freundlich oder gar herzlich zu mir sein. Das berührt mich nicht. Ich will diese Gesten auch gern zurückweisen. Ich hätte am liebsten laut heraus geschrien, dass mir etwas anderes fehle, dass ich so allein sei wie nie zuvor in meinem Leben, dass es niemanden gebe, mit dem ich sprechen könne, mit dem ich lachen könne, der mich wärme und den ich wärmen könne. Bei all dem ist mir nicht klar, dass das von nun an lange dauern könnte, bis sich mir wieder ein Wesen nähern würde, dessen Nähe ich auch akzeptieren könnte. Ich kenne nur diese eine trostlose Gegenwart, eine Vergangenheit - Thomas betreffend - habe ich noch nicht, und eine Zukunft ohne ihn war in meinem Denken ja nicht vorgesehen gewesen.

Das, was ich mit Thomas geplant hatte, war für uns beide bestimmt gewesen. Was soll ich nun ohne ihn. Ich finde ihn zwar in meinen Gesprächen, aber er klärt nicht auf, warum alles so gekommen ist. Ich fühle mich ungerecht behandelt. Ich habe den Verdacht, dass Thomas für sich ganz allein beschlossen hat, dass ich weiterleben sollte. Dieser Verdacht wird erst viel später bestätigt, als ich in seinem Tagebuch seinen allerletzten Eintrag wieder und wieder gelesen habe. Am Vorabend seines Ablebens schrieb er diesen Satz: ‚So sterbe ich jetzt, und die schlimmste Gemeinheit ist, dass ich mich nicht richtig von Lena verabschieden kann.' Es dauert Jahre, bis sich für mich die ganze Tragik, die aus diesem Satz spricht, offenbart. Der arme Thomas war sicher, dass er den gemeinsamen Plan mit mir nicht mehr würde ausführen können, dass er früher sterben würde. Das konnte er mir jedoch nicht sagen. Verabschieden konnte er sich aber auch nicht von mir. Wie hätte das aussehen sollen? Vielleicht hat er sich aus diesem Grunde davongeschlichen in seiner Not, als ich ihn am Morgen nach dieser ersten erholsamen Nacht für einige Sekunden allein lassen musste. Aus anderen Berichten über den Zeitpunkt des Sterbens in Gegenwart von Angehörigen wusste ich, dass so etwas häufig vorkommt, unabhängig davon, ob es im Krankenhaus oder zuhause geschieht. Die Menschen können das offensichtlich noch bis zu einem gewissen Grad beeinflussen oder gar steuern, wann sie endgültig gehen, wenn sie bei Verstand sind und ihren Angehörigen das Miterleben ersparen wollen.

Lange Zeit durfte ich nicht an die seelische Not denken, die Thomas dabei unweigerlich empfunden haben musste, so, wie ich ihn kannte. Er wollte doch nicht einfach davongehen, das entsprach nicht seiner Art und auch nicht der unserer Beziehung. Ich hatte ihm an dem Samstag, der sein Todestag werden sollte, noch so vieles sagen, mich für alles bedanken wollen, was er mir Gutes getan und wie er mein Leben bereichert hatte. Ich hätte gern noch einmal herzlich mit ihm gelacht, komische Witze gemacht, die nur wir verstehen konnten. Vielleicht hätten wir noch eine Partie Schach gespielt; mit Sicherheit hätten wir eine Flasche Wein geleert und über die vielen Liter nachgedacht, wo die wohl verschwunden waren im Verlauf der Jahre, wo verdunstet und als Niederschlag wieder auf die Erde zurückgekehrt. Vielleicht hätte ich ihm etwas vorgelesen aus seinem Zukunftsroman und dabei zum Ausdruck gebracht, für wie wunderbar ich diese von ihm konstruierte andere Welt hielt.

Dann vielleicht, bevor wir zu unserem endgültig letzten Rendezvous mit Vertretern dieser Menschheit, zu unseren letzten Freunden, aufgebrochen wären, hätte Thomas noch ein Gedicht hinterlassen an alle, die er nicht traurig wissen wollte, mit der Bitte um Verzeihung für alles, womit er sie, mit Absicht oder ohne, jemals enttäuscht hatte.

Er war einfach entschlafen, der Thomas, der in solch böser Absicht eigennützig und egozentrisch mich hatte mitnehmen wollen auf die lange Reise, mich der Mutter und der Schwester entziehen, die sich so sehr um mich gesorgt hatten, dass sie über ein Jahr nichts von sich hören und sehen ließen. Ich kannte meinen Thomas, während die anderen lediglich ihre Vorurteile pflegten, was in diesem Falle schmerzte, da ihm - als sei es nicht schon ausreichend - zu seiner Krankheit auch noch diese Vorwürfe aufgebürdet wurden. Ich wusste, wie sehr er darunter gelitten hatte und sich nicht zu wehren wusste, war es doch meine freiwillige Entscheidung, ihn nicht zu verlassen. Dass Mutter und Schwester mich eigentlich entmündigt zurückließen, schien ihnen nie in den Sinn gekommen zu sein. Wie hätten sie anderenfalls auch auf ihrer Meinung beharren können.

Alles war verworren, was meine Beziehung zu den wenigen Verwandten betraf. Sie verwechselten die Begriffe oder wollten sie nicht verstehen, weil meine Gedankenwelt nicht die ihre war. Ich war nie eine lebensmüde Frau gewesen, ich wollte mich nur nicht von meinem Mann trennen. Und das stand mir doch zu und bedurfte weder einer Erklärung noch einer Entschuldigung. Wo kommen wir denn hin, wenn wir uns derart in das Leben anderer einmischen, hatte ich mich manches Mal gefragt. Natürlich tut das einer Mutter weh, zu wissen, dass ihre Tochter sich durch nichts und niemanden als durch ihren Mann in dieser Welt halten lässt. Damit wurde der Wert einer Mutter gemindert. Das reichte schon zur Verurteilung. Wann die beiden erfahren haben, dass Thomas nicht mehr lebte, weiß ich nicht zu sagen.

Die Zeit zwischen dem Todestag und der Seebestattung - es sind fünf Wochen - vergeht im Fluge. Ich bin wieder eingebettet in den Tagesablauf im Büro und in die Dinge, die ich an den Wochenenden auf dem Land zu erledigen habe. Andererseits dehnt sie sich, so dass ich, als ich endlich den Termin erfahre, froh bin, diesen letzten Schritt und offiziellen Abschied von Thomas bald vollziehen zu können.

Wie es die Reederei in Hamburg schafft, ausgerechnet an Thomas' sechsundvierzigstem Geburtstag diese Schiffsreise zu terminieren, überrascht jeden, nur nicht mich. Zu viel habe ich erlebt an merkwürdigen Zufällen, an ausgefallenen Begebenheiten, an absurden Ereignissen, dass ich mich nur frage, was noch kommen könne. Es wird posthum eine Geburtstagsfeier für Thomas mit einer denkwürdigen Zusammenstellung von Gästen geben. Thomas, der immer eine Vorliebe für derartige Geschichten hatte, würde amüsiert sein, wenn er das sehen könnte. Vielleicht sieht er mehr, als wir alle ahnen, denke ich manches Mal.

Aufbruch

An einem außergewöhnlich schönen Frühlingstag, der Eis und Schnee eines langen Winters vergessen ließ und jeden heiter stimmen musste, der sich auf das Gefühl des Neubeginns einzulassen bereit war, begab sich eine Familie, deren Mitglieder sich Jahrzehnte zuvor über das Land verteilt hatten, auf den Weg zu einem bestimmten Ort im Norden. Niemand von ihnen hatte sich je ein solches Treffen vorgestellt.

An diesem Nachmittag im April 1991 saß ich mit zwei Männern in einem Pkw und verließ die Stadt. Wir wurden Teil einer Blechlawine, die sich nur langsam vorwärts bewegte und an deren Mechanismen sich anzupassen die einzige Möglichkeit war, die Nerven zu schonen. Es war beruhigend, dass die Fahrt nicht von einem Termin bestimmt war. Es kam uns fast wie eine Reise in die Ferien vor.

Ich machte es mir auf dem Rücksitz bequem, verließ mich gegen meine Gewohnheit auf die Aufmerksamkeit des Lenkers, ohne mich einzumischen. Ich hatte alle Angst abgelegt, fühlte mich frei, fast unbeteiligt. Es gelang mir sogar, die Augen für längere Zeit geschlossen zu halten.

Der Beifahrer, nachdenklich und wortkarg, zündete sich eine Zigarette nach der anderen an. Er fragte nicht, ob es erlaubt sei, er handelte einfach. Protest blieb aus. Das Schiebedach wurde ein wenig geöffnet, trotzdem zog der größte Teil des Rauchs in den Fonds des Wagens.

Ich benahm mich merkwürdig gleichgültig. Ich schaute den blauen Ringen nach, sah dem Beifahrer zu, wie er die nächste der selbstgedrehten Zigaretten aus der Tabaktüte holte. Ich sah auf seine Hände, die ich vorher nie bewusst betrachtet hatte und stellte fest, dass es schöne Hände waren. Kräftige Finger, zart wirkend durch Langgliedrigkeit. Ich wusste, dass er viel mit den Händen arbeitete, was für einen Geisteswissenschaftler eher ungewöhnlich war. Umso erstaunter war ich über diese merkwürdige Kombination von Kraft und Anmut. Wie losgelöst vom Körper hatten diese Hände eine ganz eigene Ausdruckskraft, und ich stellte mir vor, wie zärtlich sie würden sein können und wie kraftvoll zugleich. Das Profil des Mannes war mir etwas vertraut. In meiner Erinnerung war lediglich der Klang seiner Stimme gespeichert, die nicht klar, eher nuschelig war und vorsichtig leise. Viel hatte ich von ihm nicht kennen gelernt. Eigentlich kannte ich ihn überhaupt nicht. Aber das beunruhigte mich nicht weiter. Er war mir zuliebe, das hatte er zumindest gesagt, mit auf diese Reise gekommen. Seine Gegenwart hob alle Fragen vorerst auf. Ich war müde. Müde der Gedanken, die abliefen und davonliefen und zurückkamen und im Kreise gingen. Müde der Fragen der Leute. An diesem Tage fühlte ich mich zu nichts verpflichtet, fuhr einfach mit. Ich würde schon ans Ziel kommen.

Einmal in meinem Leben war ich ans Ziel gekommen, ohne vorher zu wissen, dass es das Ziel war. Ich hatte die Sicherheit in genau dem Augenblick, als ich mit Klarheit erkannte, dass alles, was vorher mit mir geschehen oder mir begegnet war, nur Stationen gewesen waren. Unumgängliche Stationen, die mir damals wie Stufen vorkamen, die mir aus der unendlichen Dunkelheit des Daseins Schritt für Schritt den Weg wiesen, der zur Gewissheit führte, dass es doch einen Sinn für meine Existenz gab: Ich hatte unter Millionen einen Menschen gefunden, dem ich mich so innig verwandt fühlte, dass ich künftig nicht mehr verpflichtet sein würde, mein Sosein zu erklären.

Zu träumen von jemandem, wie er sein müsste, und ihn dann zu finden, ohne ihn suchen zu können, das war das größte Glück.

Der Fahrer mochte ganz andere Gedanken haben. Er erklärte seinem Beifahrer, warum er bei einem Automatikgetriebe schaltete und fuchtelte mit seinen Fingern am Hebel herum, dass ich mich fragte, ob das gut gehen würde. Aber er war Ingenieur und wusste, was er tat. Und wenn das Auto in die Brüche gehen sollte, dann ging es eben in die Brüche. Angst war mir abhandengekommen. Nie wieder würde ich Angst haben können. Das war nicht etwa Gleichgültigkeit, der Zustand, in dem ich jetzt lebte, vielmehr einem Nebel vergleichbar, der einen einhüllt und alles Störende abhält, nichts dringt durch, weder Licht noch Geräusch, noch Konturen, das vollkommene Aufsichgestelltsein, in dem für Angst kein Raum ist.

Nachdem wir die nächste Großstadt hinter uns gelassen hatten, kamen wir rascher voran. Die Sonne schien, wir rechneten uns aus, dass wir unser Ziel gegen zwanzig Uhr erreichen würden. Wobei diese Art von Rechnung überflüssig war, denn die Hotelzimmer waren reserviert.

Wir verließen die Autobahn, um an einer Raststätte einen Kaffee zu trinken. An diesem Frühlingstag war die Terrasse bereits geöffnet. Ein einsamer Gast hatte sich von der Sonne locken lassen, überhörte großzügig den Lärm der vorbeiflitzenden Wagen. Da saßen wir zu dritt bei Kaffee und Kuchen, aber die Worte fehlten uns. Wir wussten nicht, was uns miteinander verband. Ich beschränkte mich darauf, den Männern zuzuhören, die technische Daten austauschten. Ich ärgerte mich über dieses große Stück deutschen Apfelkuchens. Es lag etwas allzu Grobes, Unfeines darauf, und das vertrug ich schlecht. Ich ließ dann auch mehr als die Hälfte auf dem Teller zurück. Der Spiegel im Waschraum zeigte ein Gesicht, das war mein eigenes, ein bewegungsloser Vorhang. Aber ich lebe doch, dachte ich und versuchte, eine Grimasse zu schneiden. Meine Augen machten nicht mit. Ich zog den Lippenstift aus der Handtasche. Gewohnheiten gibt man so schnell nicht auf, dachte ich. Dann ging ich wieder ans Licht, zu den beiden Männern. Ich setzte mich ans Steuer. Neben mir saß der fremde Freund.

Die Fahrt durch die Ebene glich einem Niedrigflug. Ich spürte den Sog der Küste. So war es immer gewesen. Wie früher roch ich schon das Meer, wenn andere noch gar nicht daran dachten. Da standen wie Trutzburgen einzelne große Gehöfte mit den Baumhecken, die den Wind abhielten; die Weite der Landschaft ließ ein Aufatmen zu; verschwunden waren die künstlichen Wolken, dafür eingetauscht der Seehimmel. Es dämmerte bereits. Der Mann auf dem Rücksitz hatte anfangs noch in der Frankfurter Allgemeinen gelesen. Die war ihm irgendwann langweilig geworden oder die Börsennachrichten hatten ihn schläfrig gemacht, jedenfalls war das Blatt den Händen entglitten. Jetzt schlief er. Der fremde Freund rauchte und rauchte, sagte ungefragt kaum etwas. Ob er schon bereut hatte, dabei zu sein? Ich wusste es nicht, konnte es nicht einschätzen. Wohin zogen seine Gedanken? Immerhin hatte er sich zwei Tage aus seiner beruflichen Verantwortung und seiner Familie gezogen. Und er wusste nicht einmal genau, was ihn erwartete. Viel hatte ich ihm nicht erzählen können oder wollen.

Diesen Unterschied zwischen Können und Wollen, gab es ihn überhaupt? Wir alle, die wir beteiligt sein würden, wussten so gut wie nichts. Für mich selbst hatte ich beschlossen, alles auf mich wirken zu lassen, mich nicht besonders anzustrengen oder Einfluss zu nehmen. Es war ein Zustand wie ein Schweben, ich war nicht richtig geerdet. Das war nur neu und würde sicher auch vorübergehen. Der Mann an meiner Seite kannte diesen Küstenstreifen nicht. Gern hätte ich mir vorgenommen, für ihn allein den Fremdenführer zu spielen. Ich fühlte mich verantwortlich für ihn, der er - wie übrigens auch Max - eigentlich nichts mit der Familie zu tun und sich trotzdem auf dieses Abenteuer eingelassen hatte. Ich hoffte, Gelegenheit zu finden, meine Dankbarkeit zu zeigen.

Die Autobahn endet für den, der sich nicht auskennt im Nordwesten der Republik, auf eine ziemlich abrupte Weise. Es bleiben dann nur ein paar Kilometer in drei Himmelsrichtungen, und man ist am Meer. Wir aber fuhren in die Stadt, die noch den Namen des Kaisers trägt, jedoch vergessen ist und vor sich hindämmert. Hier hatte ich meine Jugend verbracht, und von hier war ich geflohen, um der Enge zu entrinnen, die von solchen Kleinstädten ausging, die einen erdrücken konnten, da es nur Nachbarn gab. Jeder war Nachbar.

Heute war ich frei. Ich steuerte in der Dunkelheit den Wagen zum Südstrand, an dem unsere Hotels gelegen waren. Wir nahmen das wenige Gepäck und ließen uns die Zimmer zeigen. Die Familienmitglieder, die an diesem Abend erwartet wurden, sollten auf zwei der kleinen Hotels an der Promenade verteilt werden. Ich überließ den beiden Männern das erste Hotel und bezog Quartier in der „Seenelke". Dann erkundigte ich mich, ob schon jemand eingetroffen sei. Man sagte mir, dass einige Gäste bereits zum Abendessen in das Haus der Segler gegangen seien und uns dort erwarteten.

Spaziergang in einer kühlen Aprilnacht

Es war schon dunkel, als ich aus dem Hotel trat. Eine frische Brise kam von See her. Die Promenade war menschenleer. Die Gäste saßen entweder beim Abendessen oder vor dem Fernseher oder waren früh schlafen gegangen.

Zu dieser Stunde auf das Wasser zu schauen, das Heranrollen der Wellen zu hören, den kühlen Wind zu spüren, der einem ins Haar fuhr und das Gesicht rötete, den Sternenhimmel wahrzunehmen: all das bedeutete, zuzulassen, dass sich die verwundete Seele von einer leichten Melancholie wiegen ließ. Ihr zu entkommen, war nicht einfach.

Stehen bleiben, nicht weitergehen, abwarten, was geschähe, aufhören zu atmen oder anfangen, bewusst zu atmen, laufen, rennen, springen, denken, über alles lachen, weinen, über alles weinen, welches war denn nur das Angemessene an diesem Abend?

Die Promenade war auf den Deich gebaut, so dass der Blick weit hinaus aufs Wasser reichte. Ich fühlte die beiden Männer nahen. Max erzählte von einem Anruf, der gekommen sei, man habe ihm mitgeteilt, dass drei der Gäste erst um Mitternacht eintreffen würden. Ich fragte nach dem Grund, aber darüber konnte er keine Auskunft geben. Wortlos führte ich die kleine Gruppe an. Als wir etwa fünfhundert Meter gegangen waren, kamen uns Leute entgegen. Sie wurden von uns rasch identifiziert als Teil der Familie, der offensichtlich das Abendessen schon genossen hatte. Wir gingen aufeinander zu, begrüßten uns. Ich stellte den Freund vor, Max war wiedererkannt. Man beschloss, noch einmal gemeinsam in das Restaurant zu gehen. Der Fisch hatte ihnen gemundet, sie plauderten über die

Art der Einheimischen und wie merkwürdig süß der Salat angemacht, wie preiswert das Essen sei und wie gut das Pils schmecke. Ich nahm die Worte auf, sie blieben jedoch an der Oberfläche haften, ich dachte, hoffentlich muss ich mich nicht übergeben. Dann sagte ich mir wie zur Entschuldigung für die anderen, dass häufig in Ausnahmesituationen der größte Blödsinn gesprochen werde und ich das hinnehmen müsse, mich nicht darüber aufregen solle, nicht in Versuchung geraten und Richterin spielen.

Seit einigen Wochen war die Skala zwischen Toleranz und Unduldsamkeit merklich größer, größer als ich mir je vorzustellen vermocht hatte. Was war geschehen? Bestand ein Zusammenhang mit der Gleichgültigkeit allem Schrecken gegenüber?

Gehörten dazu auch die Banalitäten, die Menschen von sich gaben? Menschen, die kraftstrotzend durch die Welt gingen und denen es nie in den Sinn kam, den äußerst feinen Faden zu betrachten, an dem auch ihr Dasein hing? Wie konnte es angehen, dass man funktionierte, die Form wahrte statt hineinzuschlagen in die Ignoranz und Kälte, die überallhin ihre Strahlen aussandten.

Wenn einen nichts mehr schrecken konnte, befand man sich dann im Besitz der Weisheit? Das würde bedeuten, überlegte ich, dass Lebendiges abgestorben, Gefühle eingefroren oder gar vernichtet wären. Diese Gedanken gingen jedoch nicht sehr tief, sondern wurden schnell überlagert vom Geschwätz, das auf mich einstürmte.

Im Restaurant herrschte eine gemütliche Stimmung. Ich bedeutete dem Freund rasch, er möge sich neben mich setzen, so wäre ich nicht den anderen ganz ausgeliefert. Man gab mir zu verstehen, dass ich der Mittelpunkt sei. Meine Wortkargheit wurde respektiert. Ab und zu schaute man aufmunternd zu mir hinüber, sprach über die lange Bahnreise, die die kleine Gruppe aus dem Süden hierher geführt hatte, über Preise der Bundesbahn, über Tricks, möglichst viele Kilometer für wenig Geld zu bekommen.

Als die Gerichte und das Bier endlich auf den Tisch kamen, war jeder mit sich beschäftigt. Ich versuchte, wortlos Kontakt mit dem Freund aufzunehmen, aber es war noch keine Verbindung hergestellt außer der über Wortbrücken. Max beschäftigte sich zwischendurch mit den Bierdeckeln und hatte eine Geschichte beizutragen. Der Arme, wie er bemüht war, Beliebiges in Verbindliches zu wandeln. Das musste an diesem Abend scheitern.

Insgesamt war alles gedämpft, die Töne, das Licht, der Ausdruck auf den Gesichtern, die Farben der Kleider, auch die Bewegungen wurden dem Ereignis gerecht. Die Gruppe saß da, als hielte ein festes Band sie umschlungen, das sie nie mehr loslassen sollte. Jedem von uns war klar, dass er von nun an schicksalhaft mit den anderen zusammengeschmiedet war, vielleicht nur für einen Tag, vielleicht auf längere Zeit. Es war schließlich gegen 23.00 Uhr, als aus Rücksicht auf den alten Herrn, Oberhaupt der Familie, beschlossen wurde, den Rückweg zum Hotel anzutreten. Dem kleinen Männchen waren schon ab und an die Augendeckel heruntergeklappt, so dass die Schwiegertochter den anderen Zeichen zu geben versuchte. Deren Mann passte das nicht, denn ihm lag viel an weiterem Pils, aber er fügte sich, als er sah, dass der Aufbruch nicht verhindert werden konnte.

Dem Tempo des Alten angepasst, zog unsere kleine Karawane am Seglerhafen entlang der Promenade zu, auf der uns ein kräftiger Wind empfing. Der Alte, der auch jetzt nicht auf seinen Hut verzichten wollte, hatte Mühe, diesen auf dem

Kopf zu halten. Er murmelte etwas von nettem Abend und wie schön, dass wir uns noch zusammengesetzt hätten.

Vor dem Hotel angekommen, verabredeten wir uns zum Frühstück am nächsten Morgen. Es wurde kurz gerätselt, wann wohl die Fehlenden endlich einträfen und dass nun der junge Hotelbesitzer nicht würde schlafen gehen können, da er doch die späten Gäste hereinlassen müsse. Das sei mal wieder typisch für seinen Bruder, meinte der Älteste der Söhne. Aber richtig aufregen wollte sich niemand. Müdigkeit hatte die meisten erfasst.

Ich fragte Max und den Freund, ob sie mich noch auf einem Deichspaziergang begleiten würden. Es gab außer uns Dreien niemanden, dem zu dieser nächtlichen Stunde eingefallen war, den Deich entlang Richtung Westen zu gehen, immer dem Wind entgegen. Es war noch kühler geworden. Um Worte zu wechseln, war es zu laut und zu kalt. Die Hände in den Jacken- oder Hosentaschen, kam unsere kleine Gruppe schnell voran. Ein unbefangener Beobachter hätte meinen können, ein Ziel sei angepeilt, das unbedingt in dieser Nacht erreicht werden müsse.

Je weiter wir uns von der Promenade entfernten, desto dunkler wurde es. Nur das Licht des Sternenhimmels war über uns gebreitet. Ich genoss das Ausschreiten, das wortlose Nebeneinander, ohne jede Verpflichtung, Worte zu gebrauchen, die nur die Stille gestört hätten. Wir liefen nebeneinander her, gleichen Schrittes, aber eingekapselt jeder in seine Gedankenwelt.

Einmal versuchte Max einen Ausbruch, indem er, mehr fragend, sagte, wir könnten, gingen wir in diese Richtung immer weiter, wohl in Rostock ankommen, irgendwann. Ich konnte das nicht auf sich beruhen lassen und erklärte, dass er dann genau in die entgegengesetzte Richtung zu gehen hätte. Normalerweise wäre das der Anlass gewesen, weitere Sätze folgen zu lassen, um auch hier nun die für viele Menschen unerträgliche Wortlosigkeit aufzuheben. Aber das konnte jetzt nicht gelingen.

Je weiter wir gingen, desto mehr hatten wir drei das Gefühl, uns auf einem endlosen Pfad zu befinden und nicht umkehren zu müssen. Es war bereits weit nach Mitternacht. Ich fühlte mich aufgerufen, meine Begleiter zu fragen, ob sie denn wirklich nicht müde seien. Aber sie stapften weiter.

Ich hätte gern die Gelegenheit genutzt, mit dem Freund allein zu gehen, seine Hand zu halten, seine Wärme zu spüren. Ich gestand mir ein, dass dies ein Wunsch sei, der sich nicht verwirklichen ließ. Was mich daran hindere, fragte ich mich, welche Grenze es zu überschreiten gelte, diesen winzigen Schritt zu tun. Warum ich nicht tun könne, wonach ich mich sehnte, wem ich darüber Rechenschaft abzulegen habe, wenn ich den einzigen Menschen, der mir noch etwas bedeutete, entsprechend behandelte.

Meine Vorsicht überraschte mich, und ich fand ihre Begründung, indem ich zu wissen glaubte, er wäre mit einem solchen Verhalten überfordert. Wenn ich ein einziges Zeichen dafür gehabt hätte, dass er bereit sei und nicht zurückschrecken würde, ich hätte nicht gezögert. Es musste seine Ernsthaftigkeit sein, die mich abhielt. Obwohl es nicht eigentlich ein Experiment wäre, viel mehr das Einholen einer Bestätigung, eines Einverständnisses. Er aber war stillnachdenklich, und ich wollte die noch junge Freundschaft nicht aufs Spiel setzen in meiner üblicherweise kompromisslosen Art des Handelns. Ich würde warten müssen. Es gab nicht die geringste äußerliche Berührung, es war ein inwendiges Vortasten meinerseits. Ich konnte nicht deuten, was in dem Manne vorging, der neben mir der Kälte und dem Wind trotzte.

Ich hatte in den vergangenen Jahren viel über ihn erzählen gehört, kannte seine Geschichte, die mit der der Familie, in die ich durch meine Ehe hineingeraten und durch meinen Mann eng verknüpft war. Und ich wusste um die Wertschätzung, die sich mit diesem wortkargen Menschen verband, ich wusste vieles von dem, was man normalerweise als Außenstehender über einen Fremden nicht wissen konnte. Ich hatte ihn schon gerngehabt, bevor ich ihn kannte, als er nicht mehr als ein Phantom war. In seiner ganzen Körperlichkeit aber deckte er sich mit dem Bild, das ich von ihm im Laufe der Jahre nur durch Thomas' Erzählungen gewonnen hatte. Die Konturen begannen sich zu festigen. Und je häufiger ich ihn in den vergangenen Monaten gesehen und gesprochen hatte, desto lieber wurde er mir. So einen müsste man zum Freund haben, hatte ich mir eingestanden. Von all diesen Gedanken ahnten weder Max noch der Freund etwas.

Das auflaufende Wasser hatte seinen höchsten Stand erreicht. Der Wind blies durch unsere Kleider, die Feuchtigkeit war unangenehm, da sie mit Kälte einherging. Wir beschlossen umzukehren. Die beiden begleiteten mich bis zum Hotel. Max gab mir zum Abschied wie immer auf jede Wange einen Kuss.

Ich hielt die Hand des Freundes und hätte sie am liebsten nicht mehr losgelassen. Ich hielt sie ein wenig zu lang. Ob er es merkte? In diesem kurzen Augenblick hoffte ich ihm zeigen zu können, wie froh ich über seine Nähe war. Er gab nicht zu erkennen, ob er verstanden hatte.

Das Hotelzimmer war einfach ausgestattet, hatte jedoch ein eigenes Bad und Toilette. Ich sah auf das Doppelbett. Wie gut wäre es, in dieser Nacht nicht allein schlafen zu müssen. Ich nahm das Oberbett und legte es über die Länge des rechten Teils des Bettes, fürchtete, es könne zu kurz sein und ich müsse frieren. Die Gardine bewegte sich vom Wind. Das Rauschen der Wellen war durch das geöffnete Fenster zu hören. Es beruhigte mich. Ich spürte immer noch die Wärme seiner Hand. Als ich mich ins Bett legte und das mitgebrachte Buch aufschlug, war ich sicher, richtig gehandelt zu haben, indem ich nichts vorweg genommen hatte.

Wider Erwarten breitete sich unter der Decke recht schnell Wärme aus. Mit erstaunlicher Gelassenheit sah ich einem der bedrückendsten Ereignisse meines Lebens entgegen. Vor Wochen oder Tagen hätte ich mir nicht träumen lassen, ruhig in einem Hotelbett liegen zu können in der Gewissheit, dass der Platz an meiner Seite leer bliebe. Ich hielt Zwiesprache mit meinem Mann, bat um sein Verständnis und schlief bald darauf ein.

Sonnenschein

Ein großer schwarzgekleideter Mann schwebte mit weit ausgestreckten Flügeln über das kleine Bergdorf. Er hielt Ausschau. Ich wusste noch nicht, wonach. Ich sah nur, wie er in jedes Haus von oben hineinblicken konnte und offensichtlich auf der Suche nach einem bestimmten war. Plötzlich kamen von allen Seiten fremde Wesen auf ihn zu, und sie flüsterten miteinander. Ich glaubte seine Stimme zu hören, er fragte, welches Haus das nächste auf der Liste sei. Eine Gestalt, die sich eng an der Seite des Mannes hielt, deutete auf unser Haus. Da glaubte ich, mein Herz würde aufhören zu schlagen. Ich strengte mich an, mitzuhören, was da gesagt wurde. Es war ein banges Warten. Nach einiger Zeit vernahm ich die kräftige Stimme des schwarzen Mannes: „Ich habe doch gesagt, dass alle unverputzten Häuser nicht in Frage kommen!" Sofort wusste ich, dass ein Unheil an uns vorübergezogen war, denn unser Haus war unverputzt.

Dass ich mich gerade an diesem Morgen des Traums erinnerte. Ich war wach. Fremde Geräusche bahnten sich den Weg in mein Bewusstsein. Das war ein Schreien, vertraut und doch lange nicht vernommen, die Möwen flogen über das Watt, nur so konnte es sein. Ich setzte mich auf, stieg mit nackten Füßen in meine Schuhe und ging ans Fenster.

Ich zog die Gardine beiseite und blickte in die aufgegangene Sonne, deren Spiegelung auf dem Watt einen noch milden Silberschimmer hervorzauberte. Darüber flogen schnell mit scharfen Wendungen die Möwen, auf der Suche nach Futter. Ihre Schreie waren Weckrufe. Wie lange hatte ich das vermisst. Wie oft war ich so dagestanden mit meinem Thomas und hatte davon geträumt, einmal mit ihm gemeinsam das zu erleben, was ich an diesem Morgen selbstverständlich vorfand, ohne einen Gedanken daran verschwendet zu haben. Als sei es immer so gewesen und nicht anders vorstellbar.

Das Gewöhnliche konnte so fern sein und der Wunsch danach so groß. Traurig stand ich da, als träfe mich eine Schuld an dem Versäumten. Vielleicht habe ich es nicht wirklich gewollt, vielleicht war ich nicht gut genug, vielleicht war auch meine Liebe nicht groß genug. Irgendetwas musste gefehlt haben, wenn ein einfaches, alltägliches Ereignis nicht möglich gewesen war in den vielen Jahren. Wie viele Menschen warten ein Leben lang auf das Unmögliche. Unglaublich diese Traurigkeit, die einen erfassen kann, wo alles nah beieinander liegt, gerade für die Menschen, die offen sind und empfänglich noch für die kleinste Blume, das geringste Tier, das beiläufig gesprochene Wort oder auch das Nichtgesagte.

Es war zu spät, und es war überflüssig, sich solchen Gedanken hinzugeben. Mir kam das vergrößerte Foto in den Sinn, das in meinem Hause eingerahmt seinen Platz gefunden hatte: der Fischkutter, den Thomas im Gegenlicht aufgenommen hatte, eine glitzernde Wasserfläche, Sonne, die durch Wolken bricht und in der Ferne das heimkehrende Boot. Vielleicht hatte mir auch die Erinnerung einen Streich gespielt, dachte ich, denn die Stimmung auf dem Foto kam der an diesem Morgen fast gleich.

Aber dann fiel mir ein, dass es Mittag gewesen war und wie schnell die Wolkenbänke vorbeigesegelt waren an jenem Tag und dass es geregnet hatte. Ich wandte mich wieder dem Zimmer zu und beschloss nach einem Blick auf den kleinen Wecker, der sieben Uhr anzeigte, ins Bad zu gehen. Ich würde nicht auf die Spätangekommenen warten, sondern die Gelegenheit wahrnehmen, in Ruhe und allein zu frühstücken. Der Blick in den Spiegel veranlasste mich zu der Frage, ob so wie ich heute jemand auszusehen habe, dem ein solcher Tag bevorstünde. Es war nicht zuletzt ein kleiner Akt der Eitelkeit. Denn die siegte immer wieder. Es war aber auch eine Frage des Bewusstseins um den Zustand, in dem ich mich befand. Ehrlicherweise war ich mir darüber im Klaren, dass die Grenzen bei allem Leid nie so ganz eindeutig auszumachen waren: die Grenzen zwischen dem nur Erlebten und dem Reflektieren des Erlebten, die Unterscheidung zwischen dem Gefühlten und der Interpretation des Gefühlten. Was sind wir doch für arme Geschöpfe, dachte ich und bezog alle andern mit ein.

Ich drehte den Wasserhahn für die Dusche auf und prüfte die Temperatur. Dann stellte ich mich in die Kabine und genoss es, wie das warme Wasser an mir herunterströmte. Ich wusste aus früheren Zeiten, wie weich dieses Wasser war und dass es noch nach Wasser schmeckte. Der Genuss war durch dieses Wissen umso größer. Wie gern hatte ich immer an diesem Ort mein Haar gewaschen. Obwohl es eigentlich überflüssig war, tat ich es, um des Erlebens willen.

Plötzlich war mir der Freund gegenwärtig. Er würde nicht an meinem Tisch sitzen, aber ich freute mich schon darauf, ihn zu sehen. Was mache ich nur, dachte ich. Es sieht ja ganz so aus, als hätte ich ihn auserkoren, mein Liebhaber zu werden. Ich lachte. Es war alles absurd. Dieser Gedanke, überhaupt ein Gedanke, der in diese Richtung ging. Nichts lag mir ferner, als an einen Liebhaber zu denken. Es konnte keine Nachfolge geben für das Gefühl, das mich mit meinem Mann verband, und Ersatz schon gar nicht.

Meine Bewegungen waren in den vergangenen Wochen andere geworden. Früher war es oft geschehen, dass ich irgendein Möbelstück im Vorübergehen gestreift hatte, unabsichtlich, weil ich gewöhnlich mit schnellen Bewegungen durch die Räume ging und schon aus diesem Grunde leicht anecken konnte. Die Verlangsamung meiner Bewegungen musste etwas zu tun haben mit den Ereignissen. Es schien einen Zusammenhang zu geben zwischen der Bewusstwerdung der Bewegungsabläufe und ihrer besseren Koordinierung mit dem, was sich in meinem Denken verändert hatte. Das Wegfallen jeglicher Angst, die Einsicht in die Tatsache, dass mir kein Eingriff in das Schicksal möglich gewesen war, wovon ich früher überzeugt war, dann auch die Aufhebung der gerafften Zeit und des dazugehörigen Planens, die Dehnung eben dieser zu einer wie immer gearteten Zukunft, die ich nicht hatte wahrhaben wollen, das Akzeptieren des Unabänderlichen.

Dies zusammengenommen, und vielleicht noch die Erkenntnis, doch nicht so vieles falsch gemacht zu haben, gaben mir mehr Sicherheit, auch bei der Bewegung meines Körpers zwischen den Dingen, bei den Menschen sowieso.

Es gab Tage, an denen ich mir vorkam, als hätte ich Erkenntnisse gewonnen, die anderen das Leben lang nicht zugänglich waren. Oder war es die einfache Tatsache, dass ich zu mir selbst gefunden hatte. Das wäre aber ein recht langer Umweg gewesen. Alles deutete jedoch darauf hin, dass die Ruhe, die über mich gekommen war, eine unbekannte Kraft hervorgebracht hatte, und die kam aus einer Ecke meines Daseins, wo ich sie nie vermutet haben würde. Fast schämte ich mich meiner Stärke an diesem Tag.

Da die Haare nicht so schnell trockneten, wie ich das gern gesehen hätte, musste ich mit dem elektrischen Gerät nachhelfen. Sonst würde es mir kaum noch gelingen, allein zu frühstücken. Ich zog meine brombeerfarbenen Jeans und den schwarzen Pullover an, die bequemen schwarzen Lederschuhe mit dem Reißverschluss. Es war inzwischen 7.30 Uhr. Leise schloss ich die Tür hinter mir, ging den langen Gang entlang und dann die Treppe hinunter. Eine junge Frau, sympathisch mit offenem Blick, fragte mich, ob die anderen auch gleich kämen. Ich verneinte, ich wisse gar nicht, ob die wirklich in der vorigen Nacht eingetroffen seien. Das wurde mir nun von der, wie sich herausstellte, jungen Hotelpächterin bestätigt. Ich habe immer wieder gern Kontakt aufgenommen zu meinen Landsleuten. Ich mochte ihre Art, die Dinge auf den Punkt zu bringen, sich nicht zu zieren, mit Fremden zu reden wie mit Langvertrauten.

Ich setzte mich an den einzigen gedeckten Tisch und erfuhr, dass die anderen Gäste bereits das Haus verlassen hatten. Mir war bekannt, dass Handelsvertreter zu der Stammkundschaft dieses Hotels gehören, zumindest während der Arbeitstage. Dass diese jedoch so früh aufstanden, war neu.

Wie ich bald erfahren sollte, gab es eine neue Art von Gästen. Zwei große Maschinenfabriken, zu denen auch einige kleinere Werften gehörten, hatten eine große Zahl Werftfacharbeiter aus Rostock angeheuert. Diese waren gern gekommen, da sie in ihrer Heimat keine Arbeit mehr hatten, eine der vielen Konsequenzen der überall von den Unbedarften gefeierten neuen deutschen Einheit.

An sich war diese Art von Austausch nichts Schlechtes, wenn nicht die Bezahlung eine miserable gewesen wäre. Die Leute arbeiteten für ein Drittel des üblichen Lohns und mussten noch dankbar sein. Sie wohnten während der Woche in den Hotels und fuhren, wenn sie es sich leisten konnten, am Freitagabend nach Hause, was immerhin über vierhundert Kilometer Fahrt, und nicht etwa nur Autobahnfahrt, bedeutete. Die Pächterin berichtete über Spannungen zwischen den westdeutschen und den ostdeutschen Arbeitern. Wer sich darüber noch wunderte, dem wäre nicht zu helfen, meinte sie. Ich stimmte mit ihr überein. Deshalb waren die Gäste immer früh aus dem Haus.

Andere Stammgäste blieben dafür aus, denn es hatte durch einen Zeitungsartikel ein Gerücht gegeben, Asylanten seien nunmehr die Bewohner in den Hotels an der Promenade. Das aufzuklären war keine einfache Arbeit gewesen.

Ich war mit dem Frühstück recht zufrieden, obwohl das Hotel, in dem ich mit Thomas immer zu Gast gewesen war, ein besseres bereithielt. Was eigentlich merkwürdig war, denn der eine musste doch vom anderen wissen, was dieser anbot. Aber offensichtlich war die Auslastung gut genug, so dass man sich darüber keine Gedanken zu machen brauchte.

Nachdem ich einige Artikel in der lokalen Tageszeitung überflogen hatte - die würde sich auch in den folgenden zwanzig Jahren nicht ändern - stand ich auf, um Jacke und das Halstuch zu holen.

Der Sonnenschein lockte mich hinaus. Es war immer noch früh. Ich dachte einen Moment an den fremden Freund, war sicher, dass er noch nicht aufgestanden war, ich käme also nicht zu spät, um ihn am Frühstückstisch begrüßen zu können.

Das Hotel war sehr gut beheizt, das merkte ich beim Hinaustreten. Wie man immer wieder hereinfiel auf die ersten Sonnenstrahlen eines blauen Frühlingstages. Ich sog die Seeluft ein, schloss für einen kurzen Moment die Augen. Das Licht blendete mich. Ich gewöhnte mich schnell daran. Ich ging in Richtung Strandhalle, wollte nachsehen, was am Helgoland-Kai los war. Zweimal hatte ich diese

Seereise unternommen, 25 Jahre lagen zwischen den beiden Fahrten. Es waren Welten. Und doch, ich hatte mich nicht so wesentlich verändert in dieser Zeit, wenn ich ehrlich war, musste ich das eingestehen. Die Frage war nur, wie das zu bewerten war. Und die Instanz, die das objektiv hätte sagen können, die gab es nicht. Drei Schiffe lagen vertäut. Eines wurde gerade gesäubert. Ein anderes wartete auf mehr Gäste für eine der Hafenrundfahrten, an denen immer wieder Leute Gefallen fanden, obwohl die Enttäuschung danach programmiert war. Man stellte sich vor, von großen Schiffen der Kriegsmarine viel sehen zu können, aber wenn man Glück hatte, bekam man ein Minensuchboot oder vielleicht auch mal eine Fregatte zu Gesicht. Das wurde einem vorher jedoch nicht angekündigt.

So beeindruckten den einen oder anderen noch die Ölpier und die großen Tanker. Aber heute waren daran schon ein anderes Wissen und eine andere Angst geknüpft, das Gigantische verbreitete eher Schrecken als Bewunderung. Auch hier hatten sich die Zeiten, nicht nur die Wirtschaftsdaten, geändert.

Ich wendete, ging dem Wind entgegen, der hier meistens von Nordwesten kam. An einem der Hotels hatten bereits die ersten Handwerker ein Gerüst hochgezogen und machten sich an der Fassade zu schaffen. Die Häuser waren neu verklinkert und die Steine mussten verfugt werden. Anscheinend war für diesen Tag kein Regen gemeldet worden.

Der Schwiegervater und einer der Söhne saßen schon am reich gedeckten Frühstückstisch. Der Schwiegervater erhob sich, um mir einen seinen trockenen Altmännerküsse auf jede Wange zu drücken. So sehr ich das immer gehasst hatte, heute war es mir gleichgültig, mit dieser Vertraulichkeit wurde ich fertig. Das hatte keine Bedeutung mehr. Es rückte sich in letzter Zeit vieles zurecht. Mir fiel das schon noch auf, aber es konnte zu keinem Thema mehr werden. Der Sohn saß strahlend da in blütenweißem Hemd und einer Serviette im Knopfloch. Diese Szene erinnerte an einen französischen Film, aber nur, wenn jemand käme und das Tischtuch wegreißen würde, dachte ich.

Vor dem Fenster krabbelten die Handwerker herum, worüber der Vater den Kopf schüttelte. Das war doch keine feine Art nach seinem Verständnis. Er äußerte sich jedoch mir, seiner Schwiegertochter gegenüber wohlgefällig über die Wahl des Hotels und dass er gut geschlafen habe. Das tat er meinem Gedächtnis nach in jeder Nacht, aber er erwähnte es stets als etwas nicht Selbstverständliches. Was sollte man von einem 86-jährigen Mann erwarten. Er war schon, insgesamt gesehen, eine Ausnahme, sowohl von der geistigen als auch von der physischen Verfassung her, nur durch das Gehör gehandicapt, was er als unabänderlich hinnahm. Aber oftmals bestimmte er das Gespräch, bis es ihn ermüdete, weil der eine oder andere einfach nicht laut genug sprach und er Nachfragen lästig fand. Dann versank er in eine eigene Welt, und ich hätte gerne mehr darüber gewusst. Auf eine Frage von mir hätte er jedoch nur floskelhaft geantwortet, dessen war ich sicher. Was der alte Mann zum Frühstück seinem Magen antat, war unglaublich. Der Kaffee war sehr stark. Man verstand hier nichts vom Zubereiten des Kaffees, da die Gäste normalerweise Tee tranken, der als Regionalgetränk in gutem Rufe stand und diesen auch hielt. Aber auf die Idee wäre der Alte nie gekommen. Die Frühstückseier waren eine Selbstverständlichkeit, der Orangensaft ebenso. Wurst und Käse schwanden merklich mit jeder Gabelbewegung. Das alles dauerte seine Zeit. Es machte fast Vergnügen, diesen Mann so essen zu sehen. Selbstverständlich waren diese normalen Dinge des Alltags. Wie weh hatte es mir getan, mit ansehen zu müssen, wie bei meinem lieben Thomas dies durch einen Handstreich plötzlich aufgehoben worden war. An manchen Tagen hatte ich geglaubt, selbst nichts mehr essen zu können.

In dem Moment sah ich Max im feinen Anzug und den Freund in Jeans in den Frühstücksraum kommen. Mir war, als würde neue Kraft in mich hineinströmen, als er endlich Platz an meiner Seite genommen hatte. Ich spürte, er war von den anderen gut aufgenommen, weil er als Thomas' Freund nicht kritisierbar war. Das schätzte ich dann doch an dieser Familie, dass es auch in Bezug auf Konventionen Grenzen gab, die der eine oder andere überschreiten durfte. Das hatte nicht zuletzt mein Mann bewirkt, der auf Äußerlichkeiten selten Wert gelegt hatte.

Ich versuchte nicht, das Wort an den Freund zu richten. Es reichte die Nähe. Ich sah ihn ab und zu an, er mich auch, aber ich hätte nicht sagen können, ob sein Blick vom gleichen Bewusstsein getragen oder ein Blick war, wie er ihn jedem der anderen auch zugedachte. Ich war froh, dass die Runde noch klein war und ich das Geschwätz nicht mitanhören musste, das sich unweigerlich in einer größeren Gruppe ergeben würde. Die Menschen, die jetzt am Tisch saßen, waren doch alle mehr oder weniger von einem einzigen Gedanken besetzt, das sah ich ihnen an. Wie würde dieser Tag am Abend aussehen, und wie würden sie dastehen? Ich spürte hinter den Fassaden die Anspannung, die Augen verrieten es mir. Manchmal seufzte der Vater fast unmerklich, nachdem er sich wieder mit der Serviette über den Mund gewischt hatte. Irgendwie tat mir der Alte leid. Dabei war das gar nicht nötig, dachte ich. Der würde auch das überleben, obwohl seine Söhne schon ganz andere Situationen für kritisch befunden hatten, zu Unrecht, wie sich immer wieder herausgestellte, sei es im Hochgebirge gewesen oder bei seinen Autofahrten oder ähnlichen Anlässen.

Max und der Freund hatten gerade das Frühstück beendet, als der Schwager und die Schwägerin den Raum betraten. Sie fragten mich, ob ich den Sohn vom Bahnhof abholen könnte. Er würde gegen 10 Uhr dort eintreffen. Das wurde beschlossen. Und auf diese einfache Weise war es möglich, noch einmal der Familie zu entkommen.

Die beiden Männer hatten eine gute Nacht verbracht. Ich hätte von dem Freund zwar gern mehr erfahren, aber durch die Gegenwart Maxens waren meiner Neugier Grenzen gesetzt. Wir hatten noch ausreichend Zeit für einen Spaziergang, bevor wir zum Bahnhof führen. Ich erzählte meinen Begleitern, wie der Strand und die gesamte Hotelanlage zehn Jahre zuvor ausgesehen hatten. Und ich kam wieder auf den Gedanken zurück, den ich bei der Einfahrt am Vorabend gehabt hatte, nämlich was aus mir geworden wäre, wäre ich an diesem Ort geblieben. Es war und blieb unvorstellbar. Sicher war die Zeit auch hier nicht stehen geblieben. Aber der Ort war so außerhalb aller Anregungen und Versuchungen geistiger Art, außerhalb aller Gefahren, die nun mal zum Leben gehörten, so kam es mir vor, so verschlafen, so provinziell; aber dann dachte ich, das meiste spiele sich doch im Kopf ab, und von daher sei diese Einschätzung sicher nicht richtig. Es wollte mir aber nicht gelingen, die Umstände zu entdecken, unter denen ich den Reiz hätte verspüren können, hierher zurückzukommen. Die beiden Männer konnten sich ein Leben in einer solchen Stadt auch nicht vorstellen.

Ich bat sie einzusteigen. Die Fahrt zum Bahnhof führte am Kanal entlang. Ich zeigte ihnen die kleinen Bootswerften und erzählte, Thomas habe immer davon geträumt, ein Boot zu besitzen, um damit zu den Inseln fahren zu können. Wir passierten einen kleinen Yachthafen und kamen an einen Binnensee, der den Surfern vorbehalten war, die hier üben durften.

Ich hatte während meiner Ausführungen keine Kommentare erwartet. Die blieben auch aus. Fragen ebenso. Am Bahnhof angekommen, ging Max direkt in die Buchhandlung, um Zeitungen zu kaufen, er konnte auch an diesem Tag nicht auf sie verzichten. Warum der Mensch sich einredet, etwas verpassen zu können, wenn er einmal von seinen Gewohnheiten abweicht. Die einen glauben, ausgerechnet dann, wenn sie vergessen haben, ihren Lottoschein abzugeben, würden sie gewonnen haben, und dann wäre auch diese einmalige Chance vergeben.

Der Freund und ich waren auf den Bahnsteig gegangen. Zwei Züge standen dort, als würden sie immer dort stehen. Es gab keine Bewegung oder Geräusche, aus denen man hätte schließen können, dass soeben ein Zug eingelaufen war. Alles war ruhig. Nach dem Fahrplan hätte fünf Minuten zuvor einer gekommen sein müssen. Entweder waren nur wenige Leute darin gewesen, die sich schon verlaufen hatten oder er hatte Verspätung und würde erst noch kommen. Wäre da nicht die Sonne am Himmel gewesen und hätte es gar geregnet, die Atmosphäre wäre mir absurd erschienen. Ein Sackbahnhof, fast menschenleer, der Bahnsteig menschenleer. Vor dem Bahnhofsgebäude kein Taxiverkehr, nirgendwo Koffer oder Gepäckwagen, kein Würstchenstand mit Reisenden. Selbst die Buchhandlung hatte nur einen einzigen Kunden, und der war wohl rein zufällig dort.

Der Neffe also, der um zehn Uhr erwartet wurde, war ausgeblieben. Ich hatte vereinbart, wenn wir ihn aus irgendeinem Grund verfehlten, riefe ich im Hotel an, um nachzufragen, ob er bereits dort sei. Der Apparat war jedoch außer Betrieb. Schließlich war der junge Mann gut zu Fuß, dürfte kaum Gepäck haben, und der Weg zum Strand war in zwanzig Minuten zu bewältigen. Die Rückfahrt durch die mir vertrauten Straßen war für mich keine Reise in die Vergangenheit. Ich nahm zwar wahr, bewertete jedoch nicht. Ich fühlte auch keine Veranlassung, Geschichten zu erzählen. Ich war erstaunt über mein Unbeteiligtsein und schrieb das den besonderen Umständen zu. Das war natürlich eine zu einfache Erklärung. Das internationale Surf-Festival fiel mir ein, als wir wieder ans Wasser kamen, ich war als Zuschauerin dabei gewesen. Wie die jungen Leute in der Kälte und bei Regen und Windstärke sieben ausgeharrt hatten in ihren dünnen Anzügen und auf den Start warteten. Eine eigenartige Stimmung hatte an jenem Tag geherrscht, und doch war niemand unzufrieden gewesen. Am ehesten noch die Schaulustigen, denen das Wetter einen Strich durch die Rechnung gemacht hatte. Ich war allein gegangen, während Thomas sich im Hotel aufhielt.

Eine leise, mich jedoch sehr erregende Vorstellung, ich könne meiner Schwester begegnen, hatte mich ergriffen. Immer wieder hatte ich ausgespäht, ob ich sie in der Menge entdeckte, was dank ihrer Körperlänge ein leichtes gewesen wäre. Aber so oft ich auf und ab ging und so viele Leute mir auch begegneten, das Glück war nicht auf meiner Seite. Ich hätte das als Glück aufgefasst. Damals noch. Heute war alles in mir verhärtet, sobald ich an meine Schwester dachte. Ich fühlte mich allein gelassen. Immer hatte ich gehofft, wieder Zugang zu ihr zu finden. Wir waren schon eine komische Familie, einer sturer als der andere. Und was hatte man davon? Als wir über die große Drehbrücke fuhren, zuckte ich am Steuer unmerklich zusammen. Da ging eine alte Frau, gebeugt gegen den Wind, mit traurigem Gesicht und fast gänzlich grauem Haar, eine Tasche am Arm. Sie sah aus wie meine Mutter. Was für ein seltsamer Zufall, wenn sie es wäre, dachte ich mir, während ich im Schritt über die Brücke fuhr, wie es vorgeschrieben war, und die alte Frau überholte. Etwas wie das Wiederaufreißen einer lästigen Wunde hatte mich erfasst, und ein wenig Wehmut, warum alles so sein musste, wie es war. Ich sagte den beiden Männern nichts. War fast sicher, dass die Frau meine Mutter war. Wenn ich noch Zweifel habe, dachte ich dann, ob sie es ist oder nicht, wird sie es wahrscheinlich doch nicht gewesen sein. Was wollte sie auch auf dieser Brücke? Weit ab von ihrer Wohnung. Das war an sich schon ein merkwürdiger Tatbestand und sprach gegen das, was ich zu erkennen glaubte. Warum sollte die Mutter nicht ihre Gewohnheiten geändert und nach dem Tode ihres Mannes ihre Spaziergänge hierher verlagert haben. War das doch immerhin ein Platz, an dem sich zu bestimmten Zeiten viele Menschen aufhielten, Touristen, Einheimische, Rentner, Radfahrer, die auf den Deichen entlang radelten. Aber sie, der das Gehen Schmerzen bereitete, war zu Fuß unterwegs, das verstand ich nicht. Bis mir einfiel, dass es eine Busverbindung geben musste, bis vor die Brücke. Es konnte nur so sein. Dann überlegte ich, ob es nicht vielmehr so sein könnte, dass ich insgeheim vielleicht doch meine Mutter hatte besuchen wollen. Und da ich es nicht getan hatte, sie so sehr herbei wünschte, dass ich in einer alten Frau, die ihr ähnlich sah, sie zu erkennen glaubte. Diese Erklärung gefiel mir nicht besonders, wenn sie auch plausibel schien.

Familientafel

Es war nicht meine Art, die Dinge auf sich beruhen zu lassen und auf Klarheit zu verzichten, wenn es schon Wahrheit nicht gab. Aber in diesem Falle, und das schrieb ich wieder der besonderen Situation zu, in der ich mich befand, war mein Interesse nicht groß genug, die Frau zu identifizieren. Das hätte geheißen, umzukehren oder stehen zu bleiben, gar die Frau anzusprechen, spätestens dann wären alle Zweifel ausgeräumt. Wir fuhren auf den Hotelparkplatz, meine Begleiter, die ja nichts von alledem bemerkt hatten, gingen wie selbstverständlich an meiner Seite.

Der vermisste Neffe, der, wie er erzählte, pünktlich angekommen war und sich, da das Wetter ihn dazu eingeladen hatte, zu Fuß auf den Weg zum Hotel begeben hatte, begrüßte mich. Wir mochten uns und gingen auf dem Deich - man hatte vor dem Mittagessen einen Spaziergang geplant - ein Stück gemeinsam. Er erzählte von seinen Plänen, nach Basel zu gehen für ein Semester und dass er eine neue Freundin habe, auch, dass er mich bald einmal besuchen werde. Unbekümmert in seiner Jugend ging er neben mir. Ich fragte mich, ob ich wirklich damals, als ich so alt war wie er heute, bereits viel reifer gewesen sei oder ob das nur rückblickend sich so darstellte. Es wuchs rasch ein bisher nicht gekanntes Desinteresse an meinem Neffen. Er plapperte vor sich hin, schien mir, hatte er überhaupt begriffen, was geschehen war? War es sein väterliches Erbe, das ihn in diesem Moment alles zureden ließ? Ich ging langsamer, bis der Freund auf meiner Höhe war, und hier fühlte ich mich zuverlässig gut aufgehoben. Da war kein Wort, kaum eine Geste, da war nur Anwesenheit in einem scheinbar gefestigten Selbst. Manches Mal berührten sich beim Gehen unsere Arme. Noch durch die grobe Kleidung hindurch war Nähe möglich. Ich spürte, er wich nicht aus, es blieb so beiläufig und unwillkürlich, wie es war. Gern hätte ich mich mit ihm in eine dieser Teestuben gesetzt und über das gesprochen, was mein Anliegen war. Es blieb nicht die Zeit dazu. Wir wollten pünktlich um die Mittagstunde essen, da das Schiff um 14.00 Uhr ablegen würde.

Max hatte bereits einige Male irritiert versucht, mich anzusprechen. Er merkte, dass er mit Worten und Gesten nicht durchdrang. Ab und zu sah er mich verständnisvoll, ja beinahe verschwörerisch an, als teile er mit mir ein Geheimnis, das die anderen ausschloss. Ich konnte nicht darauf eingehen. Dabei war Max hauptsächlich meinetwegen mitgekommen. Nun wurde ich plötzlich auf eine merkwürdige Weise autonom, als beginne ein Ablösungsprozess, den er nicht würde aufhalten können. Nicht, dass ich von ihm abhängig wäre, aber ich hatte seinen Rat geschätzt und hing auch an ihm, der, wenn auch mit in den Jahren zunehmenden Schwierigkeiten, stets zu mir gehalten hatte. Er hatte sich verändert, das hatte ich ihm eines Tages gesagt.

Aber da er nie über sich sprach oder nur floskelhaft und verschämt, so als habe er als Person keine Bedeutung, war es eben auch nicht möglich, diese Veränderung zu thematisieren. Wie früher schon, igelte er sich jetzt noch mehr ein, wurde ab und zu ungerecht, verlor die Kontrolle über das, was er sagte, und konnte eigentlich kaum noch unbefangen lachen oder Freude zeigen. Als sei ihm der Spaß gerade an den kleinsten Dingen abhanden gekommen. Ich fühlte mich irgendwie verantwortlich, sagte mir aber gleichzeitig, dass es ja sein Leben sei, und was er daraus mache, hätte ich zu akzeptieren. Aber wer sieht schon gern, wenn jemand auf dem Wege zu sein scheint, dauerhaft unglücklich zu werden. Umso mehr war es eine Neuigkeit für ihn, dass ich ihm kaum Beachtung schenkte. So schien es ihm das Vernünftigste, auch an meiner Seite zu bleiben, um das Dreierbündnis zu erhalten.

Als wir das Restaurant betraten, war die Familie vollzählig. Die Nachzügler, die nachts eingetroffen waren und eine lange Geschichte zu erzählen hatten, sich dabei lautstark stritten, wurden begrüßt. Dann wurden ihnen die Speisekarten übergeben. Nach der ersten Pilsbestellung vertieften sich alle in die Karten, als gäbe es neue Welten zu entdecken. Dabei war dies kein Feinschmeckerlokal, doch der Fisch war frisch und das Angebot vielfältig, das allein war das Kennzeichnende. Ich wurde zu der einen oder anderen Erklärung aufgefordert, weil man der Meinung war, vom Fisch müsse ich am meisten verstehen. Das stimmte nicht. Ich hatte keine Lust zur Aufklärung darüber, was man in meiner Familie von Fisch gehalten hatte. Mein Vater hatte Fisch nur gegessen, wenn glaubhaft versichert worden war, es sei auch nicht eine Gräte mehr enthalten, die sein Leben gefährden könne. Meine Mutter, die den Fisch zuzubereiten hatte, ekelte sich vor Fischgeruch im Allgemeinen und in ihrer Küche im Besonderen.

Als die Kellnerin kam, um die Bestellung aufzunehmen, war noch längst nicht für jeden klar, was er bestellen würde. So eine Familie war schon ein schwerfälliges, wenn auch eingespieltes Etwas, als könne niemand ohne den anderen eine Entscheidung treffen. Erst wird verglichen, wer was bestellen will, dann wird über Preise gesprochen, die Bestellung umgewandelt, kommen die Speisen dann endlich auf den Tisch, wird wieder verglichen, manchmal gar neidisch. Die Kellnerin, die an diesem langwierigen Prozess nichts Besonderes zu finden schien, stand gelassen da und sah aus dem Fenster. Wie sollen wir das nur rechtzeitig beenden, dachte ich, als ich mir ein zweites Pils bestellt hatte. Das Schiff wird nicht lange auf uns warten. Am liebsten hätte ich auf die Teilnahme an dieser Tafel verzichtet. Ich hatte keinen Appetit, während die anderen sich ganz offensichtlich intensiv mit ihren gewählten Speisen beschäftigten.

Während dessen übernahm der alte Herr die Gesprächsführung. Er erzählte dabei zum wiederholten Male, dass er während seiner Berufstätigkeit diese Stadt schon kennen gelernt hatte. Er prostete mir zu.

Manchmal erwischte ich mich bei dem Gedanken, es gebe für mich nur zwei Möglichkeiten, mein Leben zu leben: entweder mit viel Nachsicht den anderen gegenüber oder aber mit einer bisher nicht geahnten Brutalität. Zwischen diesen Extremen konnte ich mir nichts vorstellen. Ich schrieb diese Unfähigkeit meinem Zustand zu, fürchtete jedoch gleichzeitig, es könne sich um etwas längerfristig Vorhandenes handeln, was sich letztlich manifestierte. Vielleicht war Furcht in diesem Zusammenhang nicht das richtige Wort, ich stellte mir vielmehr vor, ein Wandel gehe unmerklich vor sich, ich könne das gar nicht messen, irgendwann in der Zukunft würde mir jemand sagen: du bist ganz schön brutal geworden.

Das wäre dann der Tag zum Nachdenken, aber auch nur das, nichts weiter. Eine Umkehr wäre für mich nicht mehr möglich.

Ich hatte während der Präliminarien schon einige Male das Bedürfnis verspürt, zu äußern, was ich dachte, nämlich, dass sie nicht so viel heucheln sollten, sondern richtig sprechen oder aber stumm sein, dass es ein Witz sei, gemeinsam in dem Restaurant zu sitzen, da man sich letztlich nichts zu sagen habe. Dann fiel mir ein, dass ja gerade das normal war. Und ich lachte über meine Ansprüche.

Doch wusste ich mit einemmal, es würde über diesen Tag hinaus keinen Kontakt mehr geben mit der Familie meines Mannes.

Der Salat, den ich bestellt hatte, wurde aufgetragen. In einem Zukunftsroman hatte ich einmal über ein Volk gelesen, dessen Mitglieder es als unfein erachteten, gemeinsam zu speisen. Ja, sie stuften es geradezu als barbarisch ein. Und das war es auch in meinen Augen meistens. Mir war unverständlich, wieso in der kulturellen Evolution des Menschen diese gemeinsame Triebbefriedigung nicht irgendwann einmal zu einer intimen Angelegenheit hatte werden müssen. Vielleicht sind sie noch nicht so weit, und es kommt noch, dachte ich. Besser wäre es, nur ich werde es wahrscheinlich nicht mehr erleben.

Ich blickte nicht mehr hoch, aß meinen Salat, hörte kaum noch die Gesprächsfetzen und andere Geräusche, die sich sammelten und sich wieder entfernten.

Ich sah auf die Uhr, ich war unruhig und hatte gleichzeitig Angst davor, dass die Zeit schnell verginge, und doch wünschte ich, sie möge voranschreiten. Es war schon 13.30 Uhr. Wie komme ich hier jetzt ohne größere Erklärungen abgeben zu müssen heraus, fragte ich mich.

Ob es das Bier war oder die Atmosphäre in dem Restaurant, außer mir schien keiner der am Tisch Sitzenden sich auf irgendeine Weise über die Tageszeit Gedanken zu machen oder überhaupt danach zu fragen. Dabei war allen klar, dass wir um 14.00 Uhr am Schiff zu sein hatten.

Ich erhob mich abrupt, mit Absicht, um nicht viel Möglichkeit zu lassen für genau formulierte Fragen, erklärte dem Freund, schon mal den Liegeplatz des Bootes ausfindig machen zu wollen und er möge dafür sorgen, dass alle sich rechtzeitig auf den Weg begäben. Ich würde ihnen entgegenkommen, um sie zu dem Platz zu führen. Vom Restaurant aus wären es nur vier, fünf Minuten. Wider Erwarten nahm niemand sichtbare Notiz von meinem Aufbruch. Schnell erreichte ich die Tür und konnte erst aufatmen, als ich im Wind stand, mir die Jacke zuknöpfte, die Tasche über die rechte Schulter hing und einfach loslief. Meine Beine brachten mich auf dem kürzesten Weg über einen kleinen Trampelpfad und die Schleusenbrücke auf die Promenade. Ich ging zum Wagen, um aus meinem Gepäck eine Cremedose zu holen. Ich hatte das Gefühl, als spanne sich die Gesichtshaut. Ich wusste, dass auf dem Schiff, wenn ich mich auf dem Deck aufhielte, die Sonnenstrahlen, vom Wasser reflektiert, die Spannung noch verstärken würden, dazu der Fahrtwind, dem musste ich vorbeugen, mich wappnen. Wie hatte ich das vergessen können.

Aber war es das wirklich? Konnte ich diesen Gedanken trauen, waren sie nicht vielmehr Vorwand, um mich aus der Gesellschaft zu befreien? Wenn ich einfach nicht zurückginge, dachte ich, die Leute ohne mich fahren ließe, was würde sich dadurch ändern. Nichts an meinem Leben, nichts an meinem Verhältnis zu den anderen, gar nichts, oder hätte ich etwas versäumt, das nachzuholen unmöglich wäre, wie überhaupt Versäumtes nicht nachholbar war, und wenn, was hieße das? Sollten die andern doch eine lustige Seefahrt unternehmen, was brauchten die mich dabei? Ich stellte dann aber fest, dass ich bereits auf dem Rückweg war.

Für einige Minuten blieb ich an der Mauer stehen, um auf das Wasser hinauszuschauen. So ein schöner Tag, so sinnlos schön und so überflüssigerweise gerade heute, Ironie des Schicksals, dachte ich, wenn es das geben sollte. Und ich, war ich gezwungen, die mir zugedachte Rolle zu übernehmen oder bildete ich mir das nur ein? Ich kann ihn nicht allein lassen, dachte ich, mich entziehen, ausgerechnet heute geht das nicht. Und gerade heute hätte es sein müssen.

Ist in Wirklichkeit nicht alles schon abgelaufen, und stehe ich nicht hier, einsam und klug, wissend und unglücklich? Ich wusste, ich hatte die Feuertaufe erst noch vor mir. Als ich das erste Mal auf einem Schiff den Äquator überquert hatte, war das genauso unmerklich vor sich gegangen. Dabei war ich sicher gewesen, ich würde genau die Stelle spüren, aber nichts dergleichen war auszumachen gewesen. Ein romantisches Gefühl, die Überschreitung einer Grenze, die keine ist, keine Initiation, nichts, was blieb, was mir später hätte helfen können. Und doch war ich sicher, den anderen immer mindestens einen Schritt voraus zu sein.

Dieses durch Welten Getrenntsein hatte mich selten verlassen, nur bei meinem Mann, in seiner Gegenwart, kannte ich dieses Gefühl nicht. Da hatte es Gleichzeitigkeit gegeben, wortlose Übereinkunft, ausgesprochenen Beweis der Nähe im Wort, im Lachen, in der Traurigkeit. Wo war das hin? War es das, was mir fehlte, und war es das, was ich suchte und in dem Freund zu erkennen glaubte? Aber ich wusste mit einemmal, ich übertrug lediglich meine Wünsche, projizierte das Vermisste in seinen Blick, sein Verhalten, seine Worte, und es war doch ganz anders. Er war nur ein unbehauener Stein, hatte nichts von der geschliffenen Schärfe, mit deren Hilfe etwas zum Strahlen gebracht werden konnte. Alles um mich herum war fad, und ich war einer Täuschung erlegen, einer Fatamorgana, weil ich sehen wollte, was doch nicht existierte. So ist das also, ich bin offensichtlich fähig, mich bewusst täuschen zu lassen, dachte ich.

Inzwischen fehlten nur noch fünf Minuten bis zum Ablegen des Schiffes. Von dem Punkt aus, an dem ich mich befand, konnte ich den gesamten Weg bis zum

Restaurant einsehen. Die Gruppe hätte mir längst entgegenkommen müssen. Es war jedoch niemand zu sehen. Sollten sie bereits zum Boot gegangen sein, sich selbst informiert haben? Das glaubte ich nicht. Wir hätten uns begegnen müssen. Ich sah das Boot am Kai liegen und auch zwei Männer, die in der Sonne standen und offensichtlich zur Besatzung gehörten. Ich ging auf sie zu und bat sie, sich noch ein paar Minuten zu gedulden, ich müsse erst die Familie holen. Dann eilte ich zum dem Restaurant. Dort angekommen, stellte ich fest, dass der Tisch, an dem die Gruppe gesessen hatte, leer war. Die Kellnerin sagte, sie seien einige Minuten zuvor aufgebrochen. Mir war das ein Rätsel, es passte aber irgendwie in die Stimmung, alles war mehr oder weniger diffus, warum sollte diese Angelegenheit klarer sein. Trotzdem, wie konnte es geschehen, dass wir uns verpasst hatten. Vom Restaurant zum Schiff waren es vielleicht 5oo Meter, und nichts verdeckte die Sicht. Selbst wenn die andern den Umweg über die Straße, die hinter dem Deich lang führte, genommen hätten, auf dem letzten Stück des Weges hätten wir uns nicht verfehlen können.

Es blieb mir nur der Weg zurück zum Boot, um das Rätsel aufzuklären. Dabei fiel mir ein, dass ich die sogenannte Reisepille noch gar nicht geschluckt hatte. Man konnte ja nie wissen, mit welchem Wind zu rechnen war, und ich wollte sicher gehen, nicht seekrank zu werden. Ich holte die kleine weiße Pille aus der Verpackung und legte sie auf die Zunge. Ich sammelte Speichel, um die Pille hinunterschlucken zu können. Als ich mich dem Schiff wieder näherte, sah ich Max mit wehendem Mantel auf mich zukommen. Er machte eine Geste, als wolle er sagen, es sei nicht schlimm, dass ich zu spät komme, aber nun sei es gut, dass ich da wäre.

Eine Bootsfahrt

Es ist wie in einem komischen Film. Auf dem Deck die vertrauten Gesichter, die Suchende wird vermisst und ist heimgekehrt, der Kapitän freut sich, dass es endlich losgehen kann. Ich habe kaum den Fuß auf das Schiff gesetzt, da werden schon die Taue gelöst, und die Fahrt beginnt.

Es spielt sich alles mit einer Geschwindigkeit ab: das Entdecken der vollzählig vorhandenen Gruppe, das Abschätzen der Schiffsgröße, das Feststellen der Besatzung, der Rundgang auf dem Deck, der Blick in die Kajüte, der Gedanke, dass bei einsetzendem Regen Platz genug vorhanden sein würde.

Der Kapitän stellt sich vor. Ein anderer Mann bietet Decken an, immerhin ist es erst Anfang April. Der Kapitän ist sympathisch, hat eine kräftige Stimme und erklärt, dass wir in zwei Stunden zurück sein würden. Dass das Wetter gut sei, der Wind mäßig, und er sagt, wo zurzeit Windschatten zu finden sei für die Empfindlicheren. Mir sagt Max, dass ein Besatzungsmitglied, der Dritte, der für die Kombüse verantwortlich sei, die Gruppe mit dem Wagen abgeholt habe, weil es bereits 14.00 Uhr war. Ich begreife nicht, warum sie mich nicht entdeckt haben. Aber ich vergesse es, weil es mich langweilt. Außerdem bin ich wieder einmal bestätigt, denn ich habe Gruppenreisen nie ausstehen können.

Das Schiff hätte noch mehr Leuten Platz geboten, so können die wenigen sich entsprechend ausbreiten. Ich stelle mich an die Reling, wie selbstverständlich neben den Freund. Ich schließe die Augen und spüre die Sonne auf dem Nacken. Eine Weile stehe ich so da, mich nicht gegen die Bewegungen des Schiffes sträubend, auf der linken Seite notfalls vom Freund gehalten zu werden. Es ist eine

Ruhe in mich eingekehrt, ich könnte weit, ganz weit mit diesem Schiff aufs Meer hinausfahren. Arwed steht fest neben mir. Ich atme den Duft, den die lederne Jacke ausströmt, lehne mich ein wenig an den Mann, er weicht nicht. Wir bleiben stehen, wo wir sind. Ich weiß nicht, ob er wahrnimmt, wie in der Nacht zuvor. Ich weiß gar nichts über ihn. Ich habe plötzlich Sehnsucht nach größerer Nähe. Aber was soll ich hier schon tun, man kann ja nicht mal miteinander sprechen bei dem Wind.

Die andern habe ich vergessen. Nun stelle ich fest, dass die ja auch noch da sind. Jeder erwartet irgendetwas von mir, und wenn es nur ein Wort oder ein Lächeln ist. Woher soll ich das alles nehmen, Worte und Kraft zum Lächeln. Ich habe das Gefühl, mein Lächeln müsse erstarren und dabei werde eine ganz schlimme Maske zum Vorschein kommen, die mit mir jedoch mehr zu tun habe als das erwartete Lächeln. Einer der Schwager fotografiert, was ihm vor die Linse kommt. Er verrenkt sich dabei und geht fast über Bord. Aber man muss ja auch einmal etwas wagen. Vor allen Dingen kommt eine solche Gelegenheit so schnell nicht wieder.

Der alte Mann steht neben seiner Tochter mit ziemlich unbewegter Miene, er wirkt wie einer, der sich aus Versehen auf ein Schiff begeben hat und nun, da das Schiff tatsächlich abfährt, verurteilt ist, mitzufahren. Mitgefangen, mitgehangen. Aber er hat seinen Hut immer noch auf dem Kopf, dann kann es so schlimm nicht sein. Die Tochter versucht ihn zu stützen, hat jedoch selbst Halt nötig. Aber da ist niemand. Max hat sich mir gegenüber auf eine Bank gesetzt. Seine lockigen Haare sind durcheinander geraten. Es hat keinen Sinn, sie zu sortieren. Ob ihm das gefällt? Sicher nicht, denn Unordnung hat er noch nie leiden können.

Der Kapitän möchte gern Kaffee und Tee anbieten, weiß nicht, an wen er sich wenden soll, wendet sich schließlich an mich. Ich solle herausfinden, ob man diesen auf Deck oder in der Kajüte einzunehmen gedenke. Ich entscheide mich für das Deck. Nun bringt der Mann diverse Tabletts. Jeder bedient sich, und es schmeckt wider Erwarten sogar mir.

So stehen wir eine Weile nebeneinander. Einmal treffen sich unsere Blicke, als ich Arwed frage, ob er schon einmal eine größere Schiffsreise unternommen habe. Ich wende mich um, so dass ich mit dem Bauch an der Reling stehe. Ich schaue auf das glitzernde Wasser. Wie Milliarden von Tränen, oder funkelnde Diamanten oder eine Täuschung. Möwen fliegen dem Schiff nach, als wüssten sie, es gäbe Abfälle, für die es sich lohne, mitzufliegen.

„Wenn ich noch einmal auf die Welt käme, würde ich gern Seemann werden", sage ich zu Arwed. Dieser lacht sein kurzes heiseres Lachen, wobei seine Augen zu schmalen Strichen werden. Er ist mir sympathisch. Ob er das auch wäre, wenn ich ihn irgendwo unter ganz anderen Umständen zu einer ganz anderen Zeit kennen gelernt hätte, frage ich mich. Aber wie soll die Antwort auf eine solche Frage lauten. Es gibt keine.

Einer der Brüder sitzt auf der Bank und hält in der Hand eine Schreibunterlage. Er kritzelt etwas mit einem Kugelschreiber, ist ganz vertieft, gegen seine Gewohnheit sitzt er abseits, nicht einmal seine Freundin scheint er zu registrieren.

Die Schwägerin sieht recht unglücklich aus. Aber eigentlich erst dann, wenn ihre Augen meine treffen. Ihre Trauer kann nicht die meine sein, denke ich. Das wäre ja wohl ein Witz. Wo kommen wir denn da hin? Der Neffe hält sich in der Kajüte auf und lässt sich offensichtlich etwas zeigen. Der andere Bruder steht allein an der Reling und sieht auf das Wasser. Es entsteht der Eindruck, jeder sei mit sich auf eine unvermutete Weise allein und hänge seinen Gedanken nach, für eine Gruppe dieser Größe eine unwahrscheinliche Verhaltensweise. Nicht vorausseh-bar.

Arwed trinkt noch eine Tasse Kaffee, und nun stehen wir beide mit dem Rücken zum Schiff. Wenn wir uns nicht umdrehen, können wir das Gefühl haben, allein zu sein. Wenigstens eine Illusion, die nicht zerstört wird. Mich verlangt nicht nach einem Gespräch. Ich möchte das erhalten, was ich spüre, wenn ich neben Arwed stehe und sich langsam Wärme breit macht, als wären wir eins. Ich weiß, ich werde nie wieder eins sein mit jemandem. Das kann man nur einmal in sei-nem Leben. Und selbst das ist schon ein unverschämtes Glück. So denke ich. So habe ich immer gedacht.

„Glaubst du, wir könnten uns näher kennen lernen", traue ich mich dann doch Arwed zu fragen. Dieser sagt lange nichts, sieht weiter auf das Wasser. Dann folgt ein gedehntes Jaaah. Das scheint viel zu sein, denke ich. Auch hier auf dem Schiff raucht er.

Plötzlich fällt mir ein, mir ein Zigarillo anzuzünden. Ich habe immer eine Pa-ckung in der Tasche. Ich bitte ihn um sein Feuerzeug, als ich merke, dass bei dem Wind das Anzünden eines Streichholzes nicht möglich ist. Er reicht mir das Feuerzeug, eines der scheußlichen Plastikdinger, die ich mir nie kaufen würde. Wie ich auch mit dem Daumen an dem Rädchen drehe, es kommt zu keiner Flamme. Ich gebe nicht auf. Er merkt es und nimmt es mir aus der Hand, pro-biert an seiner nächsten Zigarette aus, ob es etwa leer ist. Er bietet mir an, das Zi-garillo mit seiner Zigarette anzuzünden. Ich will das nicht, probiere weiter.

Schließlich gelingt es mir, der Daumen schmerzt. Das Schiff hat jetzt mehr Fahrt aufgenommen. Alles, was der Kapitän den Gästen erklärt, zieht an meinem Gehör vorbei wie die Geräusche des Fahrtwinds. Die Gäste geben sich neugierig und sind beschäftigt, Informationen aufzunehmen über alles, was vom Schiff aus zu sehen ist.

Ich spüre, es ist die falsche Zeit, zu der ich neben Arwed stehe, es ist auch nicht der richtige Anlass. Nur die äußeren Bedingungen, sie könnten nicht besser sein. Aber so fehlt mindestens die Hälfte. Mit der einen Hälfte lässt sich nicht viel beginnen. Früher oder später sieht man sich um, um festzustellen, dass das, was fehlt, doch ebenso wichtig ist, wie das, was vorhanden ist. Wir haben meistens nur die eine Seite zur Verfügung, denke ich, und zu Arwed sage ich: „Wie müsste es sein, damit du und ich weiterkommen?" Dieser war weit fort mit seinen Gedanken, er blickt mich kurz an, um zu zeigen, dass er meine Frage zwar gehört, aber nicht verstanden hat. „Wie müsste es sein, damit wir, du und ich, weiterkommen?" „Wie meinst du das?" Seine Frage kommt aus einer ganz anderen Ebene, von dort, wo man Bedenkzeit erbittet, dies jedoch nicht zeigen möchte.

Ich wende mein Gesicht ein wenig näher dem seinen zu, um ihm ins Ohr zu sprechen: "Glaubst du, wir könnten uns besser kennen lernen, und wenn ja, wie könnte das ablaufen?" Arwed hat stillgehalten, er schaut an der Schiffswand hinunter, als er sagt: „Es wird schwierig sein wegen der Entfernung". Und er sagt: "Ich habe sehr viel zu tun, meistens, die Arbeit gehört wesentlich zu meiner Identität."

Ich hätte bei einer solchen Antwort jeden anderen ausgelacht. Wieder ist es dieser nicht gespielte Ernst, der meinen Worten die Spitze abbricht, sobald ich sie herauslassen will, und es kommen ganz andere Worte, sie sind sanft und kein bisschen ironisch. Ich denke, wieso verschone ich ihn, was ist anders als sonst? „Auch ich habe viel zu tun." Ich schaue aufs Wasser.

Arwed gibt nichts zu erkennen, er ist einfach nur da. Und das wirkt auf mich. Aber ich bin verwirrt, da kein Gespräch zustande kommt. Ich weiß, es hat in diesem Augenblick auch keinen Sinn.

Warum will ich nicht warten, will Entscheidungen, Vorschläge für eine Zeit, von der ich selbst noch gar nichts weiß, außer dass sie kommen und dass es eine schwierige Zeit sein wird.

Lange hatte ich geglaubt, die Zeit müsse stehen bleiben und nie werde sich etwas ändern an meinem Leben, wie es zu eben jener Zeit vor mir ausgebreitet lag. Nun ist der ganze eingebildete Sinn dahin und alles Bedeutende hat sich ins Gegenteil verkehrt. Alle Menschen, die ich je gekannt habe und die ich heute kenne, sind zwar noch da, haben aber mit mir nichts gemein. Und es ist auch so, denke ich, ich will niemanden und ich will nicht planen. Doch niemand verschanzt sich erfolgreich auf Dauer hinter seiner Arbeit, und sei sie auch die halbe Identität, denke ich. Denn das ist ja klar, wir bestehen je zur Hälfte aus der Angst vor dem Leben und aus der Angst vor dem Tod. Er hat Angst vor dem, was auf ihn zukommen könnte. Obwohl er es nicht ausdenkt, meine ich, so, wie er dasteht und den Horizont absucht. Dabei weiß ich, er hat mit keiner Geste, keinem Wort jemals zu verstehen gegeben, dass er auch mich gemeint hat, wenn er in den letzten Monaten zu Besuch kam. Aber heute, denke ich, ist er doch meinetwegen hier, hat das nichts zu bedeuten? Nein, natürlich nicht. Es ist Thomas, dem er die letzte Ehre erweist, und darüber bin ich mehr als nur froh.

Als hätte er meine Gedanken erraten, wendet er sich mir zu und fragt mich aus über die Familie. Er erinnert sich, dass er auch den ältesten der Söhne von früher kennt und ihn auch wieder erkannt hätte, wenn er ihm auf der Straße begegnet wäre. Ich habe keine Lust auf ein derartiges Thema und sage nur das Nötigste.

Während ich am Zigarillo ziehe, verlasse ich meine Position, um ein paar Schritte auf und ab zu gehen. Ich fühle mich verpflichtet, auch die anderen Gäste eines Wortes zu würdigen. Sie sind wirklich meine Gäste, denke ich. Dabei war die Familie zu allen anderen Geburtstagen, meines und des von Thomas, nie eingeladen. Was würde Thomas wohl dazu sagen, frage ich mich und muss lachen.

Als ich den Blick hebe, sehe ich in das verständnislose oder vielleicht besser ratlose Gesicht der Schwägerin. Ich nicke ihr aufmunternd zu, wie eine Mutter, die ihrem Kind auf stille Weise Mut machen möchte. Sie sind alle Kinder, denke ich, weit mehr als ich, auch wenn ich - bis auf den Neffen - die Jüngste bin. Sie spielen ihr halbes Leben und verspielen es auch und wollen nicht zum Denken kommen, und wenn es doch geschieht, sind sie paralysiert und wissen sich nicht zu helfen. Wie kann man so ratlos sein und hat doch Jahrzehnte hinter sich gelassen!

„Was für ein Glück, dass das Wetter heute so schön ist", traut sich die Schwägerin zu sagen und nimmt für einen Moment meine linke Hand in ihre beiden. Ich lächele, so gut ich kann und nicke ihr zu, gehe langsam weiter, weil ich nichts zu sagen habe. Im Weg steht Max. Er würde mich gern aufhalten. Aber er spricht mich nicht an, lässt mich passieren, legt mir nur kurz eine Hand auf die Schulter.

Mich drückt keine Last, denke ich, auch wenn ihr meint, das müsse so sein. Wer getan hat, was er von sich erwarten konnte und ein wenig darüber hinaus, den drückt es nicht so leicht. Bedrücken wird euch das von euch Unterlassene, das hätte getan werden müssen. Euch Christen muss es ganz besonders schwer fallen, aber ihr werdet auch damit fertig werden. Selbst ohne Beichte - denn dieser Weg ist euch ja versperrt, da ihr keine Katholiken seid.

Möglicherweise sehe ich, was gar nicht in ihren Köpfen oder Herzen vorhanden ist, sage ich mir, was ich in den letzten Jahren an ihnen beobachtet habe, ist vielleicht gar nicht ihre Realität, sondern meine. Ich denke dabei an die Unfähigkeit, Fragen zu stellen, Antworten abzuwarten, sich über Details informieren zu lassen, Bedauern auszusprechen, nachzufragen, wie es gehe und ob es überhaupt gehe, Bewunderung zu formulieren und Angst zu nehmen, kurz gesagt, aufrichtig zu sein.

Aber da ist es schon wieder, sage ich mir, meine Aufrichtigkeit muss nicht ihre sein. Wir waren wohl auch sehr hart in unserem Urteil, Thomas und ich, aber wir hatten nicht die Chance, die Augen zu schließen, um die Dinge, die mit uns geschahen, einfach zu ignorieren. Wir wollten auch in dieser Hinsicht mit derselben Intensität weitermachen, mit der wir unser gemeinsames Leben gelebt haben, was für fast alle stets mit Skepsis und Unverständnis zur Kenntnis genommen wurde.

Jeder hat seine Lebenslüge, könnte man formulieren und wäre damit auf dem neuesten Stand der Wissenschaft. Sie unterscheiden sich nur.

Mein Blick fällt auf ein Blumenbukett, rote Rosen, Margeriten und Nelken - eine merkwürdige Zusammenstellung, denke ich. Eine Schale, nur mit Rosen gefüllt, fängt meinen Blick. Plötzlich erinnere ich mich. Ich fühle eine ungeheure Leere und vergesse meine Umgebung. Ich höre mein Herz klopfen, es holpert, und mein Atem geht schneller. Ich weiß mit einem Mal, warum ich hier bin. Ich habe nichts vergessen, will auch nicht vergessen. Ich will, im Gegenteil, nichts auslassen; auch nichts von dem Schmerz, der noch bevorsteht, Tränen habe ich seit langer Zeit nicht mehr, ich habe in der Apotheke nach künstlichen verlangt, damit die Augen wenigstens nicht ganz trocken werden. Das soll eine schlimme Krankheit sein, sagte man mir. Die künstlichen Tränen eignen sich jedoch nicht zum Weinen. Sie sind im falschen Moment im Auge, und sie schmecken nicht salzig, daran würde ich sie erkennen, denke ich, wenn ich nicht mehr zu unterscheiden wüsste, sind es meine eigenen oder sind sie es nicht. Warum ist es so schwer zu weinen, ich bin ganz schön gestört, nicht einmal das, was alle können, zu jeder Zeit fertig bringen, schaffe ich, nicht einmal das Einfachste.

Ist es wirklich das Einfachste? Aber welche Erleichterung könnte nicht davon ausgehen, so glaube ich und sehne mich nach der Möglichkeit zu weinen. Aber ich kann nicht. Noch in dem Moment, da ich Tränen hochsteigen fühle, hält irgendetwas mit einem unbekannten Befehl diese auf ihrem Weg ins Freie fest.

Eigentlich müsste ich mich ja um ihn kümmern, sage ich zu mir, und meine den Schwiegervater. Aber der Alte, der so zerbrechlich wirkt, hat als Offizier zwei Weltkriege unversehrt überstanden, eine Tatsache, über die er nicht gern spricht. Eine der wenigen Tatsachen, die trotzdem solche bleiben. Er ist auf dem Wege, das Kind seiner über alles geliebten Tochter zu werden, glaubt dabei jedoch, als Vater weiterhin über entsprechende Autorität zu verfügen. Manchmal meine ich, sehen zu können, dass er sich darüber keine Illusionen macht. Er hat sich mit mir ein Sonderverhältnis aufgebaut. Wir akzeptieren uns als zwei Menschen, die besser zuhören als reden können, die von ihrer jeweiligen Einsamkeit wissen und ab und zu damit kokettieren, aber lieber ihre Ruhe haben wollen als im Mittelpunkt irgendeines Geschehens zu stehen. Zwei Menschen, die die Liebe zu Thomas verbindet und das Akzeptieren seines Andersseins. Das Letztere war wirklich das Wesentliche. Und hierfür müsste ich dem Alten einfach noch einmal danken. Irgendwann werde ich das tun, nicht gerade heute, sondern wenn wir allein sein werden.

Er steht neben seiner Tochter, und sie unterhalten sich. Es wird nichts weiter als Unterhaltung sein, denn etwas anderes ist mit ihr nicht möglich. Sie wird ihm vielleicht von einem Verehrer erzählen, was er stirnrunzelnd zur Kenntnis nehmen wird, weil er in diesem Punkt doch ein gewisses Misstrauen in sich bereithält, vielleicht auch Eifersucht auf einen möglichen Konkurrenten. Wer weiß das schon.

Als ich mich kurz neben ihn stelle, tätschelt er meine Wange und sagt mit einem Kopfnicken beifällig, es habe ja bis soweit alles gut geklappt und er hoffe, es werde auch weiterhin alles wohlgeordnet ablaufen. Ich gebe zu verstehen, dass ich daran keinen Zweifel habe, worauf er nur sagt: "Es ist schon gut, Kind."

Versucht dann ein Lächeln, mit dem typischen Hochziehen der Schultern, was ich bei ihm immer als Entschuldigung deute, Entschuldigung für etwas, was er letztlich doch vielleicht falsch gemacht haben könnte. Eigentlich eine rührende Geste. In dem Alter, in dem der Mensch schon so viel gesehen hat, dass sich eine ganz individuell ausgebrachte Entschuldigung lächerlich ausnimmt angesichts der durch Massen verursachten Verwüstungen jeglicher Art in diesem Jahrhundert. Und dann die Frage, Entschuldigung vor wem? Das wird offen bleiben.

Es ist inzwischen vielleicht eine halbe Stunde vergangen, und ich gäbe viel darum, wenn diese Fahrt nie enden würde. Ich weiß, es gibt kein Entrinnen aus der

Zeit, alles wird ablaufen wie schon Hunderte Male vorher, und alle werden sie denken, es sei heute etwas Besonderes geschehen mit ihnen, nur weil sie herausgerissen wurden aus ihrem Alltag, in dem sie seit Jahren dahindämmern. Der sie schützt vor allem, was aufregend oder gefährlich sein könnte, der ihnen die Sicherheit verleiht, ohne die sie nicht auskämen. Nicht einmal gedanklich wagen diese Menschen etwas, denke ich, und weiß gleichzeitig, dass mir das Urteil nicht zusteht.

Und das nur, weil ich mir nicht vorstellen kann, dass in diesen Köpfen außergewöhnliche Dinge ablaufen, so bieder scheint alles, dabei ist das möglicherweise die beste Tarnung. Es wäre nicht das erste Mal.

Aber ich will nichts wissen von diesen anderen, von einem vielleicht, aber auch hier schränke ich ein: nichts deutet darauf hin, dass in seinem Kopf Gedanken Platz haben sollten, die sich unterscheiden könnten, die jenes Maß an Versuchung in sich trügen, sich hineinfallen zu lassen, um davongetragen zu werden, aufzubrechen zu neuen Denkspielen, die das Unmögliche zu fassen suchten, das Nochnichtgedachte in Worte kleideten, an denen man sich reiben könnte, Kräfte austauschen, Geschwindigkeiten testen, Horizonte finden, die nur dazu da wären, erweitert zu werden, um Neuem Platz zu geben, endlich an die Grenzen zu gelangen, von wo man halb euphorisch, halb enttäuscht zurückkehrte, euphorisch wegen der zurückgelegten Entfernung, auf die man stolz sein würde und enttäuscht, weil es noch nicht die endgültige Grenze war und dahinter das Wissen steht, dass sie eben auch nicht zu finden sein wird. Euphorisch auch deshalb, weil dieses Spiel wieder und wieder gespielt wird und die Enttäuschung niemals in die Nähe einer handfesten weltlichen gelangen könnte.

Wenn ich ehrlich bin, weiß ich nicht zu sagen, wer sich in Wirklichkeit versteckt, diejenigen in ihrem Alltag oder die anderen hinter ihren Gedanken.

Diese Fahrt wird zu Ende gehen, und was wird sich geändert haben? Ein jeder von uns hat seine Tagesordnung, die durch Gefühle schwer aufzubrechen sein wird. Wenn wir es zulassen, sind wir angreifbar und schnell im Nachteil. Also werden wir alles vermeiden, was uns diesem Zustand näher bringt, denke ich. Auch ich, da bin ich sicher.

Ich nehme nichts für mich in Anspruch, was ich nicht auch ihnen zugestehen will. Der Zwillingsbruder kommt unsicheren Blickes auf mich zu. „Ich möchte schon etwas sagen", gesteht er mir.

Ich schaue ihn skeptisch an. „Aber bitte lieber ein Wort zu wenig als eines zu viel", gebe ich zurück.

„Ist schon gut, du brauchst keine Angst zu haben", ist seine beruhigende Aussage. Ich habe ihm wenig geglaubt in der Vergangenheit, ich will damit an diesem Tage beginnen, jeder braucht seine Chance, denke ich. Was für Vorsätze!

In der Ferne ist ein Leuchtturm zu sehen, Ich weiß, dass er da ist, als ich nach seinem Standort gefragt werde, fällt mir der Name nicht ein. Warum soll alles einen Namen haben, der Ordnung wegen, ihn, Thomas, habe ich nur ganz selten beim Namen genannt, wie er mich auch, das war eine Abmachung, dass wir namenlos blieben, er war ein Du und ich ebenfalls. Das wusste außer uns keiner, aber wenn jemand von unseren Freunden aufmerksam gewesen wäre, hätte er in all den Jahren bemerken müssen, dass wir uns nie beim Namen nannten. Diese

Frage sollte ich stellen, etwas verschlüsselt vielleicht. Man hört nur, was man will, und über das Nichtgehörte denkt man kaum nach.

Arwed hat seine Position in der Zeit, als ich meinen Rundgang gemacht habe, nicht verändert. Nur geraucht hat er wahrscheinlich, ohne es zu merken. Nun bin ich wieder bei ihm, stelle mich neben ihn.

Das Schiff verlangsamt seine Fahrt.

Der Kapitän steht plötzlich an Deck, er hat sich umgezogen, macht Eindruck in seiner Uniform. Alle schauen auf ihn, während die Motoren- und Fahrtwindgeräusche langsam ausklingen. Dann liegt das Schiff ruhig auf dem Wasser.

Wir alle sehen auf den Mann, der erst noch in seine Rolle hineinzuwachsen scheint. Er weiß offensichtlich, dass sein Part noch nicht erwartet wird. Als habe sein Auftreten das Bewusstsein der Anwesenden zu einem einzigen Punkt geführt, so ist in den Gesichtern zu lesen, da steht alles, was Menschen jemals bewegt hat und immer bewegen wird, wenn man ihnen die Möglichkeit gibt, nicht weglaufen zu müssen, wenn Schrecken sie erfasst hat, nicht sich verstecken zu müssen, wenn ihr Gewissen ihnen in die Quere kommt, nicht laut sein zu müssen, wenn ihnen die Worte fehlen und die Stimme sowieso versagen würde, nicht den Schmerz auf den nächsten Tag zu verschieben, wenn es passender wäre, Trauer nicht hinter schwarzen Tüchern zu verstecken, wenn ein gütiger Wind sich bereit hält, Tränen zu trocknen.

Nicht der Kapitän hat das Wort. Mit ernstem Gesicht, bleich und sich selbst Festigkeit verleihend, steht der Zwillingsbruder an der Reling, und alle wenden sich ihm zu, als der Klang der ersten Worte über seine Lippen kommt. Ich denke, das darf doch nicht wahr sein, wie kann er sich das erlauben. Andererseits bin ich irgendwie erleichtert. Ich weiß, es muss etwas gesagt werden, und ich hoffe, vielleicht findet er in seiner Sprachlosigkeit, über die sich sein Bruder immer so sehr beklagte, an diesem Tag die richtigen Worte. Worte, von Gefühl getragen, das endlich einmal frei sein darf.

Und er spricht, dies sei Thomas' Geburtstag, und wir alle seien hier bei ihm, die nächsten Verwandten und die engsten Freunde, um ihn zu begleiten, das 46. Jahr zu vollenden auf dieser letzten gemeinsamen Reise. Er spricht über das Lebenswerk seines Bruders, als kennte er es. Ich trage die dahinter stehende Lüge mit Gelassenheit - und er zitiert mit lauter Stimme - ich bange mit ihm, durchzuhalten - einen Vers von Trakl - einem der Lieblingsdichter meines Mannes.

Sparsame Andeutungen von Zustimmung sind wahrzunehmen, keiner will es wahrhaben, wie wenig er in Wahrheit verstanden hat und auch jetzt nicht verstehen kann.

Arwed neben mir ist regungslos, versucht zu begreifen, was da vor sich geht, erlaubt sich wahrscheinlich auch insgeheim kein Urteil. Der Bruder hat durchgehalten. Alle sind erleichtert. Der Kapitän bewegt sich langsam und bedächtig wie ein alter Seebär auf die Schiffsglocke zu, die ich vorher überhaupt nicht wahrgenommen habe. Der dünne Klang der Glocke zerreißt die noch dünnere Haut, die sich über die Anwesenden gespannt hat wie das Netz über die Gefangenen der Spinne. Diese hier werden wieder frei, da sie sich freiwillig zusammenfanden und ihre Spinne ist die Vergangenheit, und die wird nicht als Bedrohung empfunden, sondern als Geschichte, die zu Ende erzählt ist. Denn sie sind es, die überlebt haben, einem Naturgesetz zufolge haben sie überlebt, also muss das Schicksal mit ihnen noch etwas vorhaben.

Ich, die unwillkürlich Arwed näher gerückt ist, finde mich in den Gesichtern der Umstehenden nicht zurecht. Als habe die Glocke uns zur Messe gerufen und wir seien pflichtbewusst gefolgt, die Worte des Priesters anzuhören, der uns aufrufen wird, jeden einzelnen, um sich bezeugen zu lassen, dass er frei von Sünde sei. Und die Neugier auf seine Worte steht in aller Augen. Die Leviten werden sie sich nicht lesen lassen, reden darf er, das ist ja sein Metier, aber mehr auch nicht, schon gar nicht persönlich werden, und auch nicht ins Stocken geraten, schön professionell möchten sie es haben, wenn schon kein echter Priester an Bord ist.

Ich blicke Arwed an. Er zeigt keine Regung, sondern schaut nur auf den Kapitän. Der bringt es fertig, was sonst nur ein guter Schauspieler zustande bringt, der bei der hundertsten Aufführung desselben Stückes noch sehr überzeugend spielt. Kein Ton ist falsch, keines der Worte pathetisch oder fehl am Platze, so unaufdringlich elegant, mit der richtigen Betonung und vor allem kein Augenaufschlag, der hätte geübt werden müssen.

Wir sind auf See, denke ich, da, wo Thomas hinwollte und eigentlich auch ich, jetzt ist er bald allein, ich habe ihn schon losgelassen, damit seine Seele keine Schwierigkeiten bekommt. Ich wollte mich nicht anklammern, damit er es nicht so schwer haben würde. Es war schwer genug. Wir begleiten ihn noch ein Stück des Wegs. Ich nehme vorweg, was erst noch kommen soll.

Der Kapitän spricht vom Ursprung allen Lebens, dem Wasser, und dass der, dem zu dieser Stunde das letzte Geleit gegeben werde, in das Element zurückkehren werde, aus dem er und wir alle gekommen seien. Dann nimmt er feierlich die

Urne, die gut getarnt unter dem Blumenbukett gelegen hat und an der ein Tau befestigt ist, und lässt sie langsam über Bord ins Wasser. Die Blumen behalten ihren Platz, sie sind mit der Urne verbunden.

Alle haben sich an die Reling gestellt und verfolgen die Handlung des Kapitäns. Das Boot nimmt leichte Fahrt auf, während der Kapitän den zweiten Blumenstrauß ebenfalls dem Wasser übergibt. Das Boot zieht langsam einen ersten Kreis um die Abschiedsblumen, dann einen größeren zweiten, und mit jedem Größerwerden des Kreises versinken nach und nach die einzelnen Blüten. Als auch die letzte untergegangen ist, geht das Boot auf neuen Kurs.

Langsam glätten sich die Spuren, die der Schiffskiel gezogen hat, es gibt keine Kreise mehr, nur noch die Zielgerade.

In meinen Augenwinkeln hat sich etwas angesammelt, was für eine Träne gehalten werden könnte. Der Fahrtwind bläst sie davon.

Die Tochter stützt wieder den Vater, hat aber Mühe damit, weil sie es weinenderweise tun muss und ihr nur eine Hand bleibt, den Strom zu trocknen.

Wer in diesem Moment auf die Gesellschaft stieße, würde etwas Merkwürdiges beobachten können. Jeder geht auf jeden zu, fast wie bei einer Silvesterparty, und umarmt den anderen oder gibt ihm die Hand. Nur dass da nichts leuchtet, keine Freude sich mitteilt, keine Hoffnung in den Blicken ist und alles mehr oder weniger tonlos vor sich geht.

Und wie bei jeder richtigen Party wird serviert. In diesem Falle bringt einer der Männer in ein Holztablett eingelassene Gläser, deren Inhalt der Farbe nach Rum oder Cognac sein könnte und reicht sie an die Versammelten, die das dankbar und erleichtert annehmen. Als hätten sie sich das verdient. Sie sind wohl auch der Meinung, wenngleich Worte sich immer noch nicht einfinden wollen, aber in den Gesichtern ist die Anspannung gewichen und hat einer gewissen Genugtuung Platz gemacht.

Das wär's, denke ich, und trinke das Glas halbleer. Das Getränk kann ich nicht identifizieren.

Alles läuft nach Plan. Ein weiteres Tablett wird herauf getragen. Damit der Alkohol nicht so einsam im Magen liegt und, wer weiß, ob nicht doch noch jemand auf die Idee kommt, aus der Rolle zu fallen: jedenfalls sind plötzlich belegte Brote an Deck, zögernd wird zugelangt, warum soll man jetzt nicht essen dürfen.

Das ist es ja gerade, was ich auch an mir selbst staunend feststelle, alles geht weiter, die Triebe, wo sollen sie auch hin, sie rufen oder schreien gar, wer möchte wen verdammen.

Und trotzdem, angesichts des Todes so zu tun, als sei nichts geschehen, das ist schon tierisch. Und das ist offensichtlich eines der wenigen Male, bei dem wir ehrlich sein können und uns das niemand übel nimmt. Etwas anderes wäre es, wenn ich jetzt über Arwed herfallen würde oder ihn vor den Augen des Schwiegervaters küsste, auf den Mund natürlich, das ginge nicht. Oder würde er das entschuldigen und sagen, sie ist ganz durcheinander, ist ja auch kein Wunder?

„Heute wird Thomas 46 Jahre alt", sage ich zu Arwed, „und wir haben immer geglaubt, wir könnten gemeinsam alt werden. Und an seinem Geburtstag bestatten wir ihn auf See, weil der Terminkalender der Reederei es so wollte. Aber es passt zu Thomas, eigentlich hätte es kein anderer Tag sein können für dieses Ereignis."

Und dann: "Dieser Scheißkerl, nicht eine Zeile hat er je aus seines Bruders Werk gelesen. Wie findest du das? Dass er keine Angst hat. Oder es war heute die endgültige Abrechnung, feige wie er ist, musste er erst bis zum Tode warten. Jetzt hat er niemanden mehr, der ihn so liebt und ihm so helfen wird, Thomas hat immer zu ihm gehalten, trotz all der Schweinereien, die sein Bruder begangen hat. Und Thomas hat sich immer so sehr gewünscht, dass eines seiner Geschwister irgendwann Interesse zeigen würde für seine Arbeit. Stattdessen haben sie ihm ins Gesicht gesagt, sie hätten zum Lesen keine Zeit. Und haben vor dem Fernseher gesessen oder im Urlaub die 'Bildzeitung', vielleicht noch den 'Spiegel' gelesen." Ich fühle die alte Wut in mir hochsteigen. An Arwed scheint alles abzuprallen. Das gefällt mir nicht.

Rückkehr

Es ist auf die Minute 16.00 Uhr, als das Boot im Hafen anlegt. Für die Männer an Bord setzt sich die Routine fort. Sie werden von jedem einzelnen der Gruppe mit Handschlag verabschiedet, wie man es unter ehrenwerten Kaufleuten heute noch sieht, die ein für beide Seiten erfolgreiches Geschäft abgeschlossen haben. Niemand fühlt sich übervorteilt, alle sind zufrieden.

Die nächste Gruppe, die sich eine Seebestattung erkauft hat, befindet sich auf dem Weg zum Schiff. Der, dem sie die letzte Ehre erweisen werden, war offensichtlich ein Angehöriger der Bundesmarine. Vornehm leuchten die Uniformen der Männer im Lichte des Aprilnachmittags. Entsprechend wird ihre Haltung sein, da wird es kein Sichgehenlassen geben, denke ich.

Wie gut, dass ich dabei war, als Thomas' Leben zu Ende ging.

Ich, die vorher, selbst in der nächsten Umgebung, Sterben nur als ein plötzliches Abhandengekommensein erlebt habe, stelle mir vor, wie schrecklich es für Angehörige sein muss, denen alles aus der Hand genommen wird, denen keine Zeit bleibt, den Tod zu fassen, zu begreifen, denen man den Menschen, der eben noch gelebt hat, einfach vorenthält, um ihn dann unverzüglich, wenn auch vorschriftsmäßig, zu entsorgen, es hat alles aseptisch zu sein.

Um ein Wievielfaches langsamer und sanfter war früher das Abschiednehmen gewesen, als es noch erlaubt war, den Leichnam im Hause für ein paar Tage aufzubahren in der ihm vertrauten Umgebung. Sicher war das nicht für jeden leichter gewesen, es hing schon ab von der Beziehung, die man zu dem Lebenden gehabt hatte. Das konnte sicher auch qualvoll sein. Und trotzdem, im Grunde wurde doch die Trauerarbeit bereits aufgenommen, wenn man sich dafür die Zeit nahm. Heute wird für die Angehörigen alles professionell ‚erledigt‘, und was ichnen bleibt, sind die Schwierigkeiten, mit der plötzlich entstandenen Leere fertig zu werden.

Als ich mit dem Freund einen Monat zuvor in der ‚Andachtsraum‘ genannten Leichenhalle gewesen war, hatte ich meine Wut nicht verbergen können. Da werden die Verstorbenen in Separees aufgebahrt, zu denen jeweils ein kleines Fenster gehört, das den sich Verabschiedenden den Blick durch Glas ermöglicht.

Einen Tag nach dem Tod ist Berühren schon nicht mehr erlaubt, Nähe verboten. Erst wenn man darauf besteht und sich nicht abweisen lässt und jemanden findet, der Verständnis zeigt, lässt sich dieses Tabu durchbrechen. Was ist das für eine Kultur, die auf diese Weise mit ihren Toten umgeht, denke ich.

Die Gruppe findet wie von selbst den Weg zu den Hotels. Wenn ich genau hinsehe, glaube ich Erleichterung oder gar Befreiung auf den Gesichtern zu entdecken. Ich wundere mich nicht, stelle nur fest. Die beiden Söhne haben den Alten in ihre Mitte genommen. Sonst war immer der jüngste Sohn an seiner Seite zu finden. Sie werden ihn schnell ersetzen. Sie hatten ihn bereits Monate zuvor ausgeklammert aus Familienangelegenheiten, weil er für sie eigentlich schon nicht mehr existierte. Er hat gewusst, dass es ihnen zu langsam ging mit seinem Sterben, das bereits für anderthalb Jahre früher von den Ärzten angekündigt war. Und worauf sollte man sich verlassen, wenn nicht auf die Fachleute.

Es wollte ihnen nicht gelingen, zu begreifen, wie einer sterbenskrank sein konnte und trotzdem noch so aktiv und andererseits sollte man ihn rücksichtsvoll behandeln und mit ihm über das Sterben sprechen. Sie haben wohl alle gefühlt, dass er selbst in jener Zeit noch mehr lebte als sie jemals gelebt hatten. Das nahmen sie übel. Und er stellte Forderungen an sie, gab nicht auf, ihnen zuzureden, endlich ihr Leben aufzunehmen, nicht so einfach nur dahinzugleiten und über die schnell vergehende Zeit zu lamentieren. Wer hört das schon gern. Nun, da er fort war, waren sie auf gewisse Weise befreit von seiner Bevormundung.

Und sie entdeckten plötzlich den Dichter in ihrem Bruder. Als hätte Thomas das vorausgesehen, hatte er mich vor Jahren einmal gebeten, darauf zu achten, dass sein Lebenswerk nicht in ihre Hände gerate. Ich sollte mich darum kümmern und mit Hilfe seines Freundes W. über seine Schriften verfügen.

Der Schwiegervater sähe es gern, wenn die Gruppe, bevor sie sich trennt, gemeinsam Kaffee trinken würde. Aber weder ich noch meine beiden Begleiter können sich dazu entschließen. Wir einigen uns auf sofortige Rückfahrt. Die Fahrt wird noch lang genug dauern. Da wir unser Gepäck bereits am Vormittag eingeladen haben, können wir uns von der Familie, die noch einen weiteren Tag an der Küste verbringen will, verabschieden. Das geschieht wie unter Freunden. Ich kann nicht mehr unterscheiden, was nun eigentlich Freundschaft wirklich ist.

Ich bin froh, als wir endlich eingestiegen sind und ich den Wagen starten kann. Ich denke weder an meine Mutter noch an meine Schwester, ich weiß nur, ich werde zurückkommen zu Thomas' Grab in der See. Irgendwann, es wird nicht lange dauern.

Es tut gut, mit den beiden Männern allein zu sein, von denen der eine bereits wieder zu rauchen angefangen hat. Er sagt nichts, der andere auch nicht. Die ersten hundert Kilometer haben wir freie Fahrt. Auf den Autobahnen bewegen sich nur die Leute, die zum Kaffee bei Verwandten oder Bekannten kurze Strecken zurückzulegen haben. Ich werde demnächst, wenn ich mich wieder an das Autofahren gewöhnt habe, auch manchmal einfach so los fahren, sage ich mir. Ich kann besuchen, wen ich will oder nicht besuchen.

Ich stelle fest, dass es einen Unterschied gibt für mich, ob ich selbst fahre oder Beifahrerin bin. Das hätte ich einfach schon früher ausprobieren sollen. Laut sage ich: "Wie fandet ihr denn die Zeremonie heute? Habt ihr euch das so vorgestellt?" Aber die beiden Männer bleiben wortkarg, der eine sagt kurz nein, der andere ja. Das habe ich von der Fragerei. Also lasse ich es.

Wie viele Sätze habe ich von Arwed gehört in den vergangenen vierundzwanzig Stunden? Ob er immer so schweigsam ist? So kann man doch nicht leben. Einmal, als er bei uns zu Besuch war, hat er sich über Thomas' und meine Art beschwert, dass unsere Ironie eine Distanz schaffe, die er nicht überwinden könne. Mit der er nicht zurechtkomme. Und nun habe ich doch gerade festgestellt, dass mir in seinem Beisein jegliche Schärfe des Wortes abhandengekommen ist. Vielleicht traut er dem noch nicht.

Eine Militärkolonne lässt es nicht zu, dass Überholvorgänge ausgeführt werden. Die Kolonne scheint endlos lang. Etwa eine Stunde fahren wir mit hundert Stundenkilometer auf der linken Spur. Fast Stoßstange an Stoßstange, aber immerhin fahren wir noch. Auf der Hälfte der Strecke bitte ich, dass einer mich ablöse. Ich habe plötzlich keine Lust mehr, will mich meinen Gedanken überlassen. Der Freund sagt, er kenne das Auto nicht und wolle deshalb nicht gern fahren. Max opfert sich. Ich habe wieder meinen Platz eingenommen, den ich auf der Hinfahrt innehatte. Es gelingt mir jedoch nicht, mich zurückzuziehen. Ich werde eher munter, als ich hinter den beiden sitze, und will unbedingt ein Gespräch beginnen. Am liebsten ein Zwiegespräch mit dem Freund. Aber das ist nicht möglich. Der scheint wieder versunken, wer weiß wohin.

Ich schlafe ein, erwache erst, als wir über den Rhein fahren. Ich überlege, wie es am besten wäre, erst den Freund zu seinem Wagen zu bringen, der an meinem Haus steht und dann Max zu dessen Wohnung zu fahren. Arwed hat gesagt, er müsse direkt weiterfahren, weil er doch noch fast drei Stunden unterwegs wäre. Ich, die einen Augenblick lang davon geträumt hatte, er würde mit mir weiterfahren in mein Landhaus, war enttäuscht gewesen, hatte mich aber inzwischen damit abgefunden. Ich wollte auch nicht undankbar sein, hatte er sich doch so viel Zeit genommen.

Wir beschließen, auf jeden Fall Max zuerst abzusetzen, da er noch Vorbereitungen zu treffen hat, denn er, seine Frau und ich wollen anschließend gemeinsam weiterfahren aufs Land, um dort wie abgesprochen das Wochenende zu verbringen. Seine Frau erwartet ihn.

Ich bin jetzt mit Arwed allein. In meiner Straße angekommen, steigen wir aus, laden das Gepäck um in seinen Wagen und stehen nun ziemlich ratlos da. Auch ihm scheint es nicht folgerichtig, so einfach einzusteigen und weiterzufahren.

Ich habe eine Idee. Da wir auf der Rückfahrt keine Pause eingelegt haben, kann ich ihn fragen, ob er vielleicht noch etwas zu trinken wünsche. Einen Kaffee oder Wasser. Diesmal denke ich nicht an ein beliebiges Filmdrehbuch, in dem diese Frage vorkommt, bevor es spannend wird. Arwed zögert kaum, ich freue mich, als ich vor ihm die Treppe zum Apartment hinaufgehe. Arwed kennt es nicht. Wir sind beide ein wenig befangen.

Er passt nicht in diesen Raum, denke ich, er gehört in ein altes Haus, solide gebaut und stabil wie er. Ein solches Zimmer würde ihn auf Dauer deprimieren. Genau wie es mich beeinträchtigt, es ist gut, dass ich hier nur einige Nächte in der Woche verbringen muss. Mein Neffe hatte bei seinem ersten Besuch erschrocken festgestellt, dass das Apartment aussehe, als wohne niemand darin. So war es auch gewesen, Thomas und ich fühlten es und waren trotzdem nicht in der Lage, aus dieser Notlösung etwas Annehmbares zu schaffen. Es blieb mehr oder weniger ein Schlafraum, weil er aber eben nicht nur Schlafraum war, konnte nichts Richtiges daraus werden.

Ich bitte Arwed, einen Moment zu warten, das Wasser für den Kaffee sei schnell heiß. Obwohl ich weiß, dass er es eilig hat, nach Hause zu kommen, ist keine Unruhe in seinem Verhalten. Nur diese merkwürdige Befangenheit. Ich öffne ein Fenster. Es ist ein warmer Abend hier in dem Kölner Vorort. Die Sonne malt die letzten roten Gebilde an den Horizont, davor treten in seltsamen Kontrast die in den Vorgärten gepflanzten Nadelbäume, die offensichtlich ihre Paten durch ein zu schnelles Wachstum überrascht haben. Sie nehmen fast alles Licht.

Ich sehe, wie Arwed mit seiner Tabaktüte spielt, er rollt sie immer wieder mit Zeigefinder und Daumen zusammen. Dieses Laster hat er nun einmal, das Rauchen, es stört ihn, gerade ihn, der so bewusst und gesund sein Leben einzurichten geglaubt hat. Das ist es, sage ich mir, warum ein Rest von Zweifel an allem, was er sagt, in mir verbleibt. Wenn alles so ideal wäre, hätte er doch das Rauchen nicht nötig. Aber vielleicht bin ich in meinem Urteil wieder einmal zu hart.

Nachdem ich den Kaffee auf den Tisch gebracht und Arwed eingeschenkt habe, denke ich einen Moment daran, wie schön es wäre, er bliebe einfach diese Nacht.

Max habe ich vergessen. Sollen sie warten. Als ich Arwed anspreche, spüre ich den eigenartigen Klang meiner Stimme. Ich konzentriere mich auf ihn, und meine Stimme will mir nicht gehorchen. Er spricht wie immer sehr leise. Wie wichtig eine Stimme sein kann, denke ich, höre ihm zu und höre doch nicht zu, weil meine Gedanken in eine ganz andere Richtung gehen. Ihn zu fragen, ob er bleibe, traue ich mich nicht. Da ist sie wieder, diese Scheu, die ich an mir erst im Zusammenhang mit ihm entdeckt habe. Was bedeutet das? Ich setze mich ihm gegenüber. Es wäre an der Zeit, Licht zu machen, aber ich tue es nicht. Es könnte romantisch sein, wenn wir nicht so viel Schwere in uns verspürten, die keine Leichtigkeit aufkommen lässt.

„Wir sind schon komplizierte Tiere", traue sich mich endlich zu sagen.

Aber Arwed hat nicht folgen können in seiner schwerfälligen Art. Er fragt, ob ich hier wohnen bleiben werde. Ich bejahe und lache. Ich kann es mir nicht vorstellen, wie ich mir überhaupt nichts mehr vorstellen kann ohne Thomas. Was soll da die Frage, wo man zu wohnen gedenke. Ich bin doch auf dem Land zu Hause, jedenfalls an den Wochenenden, sage ich dann noch, als Entschuldigung.

Nachdem er sich eine Zigarette gedreht und angezündet hat, sagt er: "Ich wollte, ich hätte mehr für Thomas tun können."

Ich weiß nicht, ob ich die richtigen Worte gefunden habe, als ich erwidere: "Du bist derjenige, der mehr als alle andern getan hat, in den wenigen Wochen, in denen ihr euch gesehen habt, hast du ihm so viel gegeben, das kannst du gar nicht einschätzen, dafür weiß ich es." Und nach einer Pause: "Ich danke dir auch, habe ich das schon gesagt?" Und schnell weiter: "Ich hoffe, dass wir uns nicht aus den Augen verlieren, nachdem wir uns gerade erst kennen gelernt haben, Arwed."

Er schaut auf seine Hände, die wieder die Tabaktüte halten, dann sieht er sie an: "Wir finden möglicherweise eine Basis."

Ich weiß zu schätzen, dass er diesen Satz gesagt hat. Ich trinke von meinem Kaffee, er hat bereits die dritte Tasse erhalten, damit er nicht einschlafe, wie er sagt, trinke er so viel davon.

Ich glaube zu spüren, dass ich es vielleicht schaffen könnte, wenn ich mit einem Trick arbeiten würde, ihm sagte, er dürfe nicht gehen, jetzt, in dieser Situation. Ich könne mit den anderen doch nichts anfangen, ich brauchte ihn jetzt und er müsse das verstehen. Er sei derjenige, ich würde ihn schon wieder loslassen, nur jetzt nicht, das ginge nicht, ich brauchte einen Halt, brauchte Wärme eines Körpers und die Worte eines Freundes. Mitleid, nein, nur etwas Trost in der Umarmung.

Aber wie bringe ich das fertig, frage ich mich. Das kann ich ihm nicht antun, auch wenn er nicht merkt, dass ich mir das genau überlegt habe. Noch zögere ich. Als wäre er auf der Hut, nimmt er den letzten Schluck aus der Tasse und steht auf, steht auf seinen beiden Beinen so fest im Raum, dass ich zweifele, dass eine Taktik meinerseits Erfolg haben könne. Ich erhebe mich auch.

Ich gehe um den Tisch herum auf ihn zu, stehe vor ihm, lege ihm die Hände auf die Schultern, schmiege meine rechte Wange an seine rechte. Er fasst auch mich leicht an den Schultern, drückt dann etwas fester, als ich mich nochmals bedanke für sein Mitkommen.

Ich stehe vor der schnell zu treffenden Entscheidung, mich nicht zu lösen, einfach festzuhalten, zu verharren, zu sehen, was er tun wird. Ich spüre schon die

Wärme seines Körpers, als ich mich endlich darauf besinne, dass ich nun allein sein werde.

Da lasse ich ab von dem Mann. Ich weiß mit einem Mal, es wäre unfair, ich hätte ihn für meine Zwecke missbraucht.

Ich staune noch ein wenig über mich, aber da sind wir bereits an der Tür, ich wünsche ihm gute Fahrt. Und er geht die Treppe hinunter. Ich begleite ihn nicht auf die Straße. Ich höre, wie er den Wagen startet. Ich räume das Geschirr vom Tisch, packe meine Sachen zusammen, die ich am Wochenende brauchen werde, verlasse die Wohnung, steige in den Wagen und fahre davon.

Fünf Minuten später sitze ich mit Max und dessen Frau im Auto und fahre dem Mittelgebirge entgegen, als sei dies ein ganz gewöhnlicher Sonnabend.

Nachwort

Dieser Bericht über eine Ausnahmesituation, die einen Zeitraum von fast zwei Jahren umfasst, zeigt deutlich die Bedingungen, unter denen wir Menschenwesen alles ausblenden können, was nicht unserem Ziel dient.

Wir sind auf uns gestellt, fühlen uns plötzlich in eine Endlichkeit gepresst, von der wir nicht die leiseste Ahnung hatten.

Sterben, früh sterben, das müssen nur die Anderen. Wir sind ja so gesund und haben Anspruch auf noch so Vieles.

Wie gehen wir damit um, wenn uns die Zeit dann mit einem Mal sekundenweise davonläuft? Was wird aus den zahlreichen Plänen, was packen wir noch an?

Die Normalität, sonst gering geachtet, wird kostbar wie nichts zuvor. Einmal noch normal essen, normal sprechen, normal schwimmen, gehen, lachen. Da fällt mir eine Menge ein.

Wer wie ich Ähnliches miterlebt und sein Leben so eng mit dem des geliebten Menschen verknüpft hat, für den hat der Tod den Schrecken verloren, und die Angst findet keinen Zugang mehr.

Aber der Schmerz bleibt.

Wenn es mir gelungen ist, das zu vermitteln, bin ich zufrieden.

Die Überarbeitung

erfolgte

im August/September 2019

ín

Norden / Norddeich

zwischen Wanderungen auf den Deichen

und

Fahrradtouren parallel

stets mit dem

Wind

von vorn,

also mit klarem Kopf.

Lena Olsen